U0085395

考證與反思

陳勝長 著　　東大圖書公司 印行

國立中央圖書館出版品預行編目資料

考證與反思：從《周官》到魯迅／陳
　勝長著.--初版.--臺北市：東大發
　行：三民總經銷，民84
　　　面；　　　公分.--（滄海叢刊）
　ISBN 957-19-1745-1（精裝）
　ISBN 957-19-1741-9（平裝）

　1.中國文學-論文，講詞等

820.7　　　　　　　　　84006179

©　考　證　與　反　思
——從《周官》到魯迅

著作人　陳勝長
發行人　劉仲文
著作財
產權人　東大圖書股份有限公司
　　　　臺北市復興北路三八六號
發行所　東大圖書股份有限公司
　　　　地　址／臺北市復興北路三八六號
　　　　郵　撥／〇一〇七一七五——〇號
印刷所　東大圖書股份有限公司
總經銷　三民書局股份有限公司
門市部　復北店／臺北市復興北路三八六號
　　　　重南店／臺北市重慶南路一段六十一號
初　版　中華民國八十四年八月
編　號　E 03083

基本定價　叁元捌角

行政院新聞局登記證局版臺業字第〇一九七號

序

　　本書收文章九篇，內容從《周官》到魯迅。所論問題，大率運用考證方法。歸納比較，校勘辨偽，若材料之是否可靠，論據之是否充分，識見之是否超越前人，固為銓衡論文價值之標準，然價值之高下，尤在所論問題本身之學術意義。此數篇者，或為對前人學術研究成果之再考察，或為讀書偶有會心之所得。惟以所學未詣專精，興趣時或轉移，徘徊古今，未免汗漫。本過而存之之意，顏曰《考證與反思》。反思者，既自反成學之漸；亦以學術討論，意見容或與時賢相左，如有一言可採，後之繼作者循是省思而益臻於邃密，則有厚望焉，亦拋磚引玉之意云爾。

　　　　　　　　　　　　　　　　　　　一九九五年夏
　　　　　　　　　　　　　　　　　　　陳勝長序於香港中文大學寓次

目　次

《周官》非古文質疑

——從文字學角度討論徐復觀先生的「論證方法」

一 引 言

近讀徐復觀先生所著《周官成立之時代及其思想性格》（臺灣學生書局，中華民國六十九年五月初版，i—xiii，二〇二頁），書中提出「《周官》乃王莽劉歆們用官制以表達他們政治理想之書」的結論，似乎並不新鮮。誠如徐復觀先生在自序中說：「宋代已有人說此書是劉歆偽作以獻給王莽的，而我僅把王莽在此書得以成立所佔的分量加上去。」（頁一）不過徐先生自稱所運用的「論證方法」，不是前人所曾涉及，因而所得的結論「可以說是完全建立在新基礎之上。」（頁一）徐先生的論證方法，用他自己的話說，是循着兩條線索進行的：一是思想線索，一是文獻線索。他自言是運用「系統地、集體地材料」，來作論證的根據，並且說「前人沒有下過這種工夫。」（頁二）。

徐復觀先生認為《周官》一書（其後改名《周禮》）是王莽草創於前，劉歆整理於後（參頁四九～五七）。《漢書・王莽傳》載：居攝三年（公元八年）莽母功顯君死，劉歆與博士七十八人所奏服制中

說:「攝皇帝遂開秘府，會羣儒，制禮作樂，卒定庶官，茂成天功。聖心周悉，卓爾獨見，發得周禮，以明因監。」徐先生以爲劉歆的話一在改《周官》之名爲《周禮》；二在正式表明《周官》與王莽的關係。雖則裏面謂《周禮》爲王莽所發得，實際則暗示是由王莽會羣儒所制作（參頁四二～四五）。徐先生更提出了「《周官》非古文」的新說：

> 「我的推測王莽劉歆們制作《周官》時，也可能想出之以古文的形式，以資矗動耳目，但在事實上時間上遇有困難，於是特用些奇字僻字乃至自造些怪字，作掩飾之用。且又暗示像王莽所作，更不能用古文。」（頁一一七）

由強調王莽在《周官》一書得以成立所佔的分量，到否定《周官》爲古文經，替千餘年來古今文經學論爭作了一次最大的翻案，可算是徐書最大的「創見」。

就《周官》一書來說，徐復觀先生以爲東漢的班固、許愼、鄭玄等嚴重擾亂了治古代史及治古典的人(參頁三)；而最先誤以《周官》爲古文經的就是許愼。他除了批評許愼在《說文解字敍》中誤以《周官》爲古文經外，又根據甲骨、金文的材料，證明許愼誤信《周官》中的奇字、僻字、怪字爲古文，所以援引那些以爲是原形原義的說明，「率多顛倒不可信」，不但許愼爲《周官》所欺，而且慨歎「治《說文》者迄今尙不之覺。」（頁三）即此而論，徐書可謂有功於學術界了。但徐復觀先生在《兩漢思想史》卷三的代序中說過:「總是希望讀者能由我的文章引起親讀原典的興趣。」這話自然是不錯的，就像《周官》是否古文經這一問題，在比對原典後，本人發覺徐復觀

先生的論證方法實在有很多地方值得商榷，因而不敢謬然相信他所得
出的結論。本文所討論的不過是其中與文字學有關的部分。

二　禍首許慎

以下是徐復觀先生批評許慎的一段文字：

「以《周官》為古文，殆始於許慎。他在所著的《說文解字
敍》中有『其偁《易孟氏》、《書孔氏》、《詩毛氏》、《禮
周官》、《春秋左氏》、《論語》、《孝經》，皆古文也』的
話。自後論及經今古文學的，率以《周官》是屬於古文學派。
……這是一個最大的錯覺。在許慎以前，傳《周官》諸儒，如
杜子春賈逵衛宏先鄭父子，皆無《周官》為古文之說。馬融亦
僅泛說『旣出於山巖屋壁』，未嘗明指為古文。且『山巖』之
與『屋壁』，其間相去甚遠；《周官》不能旣出於山巖，又出
於屋壁，則究出於山巖，抑出於屋壁，馬融有指明的責任，當
指明而未指明，則其為在掩飾中不能不採用含糊之語，甚為明
白。何能由此而推斷其為古文。許氏著《說文解字》，特留意
字的原形原義，所以特別重視古文。他以《周官》為古文，大
概有兩個原因。第一個原因，是由馬氏『出於山巖屋壁』的話
所作的推論。第二個原因，是由《周官》『多存古字』。實則
是多用奇字僻字，甚至是他們自己造出的字，使許慎誤斷其為
古文。」（頁一七五～一七六）

徐復觀先生說許慎以《周官》為古文是由馬融「出於山巖屋壁」

的話所作的推論，那是毫無根據的。按《說文解字》是許愼的兒子許沖在漢安帝建光元年（公元一二一年）進書的❶；許愼完成《說文解字》，自然是在這年之前。徐先生所引馬融的話，出於賈公彥《序周禮廢興》所引馬融《傳》；《傳》即《周官傳》，見於賈公彥所引的還有以下的話：

> 「至六十為武郡守，郡小少事，乃述平生之志，著《尚書》《詩》《禮》傳皆訖。惟念前業未畢者為《周官》。年六十有六，目暝意倦，自力補之，謂之《周官傳》。」（《十三經注疏・周禮注疏》，藝文版，頁七）

徐復觀先生以為賈公彥所引的馬融《傳》「乃撮馬融述《周官》之大意，實為馬融所著《周官傳》之序。」（頁一九二，注六〇）這跟孫詒讓在《周禮正義》中所說略同❷。據此則馬融那篇《周官傳》的序作於馬融六十六歲之年或以後，是明白不過了。不過，《後漢書・馬融傳》卻說：「（融）年八十八、延熹九年卒於家。」桓帝延熹九年即公元一六六年，可知安帝建光元年時馬融纔不過五十二歲，《周官傳》的序還沒有動筆，許愼作《說文解字敍》時又何由得見呢？這是徐復觀先生在考證上沒有注意到材料的時代先後所造成的錯誤。

至於說《周官》中多存古字，使許愼誤斷其為古文，這個問題比較複雜，徐先生的論證如下：

---

❶ 見《說文解字》十五卷下所載許沖上表。
❷ 《周禮正義》卷一：「案賈所引馬傳，蓋即周禮傳序之佚文。」（萬有文庫本，頁三）

「孫詒讓在其《正義略凡例》十二中已列有奇字怪字凡四十餘。（勝長案：《周禮正義略例》中說：『經文多存古字，注則多以今字易之。』並不目為奇字怪字。）其未經列出而被許氏誤認為古文者，我在附注中已指出了『馭』字。（勝長案：此語大奇，因為孫詒讓所舉的四十餘字中，分明以馭御為古今字。未知徐復觀先生根據的《周禮正義》是甚麼版本？）孫氏所舉四十餘字中，有的通用已久……實不足以論古今。……《周官》以『歔』為『漁』，在金文、契文中並找不到作漁解的歔字。金文中有『鱻』字，然經傳中皆用『鮮』字，僅《周官》用『鱻』字。《周官》以『玳』為『兆』，說文因以『玳』為正字，而謂『兆古文兆省』。《周官》用『彝』（勝長案：字當作『籑』）為『筮』，《說文》因只出『籑』字，而謂『彝』古文『巫』字。《說文》的籑字，分明出自《周官》的『籑』字。但契文金文中只有『筮』字，何嘗有『籑』字。僅有『巫』字；何嘗有『叠』字。《周官》用『匵』為『柩』，《說文》因謂『匵籀柩』，但契文金文中何嘗有匵字，經傳亦未見有匵字。諸如此類，乃王莽們故弄玄虛以欺人，而許氏竟為其所欺，由此而與馬融出於山巖屋壁之言相傅合，遂認定《周官》為古文而不疑。」（頁一七七～一七八）

徐復觀先生的意思，是以為《周官》中雖多存古字，但其中一些通用既久，則不足以論古今。有些字雖亦見於金文，或則意義不同，或則其他經傳不用，那只能算是「奇字、僻字」。最重要的，是有些字只見於《周官》，則必然是王莽等自造的「怪字」，故弄玄虛以欺人，結果連許慎也上了當。不過，《周官》如果不是成於王莽劉歆之手，

上述的種種臆測就沒有意義了;《周官》中的古字反而正是成書年代早於其他一些先秦經籍的有力證據。徐復觀先生在全書完成後有機會看到顧實《重考古今偽書考》中的一段文字,爲《周官》最多他書不用的古字提出有力的證明。徐先生因而又在自序中對這段意見恰好相反的材料加以「反省」,不過,徐先生仍然堅持他的論證方法,以爲《周官》用虣、邍而不用暴、原,雖然於古有徵,但「只能算是他們所用的西漢時代的僻字」(頁 iv)。其他戲、甋、㞢、瀵、畺、擈等字,或則以爲是《周官》的作者因好奇而認錯了字,或則昧於字源,或則出於誤用(參頁 iv〜vii)。這裏不但涉及到古文字學的問題,而且也與徐復觀先生在論證時運用材料的方法有關。這留待下節詳細討論。推翻徐復觀先生的論證,也就是證明了《周官》所用的古文多有根據,那麼徐先生推測許慎誤以《周官》爲古文經的兩種原因也就完全落空了。

三 《周官》中的古文

1. 馭 (御)

徐復觀先生以《周官》中某字不見於契文金文,也不見於其他經傳,就指爲王莽等所偽造。其中最有趣的一條例證,就是「馭」字,已別見於附注(頁一八七,注七)。其後又因劉殿爵教授的關係再對「馭」字詳加討論:

> 「我在附注中認爲契文金文中,並無『從又從馬』的馭字;劉教
> 授特指出《韓非子·難勢篇》中有一馭字,《管子》中兩見,《荀

子》中八見，又把周法高《金文詁林》有關御字的部份影印給我。
過去只有人指出，僅《周官》及《尚書》偽《古文五子之歌》
『若朽索之馭六馬』兩處用馭字，而劉教授則更多指出三處，
由此可見他讀書的細密。但《古籀補》收有十八個御字；《古
籀補二》（勝長案：原文如此。）收有九個，《金文編》收有
二十三個，《後編》（勝長案：原文如此。）收有二十一個，
《金文詁林》收有三十二個，其中當然有的是互相重複。此字
的最大的演變是契文及早期金文沒有從馬的；後期金文則出現
有從馬的御字，但斷乎沒有『從馬從又』的馭字。因《說文》
的影響力太大，有的人便把本不是從馬從又的御字，也隸定為
從馬從又的馭字。例如李孝定《甲骨文字集釋》頁五八三收有
四十五個御字，其中沒有一個是從馬從又的。但不僅李氏引董
彥堂氏『馭同御』之說，他自己解釋《殷虛書契菁華》一・一
的一條卜辭時，亦將𢼒（勝長案：推徐復觀文意，此字似當作
𢽟，說詳後。）字隸定為馭，其由《說文》而來的錯覺，又何
待言。」（頁 vii～viii）

劉殿爵教授讀書細密，誠然是值得欽敬的。《韓非子》、《管子》、
《荀子》中所用的馭字，徐復觀先生卻輕易以為是後世鈔書刻書的人
受了《周官》、《說文》的影響而隨意運用的結果。換言之，他是不
承認這幾本書的作者曾經使用過馭字。至於他批評李孝定把𢽟字隸定
為馭，大概是由於徐復觀先生沒有「親讀原典」而引起的錯覺。李孝
定說：

「御之本義當訓迓，其訓進訓用者均由此誼所孳乳。……其訓

為『使馬』之義者字當作馭，與御截然二字。辭云：『癸巳
卜，設貞：旬亡禍？王固曰：「乃茲亦有祟若偁。」甲午，王
往逐豕。小臣古（原注：疑假為固）車馬，硪馭王車，子央亦
隊。』（原注：菁一‧一。）此貞田獵逐豕之事。」（《甲骨
文字集釋》，頁五八九）

這裏李孝定所舉菁一‧一之馭字，實指所錄的🐖字而非🐗字，但因徐
先生沒有尋檢原書，誤信孫海波《甲骨文編》的著錄，而於🐖下注
「菁三‧一」❸。羅振玉《殷虛書契菁華》第一頁僅錄一塊完整的骨
板，此骨板極為有名，常被用作插圖，徐復觀先生大概不會沒有看
過。把🐖字隸定作馭，實在無庸置疑。此外見於《集釋》著錄而可隸
定為馭字的還有三四個。

徐復觀先生說馭字「最大的演變是契文及早期金文沒有從馬的」，
契文表過，接著要說的是徐先生對「早期金文」和「期後金文」的
「考察」。

首先要指出的是，徐復觀先生所引用的《古籀補二》當作《古籀
補補》（即丁佛言編的《說文古籀補補》），或作《古籀補＝》，
「＝」之兩畫齊一，示重文。此書在自序中兩次徵引，都作《古籀補
二》，或出誤植。其次所引《後編》云云，未知所指何書，如果指容
庚的《金文續編》，則所收為秦漢金文，可以不論。容庚的《金文編
凡例》云：「分別部居，略依許慎說文解字。」是以著錄御字在前，
從馬之馭字在後，以同於《說文》的次第，而不是說作御字諸器，年

---

❸ 見孫海波《甲骨文編》第二，頁二四上；藝文版頁一○五。李孝定在《
甲骨文字集釋凡例》云：「本書所收甲骨文均據孫海波《甲骨文編》及
金祥恆《續甲骨文編》，但加臨寫，每多失眞，覽者欲睹原文，仍當求
之影本。」

代都較從馬作馭字諸器爲早。是以邘字著錄在前，駿字著錄在後，而
二字都同出於盂鼎（參一九五九年科學出版社版頁八九～九〇）。至
於年代問題，據容庚的考訂，噩侯鼎、不嬰簋蓋爲周厲王時器（參《
商周彝器通考》，民國三十年哈佛燕京學社版，上冊，頁五四），字
作駿；頌鼎爲周宣王時器（參《商周彝器通考》，上冊，頁五七），
字作御。可見早期金文也有作駿的，後期金文也有作御的。徐復觀先
生誤解《金文編》的體例，因而造成所謂早期金文、後期金文的一些
錯覺，這樣的論證方法也就欠缺堅實的基礎了。既然契文中已有馭
字，則金文中作駿的字從馭字演變而來，又何待言。

2. 畺（疆）

在檢討「畺」字之前，似有先鈔錄徐復觀先生所引顧實《重考古
今僞書考》中的一段文字的必要：

> 「顧氏說：『《周官》最多有他書不用之古字，如虣虎、暴字；
> 䨄、副字；灋，法字；䱷、漁字；撡、拜字；籨，筮字；飌、
> 風字；遵，原字；卝，礦字；柩、柩字；畺、疆字等。求諸說
> 文，䨄，古文副；灋，古文法；遵，古文原；卝，古文礦；畺
> 乃疆之本字；惟籨，古文筮作籨而稍異。而虣䱷飌三字則無有
> 也。更求諸鐘鼎文，虣見寅簋（博古圖），畺見沈兒鐘（古
> 籀補），遵見石鼓，䱷見季加匜（薛氏），伯角父敦（《積
> 古》）；灋見盂鼎；撡尤鐘鼎中所習見。且殷契中有𩖕即飌字
> （羅振玉《殷墟書契考釋》）；此所發現，愈足令人狂喜不置
> ……自非《周官》一書，早作於西周之世，烏得有此乎。』」
> （頁iii～iv）。

徐先生所錄這段文字，不知根據什麼版本，本人拿上海大通書局民國十五年七月版的《重考古今偽書考》（見卷一，頁一四）來對照一下，發覺徐先生的引文竟然錯了六字，漏了一字，即：

（一）「櫃」當作「匯」；

（二）兩「彊」字當作「疆」；

（三）「畺見沈兒鐘」的「畺」字當作「歔」；

（四）「歔見季加匜（薜氏）」的「歔」字當作「畺」，「薜」字當作「薛」。

（五）「季加匜」當作「田季加匜」，奪田字。

按張心澂《偽書通考》中《經部・禮類》也有引錄顧實這段文字，並無誤字，但田季加匜則奪田字作季加匜，因此頗疑徐復觀先生是根據張書轉引。但因鈔錄錯誤，竟以顧實把「畺」字說成是「疆」的本字，徐先生由此出發而作的種種論證，當然不能成立：

> 「因《周官》以畺為疆，於是《說文》十三下『畺界也』。十二下『彊弓有力也』，顧氏遂以畺為疆的本字。契文中只有彊字，但李孝定《甲骨文字集釋》頁四〇三五著錄畺字而不著錄彊字，（勝長案：頗疑此句當作「著錄彊字而不著錄畺字。」）契文中何嘗有畺字。我把《攈古錄金文》（勝長案：攈字當作攈）中的疆字約略統計了一下，弓旁在左的（即彊），不計重文，三十五字；弓旁在右的三字；變體一字（齊侯壺）；沒有弓旁的（即畺）一字（伯角父敦）。從全般情況看，契文的彊，演變而為金文的疆，故絕無可疑的疆是本字。古代以弓量地，故從弓；把弓旁寫在右及沒有弓旁，這種移動與增減，乃

金文中的常例。《周官》作者，昧於字源，不知疆字從弓之義，遂去弓而以畺爲疆，許慎遂爲其所欺，更對疆字作望文生義的解釋。」（頁vi）

其實顧實只是說「畺乃疆之本字」，而徐復觀先生的論證則大談疆字，可謂差之毫釐，謬以千里。《說文》卷十三畕部云：「畺，界也。」又云：「疆，畺或從彊土。」是《說文》以疆爲畺的或體。根據容庚的《金文編》，疆字見於秦公簋、吳王光鑑、蔡侯盤、邾諎尹鉦、王孫壽甗、王子啟疆尊等（見該書頁七○○），不過以上諸器都不見於《攗古錄金文》。按吳式芬的《攗古錄金文》書成於清季，著錄並不完備，未解徐復觀先生何以要用來作統計的根據？不過照他的不完全統計，也知道金文中有「畺」字，既然「畺」字見於金文，爲什麼還要硬指《周官》的作者用「畺」字是「昧於字源」呢？

至於徐復觀先生說「從全般情況看，契文的彊，演變而爲金文的疆，故絕無可疑的疆是本字。」也未免說得太過肯定一點。因爲甲骨文中彊字僅一見，李孝定雖然引用了羅振玉、葉玉森的說解，但最後他的按語則說：「本片僅殘存彊字，其義不詳。」（《甲骨文字集釋》頁四○三六）除彊字僅一見外，甲骨文中倒有作囲、囲、囲的字，李孝定以爲即《說文》的畕字，他說：

「按《說文》『畕，比田也，從二田。』契文正象比田之形。……或會意而作囲，或指事而作畺，其始實一字也。……金文作畕，（自注：枭伯友鼎銘云：『萬年無畺』，與疆（畺）爲一字。）與他器作畺作疆者辭例相同。」《甲骨文字集釋》頁四○三三～四○三四）

如此說來，由畕、畺而變爲疆，再變爲彊，正合乎文字孳乳的原則。《周官》以畺爲疆，用的正是古字。至於《說文》十二下弓部的彊作「弓有力」解，那是別有所本❹。徐復觀先生根據片面不完整的論證，批評許愼望文生義，未免厚誣古人了。

3. 灋（法）

徐復觀先生一書中涉及古文字學的問題很多，其中最值得討論的莫如「灋」字了。他說：

> 「法字已見於《書》的《呂刑》，至戰國時代特爲流行。《周官》不用法而用灋，許愼因以灋爲本字。《說文》十上『灋，刑也』，顧氏因以盂鼎之灋字爲證。而不知灋乃古廢字。盂鼎『灋保先王』，此廢字訓大；《爾雅釋詁》『廢大也』。『勿灋朕命』，用廢之本義。師酉敦的『勿灋朕命』，有的人逕將灋字隸定爲廢。後人有的以灋爲法，這是因爲受到《說文》的影響。而《說文》則是許氏爲《周官》所欺。」（頁Ⅴ）

這眞是不知從何說起！今考傳世秦權、秦量銘文、法度字皆作「灋」，難道這是受了《說文》的影響嗎？如果說秦權量也受了《周官》所欺，那就非得把《周官》的成書年代推到先秦不可了。

---

❹ 按《史記・絳侯周勃世家》云：「（勃）常爲人吹簫給喪事，材官引彊。」（中華書局標點本，卷五十七，頁二〇六五）而《史記集解》則云：「《漢書音義》曰：能引彊弓官，如今挽彊司馬也。」是知「引彊」之彊與《說文》所訓相合。

　　徐復觀先生忽略了秦權量中的材料，才有這樣的論說。至於他堅持灋即廢的古字，還可再加討論。

　　「勿灋朕命」一語屢見金文，而灋之訓廢，也僅見於此語或相近用語，又豈能據以定灋本義必爲廢呢？即如徐復觀先生所曾引用的《攗古錄金文》在釋《虎敦》「勿灋朕命」一語時引許印林說云：

　　「灋，古法字，此借作廢。齊侯鎛鐘晉姜鼎牧敦尨敦寅簋皆然。薛氏云：法有時而廢，故古人通作廢字，猶治亂之謂亂也。」（卷三之二，頁六五上）

　　所引薛氏云云，（見《薛氏鐘鼎欵識》卷十四《龍敦》）說甚詃洽。至於法廢通用之例，在最近出土的《睡虎地秦墓竹簡》（北京文物出版社，一九七八年十一月，三二一頁）中更獲得了堅強的鐵證。其中《語書》（勝長案：一九七七年文物出版社版線裝本此篇題作《南郡守騰文書》）開首的一段是這樣的：

　　　二十年四月丙戌朔丁亥，南郡守騰謂縣、道嗇夫：古者，民各
　　　有鄉俗，其所利及好惡不同，或不便於民，害于邦。是以聖王
　　　作爲法度，以矯民心，……今法律令已具矣，而吏民莫用，鄉
　　　俗淫失（泆）之民不止，是即法（廢）主之明法殹（也）。」
　　　（頁一五）

文中法字屢見，據本書凡例，知字本作灋，釋文不過用通行字體而已。而引文最後一句「是即灋主之明灋殹」，上一灋字顯然訓解作廢。這批秦簡，大部份是法律、文書的紀錄，所以「灋」字出現的次數特多，而以灋字訓廢的地方也有好幾處❺，即使說古時灋廢通用，

────────────

❺　如「貲嗇夫二甲而灋（廢）。」（見該書頁一三八）

而後世既造廢字，而瀁字則專用作瀁度，瀁令解，那只能說古時或假瀁作廢了。徐復觀先生說許慎為《周官》所欺，未免過慮了。

4. 飌（風）

顧實說䮦䵤飌三字不見於《說文》而見於鐘鼎甲骨，其實日人林泰輔研究《周官》的文章裏已發表過了，宇野精一的《中國古典學之展開》中也曾加以徵引❻。徐復觀先生說宇野的書對中日有關《周官》的討論作了「初步的整理」，給了他「很多方便」（參徐書頁一八七，注五）。我們不禁婉惜，那樣重要的關乎《周官》所用古字的「眞僞」與成書年代的材料，徐復觀先生竟然忽略了。他那種「前人沒有下過」的工夫相信也會因此大打折扣。即使後來看了顧實的材料而作「反省」，有時還是不能放棄成見：

> 「顧氏援羅振玉之說，認為契文中 𤩽 即《周官》中所用的飌字，以證明飌字乃風字古文，事實上恰恰相反。顧氏所提出的契文中的鳳字。羅振玉《殷墟書契考釋》謂『考卜辭中諸鳳字，誼均為風。古金文不見風字。《周禮》之飌，乃卜辭中鳳字之傳訛。』這分明說《周官》作者認錯了字。」（頁 iv〜V）

單就徐復觀先生所引的話來看，已知道羅振玉說甲骨文中各鳳字的意義都是作「風」字解，也就是說甲骨文中「鳳」「風」為一字，其說蓋本之王國維，而所謂《周禮》的飌字乃卜辭中鳳字的傳訛，那是指文字形體的譌變而言，並沒有說《周官》的作者誤以「鳳」字為「

---

❻ 見昭和二十四年北隆館版，頁一七一。

風」字。為省讀者尋檢，謹把羅振玉說鳳一節文字詳錄於後：

> 「王氏國維曰：卜辭中屢云『其遘大鳳』，即『其遘大風』。《周禮》大宗伯風師作飌師，從霍，而卜辭作鳳，（勝長案：卜辭中鳳字形如𪃹）二字甚相似。予案此說是也。考卜辭中諸鳳字，誼均為風。古金文不見風字。周禮之飌，乃卜辭中鳳字之傳譌，蓋譌𠂔為𠕁，譌凡為風耳。據此知古者假鳳為風矣。」（《增訂殷虛書契考釋》卷中，頁三二上）

徐復觀先生的引文少了「乃卜辭中鳳字之傳譌」以下幾句，如果不翻檢原書比對，徐先生的曲解或許會取信於一些讀者吧，然而這樣的論證方法，就大有問題了。

5. 戲（漁）

徐復觀先生對戲字的考察如下：

> 「《周官》中有戲人之官，沈兒鐘銘『戲以匽喜』的戲字讀『吾』（《彝銘會釋》一上），從原文看，其非漁字甚為顯然。《說文》十一下『𤃡，捕魚也。從𤇡，從水。漁篆文𤃡，從魚。』《古籀補》從《石鼓文》及遹敦收有兩漁字，下從又，『以手捕魚也』。契文中有不少漁字，且亦有變形，但決無以戲為漁。《說文》段注𤃡字下謂『《周禮》當從古作魚人（原按：契文已有漁字，此說非是。）作敼者近之；作戲者非也』。可見《周官》以戲為漁，係來自他們因好奇而認錯了字。正證明他們用此字時與古文之時代相去甚遠。」（頁 iv）

其說似頗詳辯，但細按之下，漏洞也還多。《經典釋文》卷八《周禮音義》上云：「𩺰人音魚，本又作魚，亦作魰。」賈公彥《周禮注疏》卷一所引同。是知《周官》𩺰字或作魰。而甲骨文中漁字或作魰（參《甲骨文字集釋》頁三四六九），羅振玉於《增訂殷虛書契考釋》定爲漁字，並引《周禮》爲說（見羅書卷中頁七〇下至頁七一上）。然則由「魰」而「𩺰」，正合文字演變之迹，斷無可疑之理。金文中𩺰字雖不作漁字解，此則文字通假爲用，又怎能據以斷定《周官》以𩺰爲漁是因爲「好奇而認錯了字」呢？

徐復觀先生知道金文中𩺰字讀吾，但金文中也有𧇻字，也音吾，王國維云：

> 「周禮天官𩺰人釋文本或作，魰𩺰魰同字，知𧇻魚亦同字矣。古魚吾同音，敦煌唐寫本商書魚家旄孫于荒，日本古寫本周書魚有民有命，皆假魚為吾。史記河渠書功無已時兮吾山平，吾山即魚山也。……」（據《金文詁林》頁六四六八所引）

王國維的博學眞是令人欽敬。即如近年出土的馬王堆帛書中的《戰國縱横家書》（北京文物出版社，一九七六年）其中《蘇秦使盛慶獻書于燕王》章，有「魚（吾）□與子□有謀也」（頁五）之句，而本章的結尾則云：「臣止于勺（趙）而待其魚肉」（頁六）。可見以魚爲吾，本甚普通，大抵沒有人會說「魚」的本義當訓「吾」，而「魚肉」的「魚」倒是假借字的。至此我們可以肯定的說一句，《周官》中的𩺰字確是古字，徐復觀先生企圖證明《周官》的作者認錯了字是沒有根據的。

6.籩（筮）字及其他

徐復觀先生以《周官》中古字之不見於其他經傳者「乃王莽們故弄玄虛以欺人」（見頁一七七，上文已加詳引），即如卜筮之筮，《周官》作籩，而《說文》則作籩，其形略異，徐先生即下斷語說是分明出自《周官》，並說金文中並無籩字。不過我們要知道，古人所能看到的材料，很多我們已無法看到，現存的金文絕對不足以反映先秦文字的全部面貌。根據這些不完整的材料而非議古人，實在與聞疑載疑之義相違。尚幸地不愛寶，古文字材料出土日多，如近年出土的《侯馬盟書》（上海文物出版社，一九七六年），那是春秋晚期晉國的文字，其中巫字作巫，或作巫、巫（參該書頁三〇九），其他如覡字作覡，亦或覡（參該書頁三四五），可見巫字古或從廿（口）。至於卜筮之字，《侯馬盟書》則作筮、筮（參該書頁三五〇），可見《說文》所收古筮字作籩確有根據，即或出自《周官》，而《周官》的籩字之為古文，也可從《侯馬盟書》中找到證據。

綜合本節所述，可知徐復觀先生有關《周官》中所用古字的種種臆測，都不大可信，此外徐先生又論到丼、兆、匚、靁等字。字見丼於古匋文，舒連景在《說文古文疏證》中已加論列（民國二十一年上海商務印書館版，頁六〇；其說日人白川靜的《說文新義》中已加徵引，見該書頁一九三九～一九四〇）；《周官》以兆為兆，而《說文》也收兆字，且以兆為省文。今案《十三經注疏》本實作兆（見《春官·大卜》），而《釋文》所據本則作兆，並云：「音兆，亦作兆。」兆兆之字實不足辯。他如攀字為金文所習見，與《說文》所收的拜字形體相去未遠，無庸置疑（可參吳大澂《字說》，藝文版，頁三三；又李孝定《甲骨文字集釋》，頁三二三七～三二三八）；徐復觀

先生目爲怪字，令人費解（見徐書頁 vi）。如果說「匯」字、「䵼」字僅見於《周官》、《說文》，別無證驗，大可存而不論。但是套用徐復觀先生的「論證方法」，即與《周官》其他各古字關連在一起加以考察，那麼大抵也可以相信；反而徐復觀先生的「論證」使人頗感困惑。

四　所謂《周官》故書的字體問題

徐復觀先生以爲《周官》之非古文學派，「更由《周官鄭注》中所不斷引的故書可得到證明」（頁一七八），說法頗爲新鮮：

> 「王莽劉歆把自己所制作的《周官》加以公開後，同時由參加他們共同制作的集團鈔了若干本，以資流傳。這便是劉歆傳給杜子春以外的別本。但此種別本，也應算是祖本之一，杜子春把自己所得到的別本，特稱爲『故書』，隨他鈔自劉歆之本一併流傳下來。此外還有他人得到流傳下來的，也同樣被稱爲故書。他們寫的字體，都是用的當時流行的隸書，亦即是用『今文』寫的，但決不屬於今文學派。今文之所以能成爲學派，除了他們的典籍是用今文所寫之外，還要加上一個重要條件，即是由漢初經師所傳授下來，流傳有緒。《周官》沒有這種條件。東漢今古文之爭最烈。但反對《周官》的，沒有一個人把它拿到今古文之爭中去處理，因爲他根本不屬於今古文的任何學派。」（頁一八〇～一八一）

《周官》不屬於今文學派，又不屬於古文學派，這眞是破天荒的發

見。關於「故書」的解釋很多,不想在此多作爭論。據李雲光先生在
《三禮鄭氏學發凡》(中華民國五十五年嘉新水泥公司文化基金會出
版)中研究所得的結果,以爲徐養源以故書用古文之說近得其實,因
而說:「指其舊本,則稱『故書』,據其字體,則稱『古文』也。」
(見該書頁二八)

徐復觀對東漢今古文之爭似未深究。東漢反對《周官》的「沒有
一個人把它拿到今古文之爭中去處理」,並不足以說明《周官》「根
本不屬於今古文的任何學派。」況且東漢擁護《周官》的學者,是有
把它拿到今古文之爭中去處理的。請看《後漢書‧盧植傳》中的一段
文字:

> 「時始立太學石經,以正《五經》文字,植乃上書曰:『臣少
> 從通儒故南郡太守馬融受古學,頗知今之《禮記》特多回宂。
> 臣前以《周禮》諸經,發起粃謬,敢率愚淺,為之解詁,而家
> 乏,無力供繕(寫)上,願得將能書生二人,共詣東觀,就官
> 財糧,專心研精,合《尚書》章句,考《禮記》得失,庶裁定
> 聖典,刊正碑文。古文科斗,近於為實,而厭抑流俗,降在小
> 學。中興以來,通儒達士班固、賈逵、鄭興父子,並敦悅之。
> 今《毛詩》、《左氏》、《周禮》各有傳記,其與《春秋》共
> 相表裏,宜置博士,為立學官,以助後來,以廣聖意。』」
> (中華書局標點本,卷六十四,頁二一一六)

李賢注云:

> 「古文謂孔子壁中書也。形似科斗,因以為名。《前書》謂文

字為『小學』也。」（同上）

惠棟《後漢書補注》則云：

> 「古文科斗，謂《尚書》、《毛詩》、《周禮》、《左傳》
> 也。能通古文，即知古訓，故云近於為實。漢世儒者，不信古
> 文，為流俗所抑，僅備六書之一體，故云降在小學也。」（叢
> 書集成本，卷十五，頁六八三）

又近人王國維有《兩漢古文學家多小學家說》一文（見《觀堂集林》
卷七，世界書局版，頁三三一），也引盧植此疏，並云：

> 「循子幹（勝長案：子幹，盧植字。）疏意，古文科斗實目下
> 《毛詩》《左氏》《周禮》三家。三家皆經，而當時抑之於小
> 學。是後漢之末，視古文學家與小學家為一。」

可見《周官》在今古文之爭中實在扮演一個重要的角色，而《周官》
的傳本，也不見得如徐復觀先生所說「都是用的當時流行的隸書。」
徐先生猜測「故書」是用「今文」寫的，這種大膽假設相信是經不起
考驗的。

五 小 結

歷來討論《周官》成書年代的論說，可以分成三大派：第一派主
張此書成於周公；第二派主張此書成立於戰國時代；第三派主張此書

出於劉歆。三派之中,以第二派的戰國說於現代最佔優勢❼,但徐復觀先生批評此派「缺少正面而有力的論證;且對《周官》中有不少材料的下限,並不能作合理的解釋。」(頁二)關於《周官》中的材料下限,是一個複雜的問題,徐先生自然是傾向把材料的下限拉到王莽的時代的,對此本人擬另文再加檢討。不過從文字學的角度看,徐先生提出《周官》非古文的種種論據是站不住腳的。所以《周官》不可能是王莽劉歆等所制作,那只好從徐復觀先生的結論中把王莽在《周官》得以成立所佔的分量剔除,剩下劉歆去制作古文《周官》了。但後一種假設,雖然經過康有為在《新學偽經考》裏宣傳,早已被錢穆有名的《劉向歆父子年譜》一文(見《古史辨》第五冊)粉碎了。

　　＊原載《明報月刊》一九八一年六月號,頁八五～九二。

---

❼　這方面主要的論文有:
　　一、錢穆:《周官著作時代攷》(《燕京學報》第十一期,頁二一九一
　　　　～二三〇〇,民國二十一年出版。)
　　二、郭沫若:《周官質疑》(《金文叢攷》所收,昭和七年出版;又一
　　　　九五四年北京人民出版社版,頁六〇～九二)
　　三、宇野精一:《周禮制作年代私見》(《中國古典學の展開》所收,
　　　　昭和二十四年北隆館版,頁二〇七～二八六)
　　此外尚有史景成的《周禮成書年代考》(《大陸雜誌》第三十二卷,第
　　五期,頁一～八;第六期,頁五～一二;第七期,頁一八～二五;一九
　　六六年。)以為此書成於《呂氏春秋》之後,秦始皇統一之前。又田中
　　利明的《周禮の成立についての一考察》(《東方學》第四十二輯,頁
　　一六～三一;一九七一年)則以為此書成於秦始皇統一之後。

《毛傳》與序相應舉例

一 引 言

漢世傳經，詩分四家，魯齊韓三家爲今文，因立於學官而並爲顯學；毛公古文之學後出，未得立，僅在民間流傳而已。《漢書·藝文志》著錄《毛詩》二十九卷，《毛詩故訓傳》三十卷，可知傳與經本是各自爲書的；傳多於經一卷，其間分合之跡，唐人正義已不能明❶，至清儒王引之在《經義述聞》裏則提出下列的看法：

「《毛詩》經文當爲二十八卷，與魯齊韓三家同，其序別爲一卷，則二十九卷矣。志曰：《詩》經二十八卷，魯齊韓三家。蓋以十五〈國風〉爲十五卷，〈小雅〉七十四篇爲七卷，（前六十篇爲六卷，後十四篇爲一卷。）〈大雅〉三十一篇爲三卷，（前二十篇爲二卷，後十一篇爲一卷。）三〈頌〉爲三卷，合爲二十八卷。周〈頌〉三十一篇，每篇一章，視〈國風〉、大小〈雅〉、魯商〈頌〉諸篇章句最少，故併爲一卷

---

❶ 《毛詩正義》曰：「〈藝文志〉云：《毛詩》經二十九卷，《毛詩故訓傳》三十卷。……其《毛詩》經二十九卷，不知併何卷也。」

也。魯齊二家之序，今不可考，《韓詩》序，則《唐書·藝文志》以為卜商作。《後漢·書周磐傳》注引《韓詩》曰：〈汝墳〉，辭家也。其卒章曰：魴魚頳尾，王室如燬；雖則如燬，父母孔邇。〈楊震傳〉注引《韓詩》曰：〈蝃蝀〉，刺奔女也。蝃蝀在東，莫之敢指。《太平御覽》引《韓詩》曰：〈黍離〉，伯封作也。彼黍離離，彼稷之苗。皆以序與經連引，蓋《韓詩》序冠篇首也。（《藝文類聚》引《詩》曰：〈夫栘〉，燕兄弟也，閔管蔡之失道也。夫栘之華，萼不煒煒；凡今之人，莫如兄弟。蓋亦《韓詩》也。序與經連引，亦序冠篇首故也。）序冠篇首，則不別為卷矣。《毛詩》序則〈小雅·南陔〉、〈白華〉、〈華黍〉序曰：有其義而亡其辭。《箋》曰：其義則與眾篇之義合編，至毛公為《詁訓傳》，乃分眾篇之義，各置於其篇端。然則《詁訓傳》始以序置篇首，若《毛詩》本經，則以諸篇之序合編為一卷明甚；經二十八卷，序一卷，是以云二十九卷也。毛公作《傳》，分周頌為三卷，又以序置諸篇之首，是以云三十卷也。」（見「《毛詩》經二十九卷」條）

王氏所言，大抵是不錯的。序明詩義，而《詁訓傳》則處處與序相應，因此毛公作《傳》時，也就把詩序分置諸篇之首了。

關於詩序的作者問題，鄭玄說：「此序子夏所為，親受聖人。」（《小雅·常棣疏》引《鄭志》）王肅也說：「子夏所序詩意，今之《毛詩》序是也。」（《家語·七十二弟子解注》）然則子夏序詩，實為漢儒相承舊說。子夏親受於孔子而筆之於篇，而孔子則得於國史之傳，所以能不失作詩的本意。而後世學者每對詩序發生懷疑，以為

不是成於一人之手，所以一章之中，首尾衡決，不相聯貫；其間有子
夏、毛公之言，有經師弟子所記，甚至說《毛傳》初行時根本沒有
序，故此序、傳往往不合❷。其實這些見解都有值得商榷的餘地。段
玉裁在《毛詩故訓傳定本小箋‧題辭》中說：「古者傳以述義，如左
氏、公羊氏、穀梁氏之於《春秋》，子夏之於《喪服》，某氏之於
《小正》皆是也；釋故釋訓以記古今異言，《爾雅》是也；毛公彙其
意，而於故訓特詳，故不專曰『傳』，而曰『故訓傳』，是小學之大
宗也。」於申述《毛傳》作意，最爲明白。而詩人渺邈，比興幽微，
每有反覆詠歎而無片言隻語道及作者本意的，這正是傳釋家所當着力
的地方；反看《毛傳》，很多時通篇只下數字訓解，於詩義無所發
明，那麼在鄭玄箋詩之前，學者若單憑《毛傳》去研求三百篇的微言
大義，那是很難做到的。然則毛公爲甚麼只做了這樣簡約的傳解呢？
原因是毛公得傳子夏詩序，於作《故訓傳》時將詩序分置諸篇之首，
如此一來詩意序已說明，便用不着再在傳中贅述了。有時《毛傳》所
言，表面看來或者與經文無甚關連，及與詩序同讀，然後知道是依序
立說，其中有些與序的發端一語相應，有些與序中數語相應，有些與
序的大意相應。本文則是按照字句長短，把詩序大別爲三類：一、除
篇名外，序文只有一句的；二、除篇名外，序文不超過三句的；三、

---

❷　《隋書‧經籍志》：「先儒相承，謂《毛詩》序子夏所創，毛公及衞敬
　　仲又加潤盆。」
　　成伯璵曰：「其餘諸篇之小序，子夏惟裁初句耳。……其下皆是大毛公
　　自以詩中之意而繫其辭也。……但據亡篇之小序惟有一句，毛旣不見詩
　　體，無由得措其辭也。……一句之下，多是毛公，非子夏明矣。」（據
　　朱彝尊《經義考》卷九十九引）
　　曹粹中曰：「序若出於毛，亦安得自相違戾如此，要知毛傳初行之時，
　　猶未有序也。意毛公旣託子夏，其後門人互相傳授，各記其師說，至宏
　　而逐著之。後人又復增加，殆非成於一人之手。則或以爲子夏，或以爲
　　毛公，或以爲衞宏，其勢然也。」（據朱彝尊《經義考》卷九十九引）

除篇名外，序文多於三句的；然後根據這個分類來比合觀察《毛傳》和詩序相應的地方，也希望能藉此說明詩序本是一體，不容強加分割。至於詩義彰顯，不煩序、傳而可推尋以知的，則略不述。

二 《毛傳》與序相應舉例

1.合於序文只有一句的

(1)〈邶・燕燕〉

燕燕于飛。差池其羽。之子于歸。遠送于野。瞻望弗及。泣涕如雨。　燕燕于飛。頡之頏之。之子于歸。遠于將之。瞻望弗及。佇立以泣。　燕燕于飛。下上其音。之子于歸。遠送于南。瞻望弗及。實勞我心。　仲氏任只。其心塞淵。終溫且惠。淑慎其身。先君之思。以勗寡人。

〈序〉：「〈燕燕〉，衛莊姜送歸妾也。」三章「遠送于南」《傳》云：「陳在衛南。」卒章「仲氏任只」《傳》云：「仲，戴媯字也。」而鄭玄注序云：「莊姜無子，陳女戴媯生子，名完，莊姜以為己子。莊公薨，完立，而州吁殺之。戴媯於是大歸，莊姜遠送于野，作詩見己志。」

(2)〈王・采葛〉

彼采葛兮。一日不見。如三月兮。　彼采蕭兮。一日不見。如三秋兮。　彼采艾兮。一日不見。如三歲兮。

〈序〉：「〈采葛〉，懼讒也。」首章《傳》云：「興也。葛所以為絺綌也。事雖小，一日不見於君，憂懼於讒矣。」

(3)〈小雅・谷風之什・無將大車〉

無將大車。祇自塵兮。無思百憂。祇自疧兮。　　無將大車。維塵冥冥。無思百憂。不出于熲。　　無將大車。維塵雍兮。無思百憂。祇自重兮。

〈序〉：「〈無將大車〉，大夫悔將小人也。」首章「無將大車」《傳》云：「大車，小人之所將也。」

(4)〈小雅・谷風之什・鼓鍾〉

鼓鍾將將。淮水湯湯。憂心且傷。淑人君子。懷允不忘。
鼓鍾喈喈。淮水湝湝。憂心且悲。淑人君子。其德不回。
鼓鍾伐鼛。淮有三洲。憂心且妯。淑人君子。其德不猶。
鼓鍾欽欽。鼓瑟鼓琴。笙磬同音。以雅以南。以籥不僭。

〈序〉：「〈鼓鍾〉，刺幽王也。」首章「憂心且傷」《傳》云：「幽王用樂，不與德比。會諸侯於淮上，鼓其淫樂以示諸侯，賢者為之憂傷。」

(5)〈周頌・臣工之什・振鷺〉

振鷺于飛。于彼西雝。我客戾止。亦有斯容。在彼無惡。在此無斁。庶幾夙夜。以永終譽。

〈序〉:「〈振鷺〉,二王之後來助祭也。」「我客戾止」
《傳》云:「客,二王之後。」鄭注序云:「二王,夏、殷
也;其後杞也、宋也。」

(6)〈周頌・臣工之什・有客〉

有客有客。亦白其馬。有萋有且。敦琢其旅。有客宿宿。有客
信信。言授之縶。以縶其馬。薄言追之。左右綏之。既有淫
威。降福孔夷。

〈序〉:「〈有客〉,微子來見祖廟也。」「亦白其馬」《傳》
云:「殷尙白也。」

2.合於序文不超過三句的

(7)〈周南・芣苢〉

采采芣苢。薄言采之。采采芣苢。薄言有之。　采采芣苢。
薄言掇之。采采芣苢。薄言捋之。　采采芣苢。薄言袺之,
采采芣苢。薄言襭之。

〈序〉:「〈芣苢〉,后妃之美也。和平則婦人樂有子矣。」
首章「采采芣苢」《傳》云:「芣苢,馬舄;馬舄,車前也,
宜懷任焉。」

(8)〈邶・終風〉

終風且暴。顧我則笑。謔浪笑敖。中心是悼。　　終風且霾。
惠然肯來。莫往莫來。悠悠我思。　　終風且曀。不日有曀。
寤言不寐。願言則嚏。　　曀曀其陰。虺虺其靁。寤言不寐,
願言則懷。

〈序〉:「〈終風〉,衞莊姜傷己也。遭州吁之暴,見侮慢而
不能正也。」次章「莫往莫來悠悠我思」《傳》云:「人無子
道以來事己,己亦不得以母道往加之。」

(9)〈邶·匏有苦葉〉

匏有苦葉。濟有深涉。深則厲。淺則揭。　　有瀰濟盈。有鷕
雉鳴。濟盈不濡軌。雉鳴求其牡。　　雝雝鳴鴈。旭日始旦。
士如歸妻。迨冰未泮。　　招招舟子。人涉卬否。人涉卬否。
卬須我友。

〈序〉:「〈匏有苦葉〉,刺衞宣公也,公與夫人並爲淫亂。」
次章「有瀰濟盈有鷕雉鳴」《傳》云:「衞夫人有淫佚之志,授
人以色,假人以辭,不顧禮義之難,至使宣公有淫昏之行。」

(10)〈邶·靜女〉

靜女其姝。俟我於城隅。愛而不見。搔首踟躕。　　靜女其
孌。貽我彤管。彤管有煒。說懌女美。　　自牧歸荑。洵美且
異。匪女之爲美。美人之貽。

〈序〉:「〈靜女〉,刺時也。衞君無道,夫人無德。」次章

「靜女其孌貽我彤管」《傳》云：「既有靜德，又有美色，又
能遺我以古人之法，可以配人君也。古者后夫人必有女史彤管
之法，史不記過，其罪殺之。后妃羣妾以禮御於君所，女史書
其日月，授之以環，以進退之。生子月辰則以金環退之。當御
者以銀環進之，著于左手；既御，著于右手。事無大小，記以
成法。」

(11) 〈王‧葛藟〉

緜緜葛藟。在河之滸。終遠兄弟。謂他人父。謂他人父。亦莫
我顧。　　緜緜葛藟。在河之涘。終遠兄弟。謂他人母。謂他
人母。亦莫我有。　　緜緜葛藟。在河之漘。終遠兄弟。謂他
人昆。謂他人昆。亦莫我聞。

〈序〉：「〈葛藟〉，王族刺平王也。周室道衰，棄其九族
焉。」次章「謂他人母」《傳》云：「王又無母恩。」

(12) 〈鄭‧狡童〉

彼狡童兮。不與我言兮。維子之故。使我不能餐兮。　　彼狡
童兮。不與我食兮。維子之故。使我不能息兮。

〈序〉：「〈狡童〉，刺忽也。不能與賢人圖事，權臣擅命
也。」首章「彼狡童兮」《傳》云：「昭公有壯狡之志。」次
章「不與我食兮」《傳》云：「不與賢人共食祿。」

(13) 〈鄭‧子衿〉

青青子衿。悠悠我心。縱我不往。子寧不嗣音。　青青子
佩。悠悠我思。縱我不往。子寧不來。　挑兮達兮。在城闕
兮。一日不見。如三月兮。

〈序〉：「〈子衿〉，刺學校廢也，亂世則學校不脩焉。」首
章「青青子衿」《傳》云：「青衿，青領也；學子之所服。」
又「子寧不嗣音」《傳》云：「嗣，習也。古者教以詩樂，誦
之歌之，絃之舞之。」卒章「一日不見如三月兮」《傳》云：
「言禮樂不可一日而廢。」

（14）〈唐・羔裘〉

羔裘豹袪。自我人居居。豈無他人。維子之故。　羔裘豹
褎。自我人究究。豈無他人。維子之好。

〈序〉：「〈羔裘〉，刺時也，晉人刺其在位不恤其民也。」
首章《傳》云：「袪，袂也。本末不同，在位與民異心自用
也。居居，懷惡不相親比之貌。」

（15）〈秦・蒹葭〉

蒹葭蒼蒼。白露為霜。所謂伊人。在水一方。遡洄從之。道阻
且長。遡游從之。宛在水中央。　蒹葭萋萋。白露未晞。所
謂伊人。在水之湄。遡洄從之。道阻且躋。遡游從之。宛在水
中坻。　蒹葭采采。白露未已。所謂伊人。在水之涘。遡洄
從之。道阻且右。遡游從之。宛在水中沚。

〈序〉：「〈蒹葭〉，刺襄公也。未能用周禮，將無以固其國焉。」首章「蒹葭蒼蒼白露爲霜」《傳》云：「興也。蒹、薕，葭、蘆也；蒼蒼，盛也。白露凝戾爲霜，然後歲事成，國家待禮然後興。」首章《傳》又云：「逆流而上曰遡洄，逆禮則莫能以至也。」又云：「順流而涉曰遡游，順禮求濟，道來迎之。」

(16)〈秦・晨風〉

鴥彼晨風。鬱彼北林。未見君子。憂心欽欽。如何如何。忘我實多。　　山有苞櫟。隰有六駁。未見君子。憂心靡樂。如何如何。忘我實多。　　山有苞棣。隰有樹檖。未見君子。憂心如醉。如何如何。忘我實多。

〈序〉：「〈晨風〉，刺康公也。忘穆公之業，始棄其賢臣焉。」首章「鴥彼晨風鬱彼北林」《傳》云：「先君招賢人，賢人往之，駛疾如晨風之飛入北林。」又「忘我實多」《傳》云：「今則忘之矣。」

(17)〈小雅・甫田之什・鴛鴦〉

鴛鴦于飛。畢之羅之。君子萬年。福祿宜之。　　鴛鴦在梁。戢其左翼。君子萬年。宜其遐福。　　乘馬在廄。摧之秣之。君子萬年。福祿艾之。　　乘馬在廄。秣之摧之。君子萬年。福祿綏之。

〈序〉：「〈鴛鴦〉，刺幽王也。思古明王交於萬物有道，自

奉養有節焉。」首章「鴛鴦于飛畢之羅之」《傳》云:「興也。鴛鴦,匹鳥。太平之時,交於萬物有道,取之以時,於其飛乃畢掩而羅之。」

3.合於序文多於三句的

(18)〈召南・江有汜〉

江有汜。之子歸。不我以。不我以。其後也悔。　　江有渚。之子歸。不我與。不我與。其後也處。　　江有沱。之子歸。不我過。不我過。其嘯也歌。

〈序〉:「〈江有汜〉,美媵也。勤而無怨,嫡能悔過也。文王之時,江沱之間有嫡不以其媵備數,媵遇勞而無怨,嫡亦自悔也。」首章「其後也悔」傳云:「嫡能自悔也。」

(19)〈召南・野有死麕〉

野有死麕。白茅苞之。有女懷春。吉士誘之。　　林有樸樕。野有死鹿。白茅純束。有女如玉。　　舒而脫脫兮。無感我帨兮。無使尨也吠。

〈序〉:「〈野有死麕〉,惡無禮也。天下大亂,彊暴相陵,遂成淫風。被文王之化,雖當亂世,猶惡無禮也。」首章「野有死麕白茅苞之」《傳》云:「凶荒則殺禮,猶有以將之。野有死麕,羣田之獲而分其肉。白茅,取絜清也。」卒章「無使尨也吠」《傳》云:「非禮相陵則狗吠。」

(20)〈邶·日月〉

日居月諸。照臨下土。乃如之人兮。逝不古處。胡能有定。寧不我顧。　　日居月諸。下土是冒。乃如之人兮。逝不相好。胡能有定。寧不我報。　　日居月諸。出自東方。乃如之人兮。德音無良。胡能有定。俾也可忘。　　日居月諸。東方自出。父兮母兮。畜我不卒。胡能有定。報我不述。

〈序〉：「〈日月〉，衛莊姜傷己也。遭州吁之難，傷己不見答於先君，以至困窮之詩也。」次章「寧不我報」《傳》云：「盡婦道而不得報。」

(21)〈邶·旄丘〉

旄丘之葛兮。何誕之節兮。叔兮伯兮。何多日也。　　何其處也。必有與也。何其久也。必有以也。　　狐裘蒙戎。匪車不東。叔兮伯兮。靡所與同。　　瑣兮尾兮。流離之子。叔兮伯兮。褎如充耳。

〈序〉：「〈旄丘〉，責衛伯也。狄人迫逐黎侯，黎侯寓于衛，衛不能脩方伯連率之職，黎之臣子以責於衛也。」首章「旄丘之葛兮何誕之節兮」《傳》云：「興也。前高後下曰旄丘，諸侯以國相連屬，憂患相及，如葛之蔓延相連及也。」又「叔兮伯兮何多日也」《傳》云：「日月以逝，而不我憂。」三章「靡所與同」《傳》云：「無救患恤同也。」

(22)〈邶·北風〉

北風其涼。雨雪其雱。惠而好我。攜手同行。其虛其邪。既亟只且。　　北風其喈。雨雪其霏。惠而好我。攜手同歸。其虛其邪。既亟只且。　　莫赤匪狐。莫黑匪烏。惠而好我。攜手同車。其虛其邪。既亟只且。

〈序〉：「〈北風〉，刺虐也。衛國並爲威虐，百姓不親，莫不相攜持而去焉。」次章「攜手同歸」《傳》云：「歸有德也。」

(23)〈邶・新臺〉

新臺有泚。河水瀰瀰。燕婉之求。籧篨不鮮。　　新臺有洒。河水浼浼。燕婉之求。籧篨不殄。　　魚網之設。鴻則離之。燕婉之求。得此戚施。

〈序〉：「〈新臺〉，刺衛宣公也。納伋之妻，作新臺于河上而要之，國人惡之，而作是詩也。」首章「新臺有泚河水瀰瀰」《傳》云：「水所以絜汙穢，反于河上而爲淫昏之行。」

(24)〈鄘・牆有茨〉

牆有茨。不可埽也。中冓之言。不可道也。所可道也。言之醜也。　　牆有茨。不可襄也。中冓之言。不可詳也。所可詳也。言之長也。　　牆有茨。不可束也。中冓之言。不可讀也。所可讀也。言之辱也。

〈序〉：「〈牆有茨〉，衛人刺其上也。公子頑通乎君母，國人疾之，而不可道也。」首章「言之醜也」《傳》云：「醜，於君醜也。」卒章「言之辱也」《傳》云：「辱，辱君也。」

(25)〈鄘‧桑中〉

爰采唐矣。沬之鄉矣。云誰之思。美孟姜矣。期我乎桑中。要我乎上宮。送我乎淇之上矣。　　爰采麥矣。沬之北矣。云誰之思。美孟弋矣。期我乎桑中。要我乎上宮。送我乎淇之上矣。　　爰采葑矣。沬之東矣。云誰之思。美孟庸矣。期我乎桑中。要我乎上宮。送我乎淇之上矣。

〈序〉：「〈桑中〉，刺奔也。衛之公室淫亂，男女相奔，至于世族在位，相竊妻妾，期於幽遠。政散民流，而不可止。」首章「云誰之思美孟姜矣」《傳》云：「姜，姓也。言世族在位，有是惡行。」

(26)〈王‧黍離〉

彼黍離離。彼稷之苗。行邁靡靡。中心搖搖。知我者。謂我心憂。不知我者。謂我何求。悠悠蒼天。此何人哉。　　彼黍離離。彼稷之穗。行邁靡靡。中心如醉。知我者。謂我心憂。不知我者。謂我何求。悠悠蒼天。此何人哉。　　彼黍離離。彼稷之實。行邁靡靡。中心如噎。知我者。謂我心憂。不知我者。謂我何求。悠悠蒼天。此何人哉。

〈序〉：「〈黍離〉，閔宗周也。周大夫行役，至于宗周，過

故宗廟宮室，盡爲禾黍。閔周室之顚覆，彷徨不忍去，而作是詩也。」首章「彼黍離離彼稷之苗」《傳》云：「彼，彼宗廟宮室。」

(27)〈鄭・緇衣〉

緇衣之宜兮。敝予又改爲兮。適子之館兮。還予授子之粲兮。

　　緇衣之好兮。敝予又改造兮。適子之館兮。還予授子之粲兮。　　緇衣之蓆兮。敝予又改作兮。適子之館兮。還予受子之粲兮。

〈序〉：「〈緇衣〉，美武公也。父子並爲周司徒，善於其職。國人宜之，故美其德，以明有國善善之功焉。」首章《傳》云：「緇，黑色，卿士聽朝之正服也。有德君子，宜世居卿士之位焉。」又云：「適，之；館，舍；粲，餐也。諸侯入爲天子卿士，受采祿。」

(28)〈鄭・將仲子〉

將仲子兮。無踰我里。無折我樹杞。豈敢愛之。畏我父母。仲可懷也。父母之言。亦可畏也。　　將仲子兮。無踰我牆。無折我樹桑。豈敢愛之。畏我諸兄。仲可懷也。諸兄之言。亦可畏也。　　將仲子兮。無踰我園。無折我樹檀。豈敢愛之。畏人之多言。仲可懷也。人之多言。亦可畏也。

〈序〉：「〈將仲子〉，刺莊公也。不勝其母，以害其弟。弟叔失道而公弗制，祭仲諫而公弗聽，小不忍以致大亂焉。」首

章「將仲子兮」《傳》云：「仲子，祭仲也。」次章「畏我諸
兄」《傳》云：「諸兄，公族。」

(29) 〈齊‧甫田〉

無田甫田。維莠驕驕。無思遠人。勞心忉忉。　　無田甫田。
維莠桀桀。無思遠人。勞心怛怛。　　婉兮孌兮。總角丱兮。
未幾見兮。突而弁兮。

〈序〉：「〈甫田〉，大夫刺襄公也。無禮義而求大功，不脩
德而求諸侯；志大心勞，所以求者，非其道也。」首章《傳》
云：「興也。甫，大也；大田過度而無人功，終不能獲。」又
云：「忉忉，憂勞也；言無德而求諸侯，徒勞其心忉忉耳。」

(30) 〈魏‧伐檀〉

坎坎伐檀兮。寘之河之干兮。河水清且漣猗。不稼不穡。胡取
禾三百廛兮。不狩不獵。胡瞻爾庭有縣貆兮。彼君子兮。不素
餐兮。　　坎坎伐輻兮。寘之河之側兮。河水清且直猗。不稼
不穡。胡取禾三百億兮。不狩不獵。胡瞻爾庭有縣特兮。彼君
子兮。不素食兮。　　坎坎伐輪兮。寘之河之漘兮。河水清且
淪猗。不稼不穡。胡取禾三百囷兮。不狩不獵。胡瞻爾庭有縣
鶉兮。彼君子兮。不素飧兮。

〈序〉：「〈伐檀〉，刺貪也。在位貪鄙，無功而受祿，君子
不得進仕爾。」首章《傳》云：「坎坎，伐檀聲；寘，置也；

干，厓也；風行水成文曰漣。 伐檀以俟世用， 若俟河水清且
漣。」

(31)〈唐‧山有樞〉

山有樞。隰有榆。子有衣裳。弗曳弗婁。子有車馬。弗馳弗
驅。宛其死矣。他人是愉。　　山有栲。隰有杻。子有廷內。
弗洒弗埽。子有鍾鼓。弗鼓弗考。宛其死矣。他人是保。
山有漆。隰有栗。子有酒食。何不日鼓瑟。且以喜樂。且以永
日。宛其死矣。他人入室。

〈序〉：「〈山有樞〉，刺晉昭公也。不能脩道以正其國，有
財不能用，有鍾鼓不能以自樂，有朝廷不能洒埽；政荒民散，
將以危亡；四鄰謀取其國家而不知。國人作詩，以刺之也。」
首章「山有樞隰有榆」《傳》云：「興也。樞，荎也；國君有
財貨而不能用，如山隰不能自用其財。」

(32)〈唐‧無衣〉

豈曰無衣七兮。不如子之衣。安且吉兮。　　豈曰無衣六兮。
不如子之衣。安且燠兮。

〈序〉：「〈無衣〉，美晉武公也。（勝長案：段玉裁《毛詩
故訓傳定本小箋》云：「美或作刺，誤。」《校勘記》同。）
武公始幷晉國，其大夫爲之請命乎天子之使，而作是詩也。」
首章「不如子之衣安且吉兮」《傳》云：「諸侯不命於天子，

則不成爲君。」

(33)〈小雅・甫田之什・頍弁〉

　　有頍者弁。實維伊何。爾酒旣旨。爾殽旣嘉。豈伊異人。兄弟
匪他。蔦與女蘿。施于松柏。未見君子。憂心奕奕。旣見君
子。庶幾說懌。　　有頍者弁。實維何期。爾酒旣旨。爾殽旣
時。豈伊異人。兄弟具來。蔦與女蘿。施于松上。未見君子。
憂心怲怲。旣見君子。庶幾有臧。　　有頍者弁。實維在首。
爾酒旣旨。爾殽旣阜。豈伊異人。兄弟甥舅。如彼雨雪。先集
維霰。死喪無日。無幾相見。樂酒今夕。君子維宴。

　　〈序〉：「〈頍弁〉，諸公刺幽王也。暴戾無親，不能宴樂同
　　姓，親睦九族。孤危將亡，故作是詩也。」首章「蔦與女蘿施
　　于松柏」《傳》云：「喻諸公非自有尊，託王之尊。」

三　附論：《毛傳》與序不合辨疑

　　《四庫全書總目》云：「朱鶴齡《毛詩通義・序》又舉〈宛丘〉
篇序首句與《毛傳》異辭，其說皆足爲小序首句原在毛前之明證。邱
光庭《兼明書》舉〈鄭風・出其東門〉篇，謂《毛傳》與序不符；曹
粹中《放齋詩說》亦舉〈召南・羔羊〉、〈曹風・鳲鳩〉（勝長案：
當爲〈召南・鵲巢〉）、〈衛風・君子偕老〉三篇，謂傳意序意不相
應，序若出於毛，安得自相違戾。其說尤足爲續申之語出於毛後之明

證。」❸ 我們不妨再就這幾篇詩的傳、序不合這問題作一重新考察，

看看本文傳、序相應的論據是否能夠不被動搖。

(1)〈召南・鵲巢〉

維鵲有巢。維鳩居之。之子于歸。百兩御之。　　維鵲有巢。

維鳩方之。之子于歸。百兩將之。　　維鵲有巢。維鳩盈之。

之子于歸。百兩成之。

〈序〉：「〈鵲巢〉，夫人之德也。國君積行累功，以致爵位；

---

❸ 邱光庭曰：「先儒言詩序幷小序子夏所作，或曰毛萇所作。明曰：非毛
萇所作也。何以知之？按〈鄭風・出其東門〉序云：『民人思保其室
家。』經曰：『縞衣綦巾，聊樂我員。』《毛傳》曰：『願其室家得相
樂也。』據此傳意與序不同，自是又一取義也。何者？以有女如雲者，
皆男女相棄不得保其室家，即縞衣綦巾是作詩者之妻也。旣不能保其
妻，乃思念之，言願更得聊且與我爲樂。如此則與序合。今毛以縞衣
綦巾爲他人之女，願爲室家得與相樂。此與序意相違，故知序非毛作
也。此類實煩，不可具舉。或曰：旣非毛作，毛爲傳之時，何不解其序
也？答曰：以序文明白，無煩解也。」
曹粹中曰：「『羔羊之皮，素絲五紽。』《毛傳》謂『古者素絲以英
裘，不失其制，大夫羔裘以居。』其說如此而已。而序云『在位皆節儉
正直，德如羔羊。』且以退食爲節儉。其說於康成、毛無此意也。『維
鵲有巢，維鳩居之。』《毛傳》謂『鳩不自爲巢，居鵲之成巢。』其說
如此而已。而序云：『德如鳲鳩，乃可以配焉。』『君子偕老，副笄六
珈。』毛傳云：『能與君子偕老，乃宜居尊位，服盛服。』而序云：『故
陳人君之德，服飾之盛，宜與君子偕老。』則與《傳》意先後顚倒矣。
序若出於毛，亦安得自相違戾如此！要知《毛傳》初行之時，猶未有序
也。」（據朱彝尊《經義考》卷九十九引）
朱鶴齡《毛詩通義・自序》曰：「序之出於孔子、子夏，出於國史，與
出於毛公、衞宏，雖無可考，然自成周至春秋，數百年間，陳之太師，
肄之樂工，教之國史，其說必有所自。大約首句爲詩之根柢，以下則推
而衍之。推衍者間出於漢儒，首句則最古不易。觀於六亡詩之序，止系
以一言，則後序多漢儒所益明矣。觀於毛公之傳〈宛丘〉，不同於序
說，則首句非毛公所爲又明矣。」（據朱彝尊《經義考》卷一百十八所
引）

夫人起家，而居有之。德如鳲鳩，乃可以配焉。」首章「維鵲有巢維鳩居之」《傳》云：「興也。鳩、鳲鳩，秸鞠也；鳲鳩不自爲巢，居鵲之成巢。」《正義》云：「言維鵲自多歷春功著，乃有此巢窠，鳲鳩往居之，以興國君積行累功勤勞，乃有此爵位，維夫人往處之。今鳲鳩居鵲之巢，有均壹之德，以興夫人亦有均一之德，故可以配國君。」至於鳲鳩之德，毛公於傳〈曹風‧鳲鳩〉一篇中說得很明白，《傳》云：「鳲鳩之養其子，朝從上下，莫從下上，平均如一。」而於傳〈鵲巢〉時則畧不言，此正傳釋家省文之例。且上引《正義》申明《傳》云「興也」的意義，正與詩序相應，尤足證明毛公作傳之時，已有詩序，所以傳文每畧序之所詳；讀者只要能比合觀覽，自然會發覺《毛傳》是處處依序立說的了。

（2）〈召南‧羔羊〉

> 羔羊之皮。素絲五紽。退食自公。委蛇委蛇。　羔羊之革。
> 素絲五緎。委蛇委蛇。自公退食。　羔羊之縫。素絲五總。
> 委蛇委蛇。退食自公。

〈序〉：「〈羔羊〉，鵲巢之功致也。召南之國，化文王之政，在位皆節儉正直，德如羔羊也。」《正義》云：「云德如羔羊者，〈麟趾〉序云：如麟趾之時。〈騶虞〉序云：仁如騶虞。皆如其經。則此德如羔羊，亦如經中之羔羊也。經陳大夫爲裘用羔羊之皮，此云德如羔羊者，詩人因事託意，見在位者裘得其制，德稱其服，故說羔羊之裘，以明在位之德。敍達其意，故云如羔羊焉。」因爲此篇作意，序已明言，所以《毛傳》只在首章說「古者素絲以英裘，不失其制，大夫羔裘以居。」大夫即序所謂在位的人。詩意多非直言，若不依序探

求，僅對內容作表面的了解，那麼這篇詩便一無佳處了。

（3）〈鄘·君子偕老〉

> 君子偕老。副笄六珈。委委佗佗。如山如河。象服是宜。子之
> 不淑。云如之何。　　玼兮玼兮。其之翟也。鬒髮如雲。不屑
> 髢也。玉之瑱也。象之揥也。揚且之晳也。胡然而天也。胡然
> 而帝也。　　瑳兮瑳兮。其之展也。蒙彼縐絺。是紲袢也。子
> 之清揚。揚且之顏也。展如之人兮。邦之媛也。

〈序〉：「〈君子偕老〉，刺衛夫人也。夫人淫亂，失事君子之
道，故陳人君之德，服飾之盛，宜與君子偕老也。」（案鄭注序云：
「夫人，宣公夫人， 惠公之母也。人君，小君也， 或者小字誤作人
耳」。）首章「君子偕老副笄六珈」《傳》云：「能與君子俱老，乃
宜居尊位， 服盛服也。」《正義》云：「毛以為由夫人失事君子之
道，故陳別有小君，內有貞順之德，外有服飾之盛，德稱其服，宜與
君子偕老者，刺今夫人有淫佚之行，不能與君子偕老。偕老者，謂能
守義貞絜，以事君子；君子雖死，志行不變，與君子俱至於老也。經
陳行步之容，髮膚之貌，言德美盛飾之事，能與君子偕老者乃然。故
發首言君子偕老，以為一篇之摠目。序則反之，見內有其德，外稱其
服，然後能與君子偕老。各自為勢，所以倒也。」可知序與傳意先後
顛倒，不過是文勢使然，卻不能說二者不相應。

（4）〈鄭·出其東門〉

> 出其東門。有女如雲。雖則如雲。匪我思存。縞衣綦巾。聊樂
> 我員。　　出其闍闍。有女如荼。雖則如荼。匪我思且。縞衣

茹藘。聊可與娛。

〈序〉:「〈出其東門〉,閔亂也。公子五爭,兵革不息,男女相棄,民人思保其室家焉。」首章「匪我思存」《傳》云:「思不存乎相救急。」又「縞衣綦巾聊樂我員」《傳》云:「縞衣,白色男服也;綦巾,蒼艾色女服也;願室家得相樂也。」《正義》云:「毛以為鄭國民人不得保其室家,男女相棄。故詩人閔之,言我出其鄭城東門之外,有女被棄者,眾多如雲然。女既被棄,莫不困苦,詩人閔之,無可奈何。言雖則眾多如雲,非我思慮所能存救,以其眾多,不可救拯。唯願使昔日夫妻,更自相得,故言彼服縞衣之男子,服綦巾之女人,是舊時夫妻,願其還自配合,則可以樂我心云耳。詩人閔其相棄,故願其相得則樂。」則《傳》所謂「思不存乎相救急」,即序所謂「閔亂也」,而「願室家相樂」一語,正與序所說的「民人思保其室家焉」相應。

(5)〈陳·宛丘〉

子之湯兮。宛丘之上兮。洵有情兮。而無望兮。　　坎其擊鼓。宛丘之下。無冬無夏。值其鷺羽。　　坎其擊缶。宛丘之道。無冬無夏。值其鷺翿。

〈序〉:「〈宛丘〉,刺幽公也,淫荒昏亂,游蕩無度焉。」首章「子之蕩兮」《傳》云:「子,大夫也。」《正義》云:「毛以此序所言是幽公之惡,經之所陳是大夫之事。由君身為此惡,化之使然,故舉大夫之惡以刺君。」又云:「大夫當朝夕恪勤,助君治國。而游蕩高丘,荒廢政事,此由幽公化之使然,故舉之以刺幽公也。」

三百篇中，不乏舉臣以刺君的例子❹。自鄭箋以爲「子者，斥幽王也」，解說與傳不同，於是引致後人產生毛傳與序不相照應的懷疑。其實這樣的懷疑是大可不必的。

（6）〈曹・鳲鳩〉

鳲鳩在桑。其子七兮。淑人君子。其儀一兮。其儀一兮。心如結兮。　　鳲鳩在桑。其子在梅。淑人君子。其帶伊絲。其弁伊騏。　　鳲鳩在桑。其子在棘。淑人君子。其儀不忒。其儀不忒。正是四國。　　鳲鳩在桑。其子在榛。淑人君子。正是國人。正是國人。胡不萬年。

〈序〉：「〈鳲鳩〉，刺不壹也。在位無君子，用心之不壹也。」首章「鳲鳩在桑其子一兮」《傳》云：「興也。鳲鳩，秸鞠也；鳲鳩之養其子，朝從上下，莫從下上，平均如一。」又「其儀一兮心如結兮」《傳》云：「言執義一則用心固。」是詩意純美，絕無刺意。而《正義》云：「經云正是四國，正是國人，皆謂諸侯之身，能爲人長。則知此云（案：此云指序言。）在位無君子者，正謂在人君之位，無君子之人也。在位之人既用心不壹，故經四章皆美用心均壹之人，舉善以駿時惡。」《詩經》中以美爲刺的例子，屢見不鮮❺，於

---

❹　〈邶・旄丘〉序云：「責衞伯也。狄人迫逐黎侯，黎侯寓于衞，衞不能脩方伯連率之職，黎之臣子，以責於衞也。」三章「狐裘蒙戎匪車不東」《傳》云：「大夫狐蒼裘，蒙戎，以言亂也。」亦舉臣以刺君，與此正同。

❺　〈齊・東方之日〉序云：「刺衰也。君臣失道，男女淫奔，不能以禮化也。」首章「東方之日兮彼姝者子在我室兮」《傳》云：「興也。日出東方，人君明盛，無不照察也。姝者，初昏之貌。」《正義》云：「言古人君之明盛，刺今之昏闇；言婚姻之正禮，以刺今之淫奔也。」則經文以美爲刺者，與此正同。

此正可見《毛傳》與序有時是相反而相成的。我們若不明白《毛傳》與序是一個整體，卻舍序以求《毛傳》傳詩的大旨，便難免會有所罔惑迷失了。

　　＊原載《中國學人》第三期，新亞研究所出版，一九七一年，頁一五～三〇。

論戴震之師承問題

———

戴震（東原，一七二四～一七七七）嘗師事江永（愼修，一六八
一～一七六二），清人殆無異辭。其事戴震晚年頗諱言之，張穆（石
州，一八〇五～一八四九）於〈方牧夫先生壽序〉中云：

> 徽州山盤水交，實產魁儒。本朝婺源江氏，始以樸學爲後進
> 倡。一時從游，卓然深造有稱於世者三人：曰東原戴氏，曰
> 榮齋金氏，其一則晴原方先生也。榮齋撰述未竟而歿。東原
> 抗心自大，晚頗諱言其師。而晴原先生終己命爲江氏之徒無異
> 詞。❶

其後學者論戴校《水經注》勦襲趙一清書，而僞託出《永樂大典》
本，鄙其爲人，更彰其晚年背師之惡。如魏源（默深，一七九四～一
八五七）於〈書趙校《水經注》後〉云：

---

❶ 《□齋文集》，咸豐八年（一八五八）壽陽祁氏刻本，卷二，頁十七上
至十七下。

戴爲婺源江永門人，凡六書、三禮、九數之學，無一不受諸
江氏，有同門方晞所作〈羣經補義序〉稱曰「同門戴震」可
證。及戴名旣盛，凡己書中稱引師說，但稱爲「同里老儒江愼
修」，而不稱師說，亦不稱先生，則攘他氏之書，猶其事之小
者也。❷

王國維（靜安，一八七七～一九二七）於〈聚珍本戴校《水經注》
跋〉則云：

東原學問才力，固自橫絕一世，然自視過高，驚名亦甚。……
其平生學術出於江愼修。……其於江氏亦未嘗篤在三之誼，但
呼之曰「婺源老儒江愼修」而已。❸

江、戴關係，爲清代學術史上一大公案。輓近爲戴震辯誣者多爲徽
人。歙縣許承堯於民國二十六年（一九三七）序《安徽叢書》第六期
《戴東原先生全集》，始則曰「承堯以爲先生之學，深造自得，不由
師授。」❹繼則辨江、戴關係，以爲「誼在師友之間，原未嘗著籍稱
弟子。」❺其言曰：

靜安又謂先生之學出於江愼修，其於江氏未嘗篤在三之誼，但呼

---

❷ 《魏源集》，北京：中華書局，一九七六年三月，頁二二六。
❸ 《觀堂集林》，上海古籍書店一九八三年九月影印上海商務印書館一九
  四〇年版《王國維遺書》，卷十二，頁三三下。
❹ 《安徽叢書》第六期，民國二十五年（一九三六）《安徽叢書》編印處
  刊本，〈許序〉，頁一上。
❺ 同上注，頁三下。

之曰婺源老儒江慎修而已。按〈行狀〉云：「先生自江寧歸，淳安方楘如先生掌教紫陽書院，一見先生文，深折服。時郡守何公，嘗以月某日，延郡之名人宿學，講論經義於書院之懷古堂。婺源江先生永，治經數十年，博綜淹貫，先生一見傾心，取所學就正。江先生見其盛年博學，相得甚歡。一日，舉曆算中數事為問，先生為比較剖析，言其所以然，江驚歎其敏。」考何達善守徽在乾隆己巳（一七四九），先生年二十七，明年庚午（一七五〇），方楘如應聘主講紫陽，定新安三子課藝。三子者先生與鄭牧、汪梧鳳也。又二年壬申（一七五二）夏，程讓堂姊婿汪松岑言於其從祖之弟在湘，在湘因延先生至其家教其子。在湘、梧鳳字，歙之西溪人。家有園名不疏，園多藏書。其《松溪文集‧送劉大櫆序》云：「余生二十五年，從游淳安方朴山先生，後三年，從游星源江慎齋先生。」梧鳳生雍正丙午（一七二六），少先生三歲。其從方楘如年二十五，正在庚午。而後三年從江慎修，則在癸酉（一七五三）。汪容甫為梧鳳墓志云：「江、戴二人孤介少合，君獨禮而致諸其家。」是江亦館汪氏。先生與江蹤跡之密，殆無逾於此時。又二年乙亥（一七五五），先生入都。（原注：王昶撰先生墓志銘作甲戌之春，此從段玉裁《年譜》。）後七年壬午（一七六二），江卒於家，先生撰《事略狀》，上之續文獻通考館、史館。蓋江氏之學得先生而後表章，而先生與江自庚午相見至乙亥，不過五年。誼在師友之間，原未嘗著籍稱弟子。然先生書中於江多稱睿齋先生，且先生本亦字慎修，後遂不用，其尊之者至矣，靜安所云，亦未諦也。❻

---

❻ 同上注，頁二下至三下。

按許承堯考證戴震於乾隆十五年庚午（一七五〇）始識江永，與段玉裁（若膺，一七三五～一八一五）所爲《戴東原先生年譜》繫之乾隆七年壬戌（一七四二）者不同。其實在許氏之前魏建功已於所爲《戴東原年譜》❼發之矣。惟魏《譜》則云戴震「見江愼修而師之」❽，與許所強調戴震之學「不由師授」、與江永「誼在師友之間」者爲異。魏之言如此，以魏《譜》嘗採用王昶〈江愼修先生墓誌銘〉之材料，故知戴震之於江永嘗「著籍稱弟子」也（說詳後）。

績溪胡適之爲戴震辯誣也，一九四三年作〈戴震對江永的始終敬禮〉一文，中云：

> 我曾遍查孔刻本《戴氏遺書》，只見東原一生對於江愼修眞是處處盡敬禮，從沒有一點不恭敬的態度，也沒有一句不恭敬的話。
>
> 東原著作中，提到江愼修之處，有這些！
>
> （1）《考工記圖》提到三次，都稱「江先生曰」，（頁三二，三六，四四），又附注云：「江先生名永，字愼修，著《律呂新義》」。（頁四五）此書作於乾隆丙寅（十一年，一七四六），東原二十四歲。刻書時在乾隆乙亥（二十年，一七五五），他三十三歲，已負盛名了。
>
> （2）〈顧氏音論跋〉稱「江先生」一次。（段刻本作江丈。）此文作於乾隆癸未（二十八年，一七六三），東原

---

❼ 魏建功《戴東原年譜》，《國學季刊》，第二卷第一號，民國十四年（一九二五）十二月，頁一二五～一五三。

❽ 同上注，頁一四七。

四十一歲。

（３）〈答段若膺論韻〉稱「江慎修先生」一次，以下稱「江先生」凡八次。此書作於乾隆丙申（四十一年，一七七六），那時東原五十四歲，次年他就死了。

東原二十歲始從江慎修問學，我們看他從二十四歲到五十四歲，從少年到他臨死，提到慎修，都稱「江先生」。……只有兩次敍述古音的歷史，說鄭庠顧炎武江永三個人的古韻分部，因為作歷史的記載，特別用「吾郡老儒江慎修永」的稱呼。一處是《聲韻考》卷三的「古音」一卷，……一處是他給段玉裁做的〈六書音均表序〉。……讀這兩段歷史敍述，請問這一句「吾郡老儒江慎修永」有一絲一毫不恭敬的意義嗎？於亭林則直稱「崑山顧炎武」，於慎修則特別尊稱為「吾郡老儒江慎修永」，這不是特別表示敬意嗎？「吾郡老儒」豈不是等於說「吾郡的一位老先生」嗎？❾

許、胡篤恭鄉里，雖有足多，惟胡氏以「吾郡老儒」等於說「吾郡的一位老先生」，文不稱師，胡氏尚企圖為「背師盜名」者平反，實在並不高明。至若許氏之罔顧有關史料，遽謂戴震之學不出江永，二人誼在師友之間，則亦曲護鄉賢之蔽也。

余英時先生撰〈戴震的《經考》與早期學術路向——兼論戴震與江永的關係〉一文❿，則仍據許承堯之言，以為「江、戴初晤在庚午不

---

❾ 見《胡適手稿》第一集，臺北：胡適紀念館，一九六六年二月，卷一，頁二九～三〇。

❿ 余英時〈戴震的《經考》與早期學術路向——兼論戴震與江永的關係〉，原載《錢穆先生八十歲紀念論文集》，民國六十三年（一九七四），頁二九～六四，其後收入所著《論戴震與章學誠》一書，香港：龍門書店，一九七六年九月，頁一五一～一八三。

在壬戌，其讞可以定。」[11] 又謂「現存第一手史料皆不言東原爲愼修弟子……遍檢東原生前相知所爲傳記，固無一人曾謂江、戴有正式師弟關係。」[12] 因謂江戴師生之說乃屬後起，戴震於江永既未嘗正式執弟子禮，「則自無所謂背師問題」[13]。至論戴震晚年稱江永爲「吾郡老儒江愼修永」，有別於早年於《經考》中稱「江慎（愼）齋先生」者，余先生則以爲「恐亦與東原對『道』之新體認有關」[14]，意謂戴震晚年成《孟子字義疏證》，治義理之學深造有得，遂降考據爲第二義之學，就戴氏晚期之見解言之，「愼修之學已不足以言『聞道』矣。」[15] 余先生所論，竊以爲尚可商榷。日月逾邁，未聞有繼余先生此文詳辨江、戴關係者[16]。是故不揣固陋，敢陳一得之見。倘余先生文中別有微意深旨，則非末學之所知。識小之譏，或不免焉。

[11] 同上注 《錢穆先生八十歲紀念論文集》，頁四五；《論戴震與章學誠》，頁一六七。

[12] 同上注《錢穆先生八十歲紀念論文集》，頁四七；《論戴震與章學誠》頁一六八～一六九。

[13] 同上注，《錢穆先生八十歲紀念論文集》，頁四八；《論戴震與章學誠》，頁一七〇。

[14] 同上注，《錢穆先生八十歲紀念論文集》，頁五六；《論戴震與章學誠》，頁一七八。

[15] 同上注。又余先生文中論戴震乾隆三十一年丙戌（一七六六）以後治義理之學之經過，見《錢穆先生八十歲紀念論文集》，頁五四～五五；其後作《戴東原與清代考證學風》（收入《論戴震與章學誠》，頁八三～一三二），論述尤詳。

[16] 徐復觀曾於《「清代漢學」衡論》一文（原載《大陸雜誌》，第五十四卷第四期，民國六十六年〔一九七七〕四月十五日，頁一～二二；其後收入《中國思想史論集續篇》，臺北：時報文化出版事業有限公司，民國七十一年〔一九八二〕三月二十七日，頁五一一～五六七。）引用盧文弨之言，以證明戴震入京之初對其師江永仍很推崇。未知是否針對余先生之文而發。

一

考清人論江、戴關係之第一手材料，今可見者，於乾隆二十七年
壬午（一七六二）戴震所爲〈江愼修先生事略狀〉而外，以後此十餘
年王昶（德甫，一七二五～一八〇六）之〈江愼修先生墓志銘〉最爲
重要，文見《春融堂集》卷五十五，其言曰：

> 余友休寧戴君東原，所謂通天地人之儒也。常自述其學術實本
> 之江愼修先生。乾隆二十七年三月，先生卒。是年東原舉于
> 鄉。明年來京師，求所以志先生者。卒卒不果。又十餘年，余
> 自蜀還朝，而東原以薦授庶吉士，校理四庫館書，於是取所自
> 爲〈狀〉及汪世重等《年譜》而屬余銘之。……先生弟子著籍
> 者甚眾，而戴君及金君榜尤得其傳。❶

可知王昶之志江永，實據戴震〈江愼修先生事略狀〉與汪世重等所爲
《江愼修先生年譜》爲之，且其事出戴震之請也。汪世重等所爲《年
譜》未見❶，而戴震〈事略狀〉中固未嘗言師事江永，王昶〈江愼修
先生墓志銘〉中稱江永弟子之著籍者戴震尤得其傳，其或本之汪世重
等所爲《年譜》歟？考王昶於乾隆四十一年丙申（一七七六）還

---

❶　《春融堂集》，清光緒十八年（一八九二）重刊本，卷五十五，頁三下
　　至五下。

❶　按楊殿珣《中國歷代年譜總錄》「江永」條下著錄：「《江愼修先生年
　　譜》一卷，清・江錦波、汪世重合編，《放生戒殺現報錄》附刊本。」
　　（北京：書目文獻出版社，一九八〇年十一月，頁二四五）此書未見。

朝❶，則此〈墓志銘〉當成於丙申、丁酉（一七七七）間而爲戴震所及見者也。

戴震之於江永，嘗著籍稱弟子，已如上述。且戴震於乾隆十九年甲戌（一七五四）入都以後，嘗對人盛稱其師江永之學矣。盧文弨（紹弓，一七一七～一七九六）有〈江愼修《河洛精蘊》序〉一文，中謂：

> 吾友戴東原在京師，嘗爲余道其師江愼修先生之學，而歎其深博無涯涘也。❷

文題下注「乙巳」二字，蓋即乾隆五十年乙巳（一七八五），去戴震之死未遠。合王、盧之文觀之，安得謂戴震師事江永之說後出耶！

又考錢大昕（曉徵，一七二八～一八〇四）《潛研堂文集》卷三十三載〈與戴東原書〉一，中云：

> 前遇足下於曉嵐所，足下盛稱婺源江氏推步之學，不在宣城下。僕惟足下之言是信，恨不即得其書讀之。頃下榻味經先生邸，始得盡觀所謂翼梅者。其論歲實，論定氣，大率祖歐邏巴之說，而引而伸之。其意頗不滿於宣城，而吾益以知宣城之識之高，何也？宣城能用西學，江氏則爲西人所用而已，及觀其冬至權度，益啞然失笑。……向聞循齋總憲不喜江說，疑其有意抑之。今讀其書，乃知循齋能承家學，識見非江所及。當今學通天人者，莫如足下。而獨推江無異辭，豈少習於江，而特

---

❶ 參《春融堂集》所附嚴榮《述庵先生年譜》。
❷ 《抱經堂文集》，《四部叢刊》影印閩縣李氏觀槿齋藏嘉慶本，卷六，頁五下至六上。

為之延譽耶？❷

可知戴震亦嘗對錢大昕稱江永推步之學矣。顧錢氏則以為江永不及宣城梅文鼎（定九，一六三三～一七二一），文鼎之孫瑴成（循齋）能承家學，識見在江永上。頗訝戴震之延譽江永特甚。此書錢氏自編《年譜》注繫之乾隆十九年甲戌❷，觀書中之言，則戴震或已移寓紀昀（曉嵐，一七二四～一八〇五）家，似應繫之乙亥（一七五五）❷。又據書中「向聞循齋總憲不喜江說」之言，則錢大昕耳江永之名，尚在戴震入都之前也。

戴震入都翌年乙亥，紀昀為刻《考工記圖》，且為之序曰：

戴君東原始為《考工記》作圖也，圖後附以己說而無注。乾隆乙亥夏，余初識戴君，奇其書，欲付之梓。遲之半載，戴君乃為余刪取先後鄭注，而自定其說以為補注。又越半載，書成。仍名曰《考工記圖》，從其始也。戴君語余曰：「昔丁卯戊辰間，先師程中允出是書以示齊學士次風先生，學士一見而歎曰：誠奇書也。今再遇子奇之，是書可不憾矣。」戴君深明古人小學，故其考證制度字義，為漢已降儒者所不能及。❷

---

❷ 錢大昕《潛研堂文集》，《國學基本叢書》本，上海：商務印書館，頁五一八～五二〇。

❷ 錢大昕《錢辛楣先生年譜》，《十駕齋養新錄》卷首附，《國學基本叢書》本，上海：商務印書館，頁二二。

❷ 按段玉裁《戴東原先生年譜》隆乾二十年乙亥下引程易田云：「是年假館紀尚書家。」（見《戴震集》附錄，上海古籍出版社，一九八〇年五月，頁四五九）又紀昀《考工記圖・序》曰：「乾隆乙亥夏，余初識戴君。」（《戴震集》附錄，頁四六〇）

❷ 《安徽叢書》所收影印河間紀氏閱微草堂本《考工記圖》，《紀序》，頁一上。

細讀此序，當知「自定其說以爲補注」者，即《考工記圖》未加注前圖後所附之「己說」耳。此等文字與最初成書時應無大出入。按《考工記圖》後序云：「訾（時）柔兆攝提格，日在南北河之閒，東原氏書於游藝塾。」❷⁵可知最初成書蓋在乾隆十一年丙寅（一七四六）。據胡適考證，《考工記圖》稱「江先生曰」者凡三次，今檢江氏所著書，知其中兩次實出《周禮疑義舉要》（另一次出《律呂新義》，原附注已言之。）論者或以爲乃乙亥付刻前所增入❷⁶，雖或有此可能，似難確考，姑置不論。不過胡適所考證者尚有遺漏。按《考工記圖》卷下有圖曰「爲規識景」❷⁷，題下注云：「此圖得之江先生」。然則此圖決非戴震入都以後所加者殆可斷言。即此一端，已可證明戴震於乾隆十一年丙寅（一七四六）之前已交江永矣。魏建功、許承堯等人據洪榜（汝登，一七四五～一七七九）〈行狀〉推斷江、戴初識在乾隆十五年庚午（一七五〇），自亦無法成立。

紀昀於《考工記圖・序》中引戴震言「先師程中允」云云，其人蓋即程恂，竊以爲於江、戴二人相交關係甚大。按戴震〈江慎修先生事略狀〉云：

> 先生（按指江永）嘗一遊京師，以同郡程編修恂延之至也。三禮館總裁桐城方侍郎苞素負其學，及聞先生，願得見，見則以所疑〈士冠禮〉、〈士昏禮〉中數事爲問，先生從容置答，乃大折服。而荊溪吳編修紱自其少於禮儀功深，及交於先生，質

---

❷⁵ 同上注，卷下，頁六十五下。
❷⁶ 參余英時〈戴震的《經考》與早期學術路向〉，《錢穆先生八十歲紀念論文集》，頁四六；《論戴震與章學誠》，頁一六八。按《考工記圖上》頁四十四下引江先生曰之文見於補注，則初成書時或已有之。
❷⁷ 《考工記圖》，卷下，頁三二上。

以《周禮》中疑義，先生是以有《周禮疑義舉要》一書，此乾隆庚申（一七四〇）、辛酉（一七四一）間也。

後數年，程、吳諸君子已歿，先生家居寂然。值上方崇獎實學，命大臣舉經術之儒。時婺源縣知縣陳公，有子在朝為貴官，欲為先生進其書，來起先生。先生自顧頹然就老，謂無復可用；又昔至京師，所與遊皆無在者，愈益感愴，乃辭謝。而與戴震書曰：「馳逐名場非素心。」卒不能強起。㉘

而洪榜〈戴先生行狀〉則云：

先生（按指戴震）之自邵武歸也，年甫二十。同縣程中允洵一見，大愛重之，曰：「戴道器也。吾見人多矣，如子者，巍科碩輔，誠不足言。」㉙

據〈行狀〉之言，戴震自邵武歸休寧當在乾隆七年壬戌（一七四二），年甫二十，而程洵（案當依戴震〈事略狀〉作恂）一見即大加愛重，其後復向齊召南（次風）推延戴震所為《考工記圖》。戴震有感程氏知遇之深，故於入都之初稱程氏曰「先師」也。今按李富孫《鶴徵後錄》記乾隆元年丙辰（一七三六）舉博學鴻詞者，程恂與齊召南同列二等，《錄》云：

程恂，字懍也，江南休寧人。雍正甲辰（一七二四）進士，原任北運河同知，由兵部尚書直隸總督李衛薦舉，授檢討，陞中

㉘　《安徽叢書》本《戴東原集》，卷十二，頁五上至五下。
㉙　見《二洪遺稿》之《初堂遺藁》，清道光中梅華書院刊本；又《安徽叢書》本《戴東原先生年譜》後亦附載此文。

允。（原注：先生精于三禮，在都時嘗延江先生慎修于邸舍，互相討論，學益深博，入詞垣。充大清會典三禮館纂修官，與李少宗伯清植同采《儀禮》之誤，極為研審。）⓿

　　婺源、休寧同屬徽州府，程恂推譽鄉賢，乃於乾隆庚申、辛酉間延婺源江永至京師。壬戌居鄉，諒必與江永同返。戴震休寧人，於程恂鄉誼尤深。程既激賞戴震，安有不向江永延譽之理？段玉裁以為戴震初識江永在乾隆七年壬戌者，或非出於誤讀洪榜〈行狀〉而別有所據歟⓿？

　　江永長戴震四十三歲，學優一郡，乾隆庚申、辛酉間已略顯名於時，始則見賞於顯宦程恂，其後郡守何達善亦深禮重。戴震對江永執弟子禮，此理所當然者也。矧以程恂之學視江永為何如哉？戴震猶且師之。戴之師程也，上非關鄉會試，下不能與投拜相論。後此者未聞戴震顯程之事於傳狀，顯程之書備儲四庫館。以程比江，程則進士，舉博學鴻詞；江不免為諸生老鄉曲。然江所著書入四庫館者不下十餘種，敍錄譽之特甚，或出戴震之手⓿。而今之論者乃謂戴震未嘗對江

⓿　《鶴徵後錄》，清道光二十四年（一八四四）吳江沈氏世楷堂刊《昭代叢書》壬集補編本，卷二十四，頁十七下。
⓿　洪榜事蹟見江藩《漢學師承記》卷六（上海書店版〔與《宋學淵源記》同本〕，一九八三年十二月，頁九九～一〇三）。榜歙縣人，卒年僅三十五歲，於戴震早年事蹟，不過得之傳聞。即或出於戴震之口，而戴震晚年諱言其師，所言或與初入都時語錢、盧諸人者異，亦不足怪。
⓿　按江永所著書收入《四庫全書》者計有：
　　(1)《周禮疑義舉要》七卷；
　　(2)《儀禮釋宮增注》一卷；
　　(3)《禮記訓義擇言》八卷；
　　(4)《深衣考誤》一卷；
　　(5)《禮書綱目》八十五卷；
　　(6)《儀禮釋例》一卷；

（文轉下頁）

永正式執弟子禮者，何哉？乾隆十六年辛未，戴震年二十九，始補縣
學生，而所著書若《考工記圖》、若《爾雅文字考》者，已成卷帙
❸，可謂窮阨而篤於學矣。既入四庫館，位望逾隆，晚乃諱言師事江
永。劉殿爵教授蓋嘗論戴震眼光勢利、攀附名人矣，其言曰：

> 在《戴東原集》卷三載有〈與王內翰鳳喈書〉，其中說：「承
> 示《書・堯典》注……昨僕偶舉篇首光字……則請終其說以明
> 例」，好像他曾與王氏通信論學。但王鳴盛（鳳喈）《蛾術
> 篇》卷四有「光被」條云：「新安戴吉士震，號為精于經。乙

（文接上頁）
>   (7)《春秋地理考實》四卷；
>   (8)《羣經補義》五卷；
>   (9)《鄉黨圖考》十卷；
>   (10)《律呂新論》二卷；
>   (11)《律呂闡微》十卷；
>   (12)《古韻標準》四卷；
>   (13)《四聲切韻表》一卷；
>   (14)《考訂朱子世家》一卷；
>   (15)《近思錄集註》十四卷；
>   (16)《算學》八卷，續一卷。

《四庫提要》盛稱江永之書考證精密，持義多允，勝於前人。雖有未
洽，亦多為之迴護，如於《儀禮釋例》下云：「蓋永考證本精，而此則
草創之本耳。」（《四庫全書總目》，北京：中華書局一九八三年六月
影印浙江杭州本，頁一九一）《鄉黨圖考》下云：「然全書數十百條，其
偶爾疏漏者不過此類，亦可謂邃於三禮者矣。」（頁三〇七）江永服膺
朱子之學，提要於此亦無惡評，如《禮書綱目》下云：「其書雖仿《儀
禮經傳通解》之例，而參考羣經，洞釋條理，實多能補所未及，……蓋
《通解》朱子未成之書，不免小有出入。……永引據諸書，釐正發明，
實足終朱子未竟之緒。視胡文炳輩務博篤信朱子之名，不問其已定之說
未定之說，無不曲為祖護者，識趣相去遠矣。」（頁一七九）又如《近
思錄集註》下云：「永邃於經學，究心古義，穿穴於典籍者深，雖以餘
力為此書，亦具有體例，與空談尊朱子者異也。」（頁七八一）。
❸ 關於《爾雅文字考》成書年代，參段玉裁《戴東原先生年譜》「十四年
己巳，二十七歲」條下。（《戴震集》附錄，頁四五八）

亥歲，予官京師，作《尚書後案》，吉士偶過予，為予論〈堯
典〉『光被四表』，光當作橫，予未敢信。吉士沒，其文集
出，內有與予札云：（中略）……三十餘年前，予雖與吉士往
還，曾未出郵著相質，吉士從未以札見投，突見于其集。昔樂
安李象自刻集，內有詭稱顧亭林與之書論地理，象先答書辨顧
說為非，亭林呼為『譎觚』。今吉士札譎否不足辨……」對戴
氏之「詭稱」，鄙夷之色，溢於言表。則戴氏之為人亦可概見
矣。❸❹

戴震之初入都，或則向紀昀稱其書嘗見賞於齊召南，或則偽造與王鳴
盛論學書信，以示交厚，乃至稱其師江永之學，皆所以為顯名耳。錢
大昕與戴震為學問交，深重其學。然於其為人，似亦未嘗許可也。觀
《潛研堂文集》卷三十九〈江先生永傳〉云：

休寧戴震，少不譽於鄉曲，先生（按指江永）獨重之，引為忘
年交，震之學得諸先生為多。❸❺

同卷〈戴先生震傳〉則云：

戴先生震，字東原，休寧人。少從婺源江慎修游。……（戴
震）又嘗與友人書云：「僕數十年來，得於行事者，立身則曰
不苟，待人則曰無憾。事事不苟，猶未能遠恥辱也。念念求無

---

❸❹ 見《學術與人格》，《明報月刊》，第十二卷第二期（總第一三四期）
一九七七年二月，頁六三。
❸❺ 錢大昕《潛研堂文集》，頁六一六。

憾，猶未能免怨尤也。其得於學者，不以人蔽己，不以己自蔽。不為一時之名，亦不期後世之名。凡求名之弊有二：非掊擊前人，以自表襮，即依傍昔儒，以附驥尾。二者不同，而鄙吝之心同，是以君子務在聞道也。……講明正道，修辭立誠，以俟後學。其或聽或否，或傳或墜，或尊信或非議，所不計也。」性介特，多與物忤，落落不自得。年三十餘，策蹇至京師，困於逆旅，饘粥幾不繼，人皆目為狂生。一日，攜其所著書過予齋，談論竟日，既去，予目送之，歎曰：「天下奇才也。」㊱

據錢氏自編《年譜》，乾隆三十五年庚寅（一七七〇）年四十三歲，「始讀《說文》，研究聲音文字訓詁之原。」㊲其為受戴震之影響，自不待言。錢氏固知戴震少習於江永，而戴震所為《聲韻考》，竟稱其師曰「吾郡老儒江慎修永」，錢氏能無所感乎？聽言觀行，夫子所以寄慨！〈戴震傳〉中於「性介特，多與物忤，落落不自得」之前詳引戴氏與友人書者，殆亦有深意歟？牟潤孫先生嘗為文闡發錢大昕《潛研堂文集》與《十駕齋養新錄》中之論政微言㊳，竊以為錢氏史學大家，《潛研堂文集》篇章次第，或恐亦有微意深旨㊴。今按《潛研堂文集》卷三十三始載平生與友人書信。第一通題為〈與友人論師書〉，次則為〈與戴東原書〉，次則為〈與段若膺書〉。段於戴稱弟

㊱　同上注，頁六一九～六二〇。

㊲　錢大昕《十駕齋養新錄》，頁三二二。

㊳　見牟著《錢大昕著述中論政微言》，《明報月刊》，第十六卷第十二期（總第一九七期），一九八一年十二月，頁八五～八八；第十七卷第一期（總第一九八期），一九八二年一月，頁八八～九二。

㊴　按段玉裁《潛研堂文集·序》云：「集凡五十卷，分為十四類者，先生所手定也。」（《潛研堂文集》，段《序》，頁二。）

子，終生尊戴不渝。〈與戴東原書〉前文已加徵引，蓋錢氏與戴震論其師江永推步之學者也。顧卷三十三各通書信，皆論學術，獨卷首一通不然，今摘錄〈與友人論師書〉如下：

> 日者，足下枉過僕。僕以事他出，未得見。頃遇某舍人云：足下欲以僕為師。僕弗敢聞也。蓋師道之廢久矣。古之所謂師者，曰經師，曰人師。今人所謂師者，曰童子之師，曰鄉會試之師，曰投拜之師。……童子之師，猶巫醫百工之師，稱之曰師，可也。鄉會試主司同考之于士子，朝廷未嘗許其為師，而相沿師之者三百餘年。然令甲又有外官官小者迴避之例，則固明予以師之稱矣。漢人於舉主有為之制服者，而門生之名，唐宋以來有之。語其輩行，則先達也；語其交誼，則知己也。因其一日之知，而奉之以先生長者之號，稱之曰師，亦可也。今之最無謂者，其投拜之師乎？外雅而內俗，名公而實私。師之所求于弟子者，利也。傳道解惑無有也。束脩之問朝至而夕忘之矣。弟子之所藉于師者，勢也。質疑問難無有也。今日得志，而明日背其師矣。……孟子曰：人之患在好為人師。古之好為師也以名，今之好為人師也以利。好名之心，僕少時不免，迄今方以為戒；而惟利是視，則僕弗敢出也。❹

據「好名之心，僕少時不免，迄今方以為戒」諸語，知此書當作於中年或晚年。其次之〈與戴東原書〉則作於乾隆十九年甲戌（一七五四）或二十年乙亥（一七五五），已見前論，時錢大昕不過二十七、八歲。然則以〈與友人論師書〉廁於〈與戴東原書〉之前者，論其時

---

❹ 《潛研堂文集》，頁五一七～五一八。

既不相接，表面上內容亦不相侔，豈謂史學大家如錢氏者詮次其文雜亂若此乎？昔者司馬遷以屈原、賈生合傳，所以明作辭以諷諫，連類以爭義者，異代而同悲；以〈司馬相如列傳〉廁於〈西南夷列傳〉之後，則〈子虛〉、〈大人〉，靡麗多誇，要歸風諫，而功烈尤關唐蒙之通夜郎。是乃史家之微意也。反觀錢集，卷三十三首論師道，次錄與戴震書，書末云：「當今學通天人者，莫如足下，而獨推江無異辭，豈少習于江，而特為之延譽耶？」然則所以首論師道者，寧非為戴震晚年諱言其師下一注腳乎？

三

戴震於書中稱引江永之言，除胡適所舉者外，尚見於《經考》與《經考附錄》，皆作「江慎齋先生曰」❹，所引之言，見於《經考》者凡四次，《經考附錄》者一次。《經考附錄》晚出，來源可疑，恐出偽託❷。至於《經考》中稱引江說，計卷一「卦變」條下一次❹，蓋出江永《河洛精蘊》卷五「卦變說」，而文字頗有刪節❹；另《經考》卷三「古音叶韻」條下三次❹，皆出江永《古韻標準》❹。今考

---

❹ 按門弟子或稱江永曰「江慎齋先生」，慎即愼之古字，如汪梧鳳為文稱「從游星源江愼齋先生」（見本文引許承堯《戴東原先生全集‧序》所引〈送劉大魁序〉）。又乾隆五十六年辛亥（一七九一）許作屏《周禮疑義舉要‧序》云：「辛亥遊新安，始備覩慎齋江先生書。」（《叢書集成》本，上海：商務印書館，民國二十五年〔一九三六〕十二月，許〈序〉，頁一）然則慎（愼）齋或即江永之號歟？許作屏私淑於江永，序中亦稱戴震為江永高弟也。

❷ 按《安徽叢書》所收《經考》五卷，乃據南陵徐氏《鄦齋叢書》本。此書原委，據李文藻跋，知是從河間紀先生（昀）借錄而經餘姚邵二雲手校者。至於《經考附錄》七卷，實據歙縣許承堯所藏寫本影印。許氏跋

云：

> 承堯得此書時共三冊，二巨冊爲《經考附錄》，一爲先生（按指戴震）所撰《屈賦注》之首冊。皆乾隆時寫本，皆湖田草堂舊藏，皆有墨印匡格，其匡格之尺寸大小亦同。《屈賦注》只有不疏園刊板，微波榭未重刊，見《年譜》。此首冊前無盧學士序，寫極精工，當爲不疏園初寫本無疑。則此《附錄》二冊亦出不疏園同時寫本無疑矣。湖田草堂藏書皆咸豐亂後得之，其由不疏園流轉而出，揣之近理。（頁一下至二上）

據此知《安徽叢書》所收《經考附錄》與《屈原賦注初稿》乃同一來源。除湖田草堂印外，別無題跋。《經考附錄》各卷之首不著戴震之名，書中稱江眘齋先生者一次。（見卷一「大衍」條下〔頁一九下〕，蓋亦出《河洛精蘊》者）又「贗孔安國書傳」條按語稱「錢編修曉徵嘗與予論及此」（卷二，頁七五下），則戴震乾隆十九年甲戌（一七五四）入都後事也。至於《經考》於「大戴禮記八十五篇」條按語錄乾隆丁丑所爲《大戴禮記》目錄後語二（卷四，頁一七上至一八下），其事猶在甲戌之後。紀、邵等人旣得見《經考》，何以戴震不並出《經考附錄》與之傳鈔，此事之可疑者也。許承堯以《屈原賦注初稿》爲不疏園初寫本，《經考附錄》亦爲同時寫本無疑，則此《經考附錄》寫本不當記入都以後事矣。據段玉裁《戴東原先生年譜》，知戴震所爲《屈原賦注》成於乾隆十七年壬申（一七五二）（《戴震集》附錄，頁四五八），刻成則在乾隆二十五年庚辰（一七六〇）（頁四六三），注中嘗引紀編脩曉嵐之言，殆出後加，此所謂《屈原賦注初稿》者則無之，惟注文與刻本多有不同，如「名余曰正則兮，字余曰靈均」下注云：「後人名字說，蓋昉于此。」（卷一，頁一下）竊以爲戴震少作亦不至鄙陋若此也。而「退將復脩吾初服」後注云：「此二章即淵明歸田園之意，所謂『誤落塵網中，一去三十年。羈鳥戀舊林，池魚思故淵』是也。蘭皐椒丘，即舊林故淵之義。」（卷一，頁九上）以後證前，豈識見如戴震者所當有！即此而論，已可斷其出於僞作。作僞者蓋效《孟子》僞孫奭《疏》故智，《屈原賦注》別有《通釋》、《音義》，此則散《音義》入正文下，散《通釋》入注中，旣採刻本之注，復雜以僞說，託名戴震，以售其鄙陋之見耳。《經考附錄》與《屈原賦注初稿》同一來源，其作僞之迹，或同出一手歟？敢先陳梗概於此，他日當爲文詳辨之。

❸ 《經考》卷一，頁一三上至一六上。

❹ 《河洛精蘊》，上海千頃堂書局民國十四年（一九二五）印本，卷五，頁一上至十上。

❺ 《經考》，卷三，頁二一上至二二下。

❻ 其一見《古韻標準・例言》（北京：中華書局一九八二年十二月影印清咸豐元年〔一八五一〕汚陽陸建瀛覆刻《貸園叢書》本，頁二上至二下〔總頁三〕）中間略有刪節；其二見平聲第一部「同」字下（卷一，頁一上至一下〔總頁一三〕）；其三見平聲第十三部「嚴」字下（同卷，頁六九上至六九下〔總頁四七〕）。

余英時先生以爲《經考》一書至少己巳、庚午已成卷帙，其中一條主要論據爲戴震《與是仲明論學書》，余先生云：

> 然考之《舜山是仲明先生年譜》，此書（按指〈與是仲明論學書〉）殆作於己巳（一七四九）或庚午（一七五〇），而《經考》草創則猶在其前。故東原與是仲明書開首便說：
>
> > 僕所爲《經考》，未嘗敢以聞於人，恐聞之而驚顧狂惑者衆。
>
> 這裏「經考」兩字是書名，並非經學考證的泛稱。〈與是仲明書〉有下面一段有名的說法：
>
> > 僕聞事於經學，蓋有三難：淹博難，識斷難，精審難。三者，僕誠不足與於其間，其私自持，曁爲書之大概，端在乎是。前人博聞強識，如鄭漁仲、楊用修諸君子，著書滿家，淹博有之，精審未也。
>
> 今查此說全本之《經考》。《經考》云：
>
> > 宋吳棫才老始作《韻補》……明楊慎用修又增益之……余謂凡著述有三難：淹博難、識斷難、精審難。二家淹博有之，識斷、精審則未也。
>
> 可見三難之論東原已先於《經考》中發之；及寫〈與是仲明書〉時，不過易吳才老之例爲鄭漁仲而已。❹

按余先生論《經考》之草創猶在〈與是仲明論學書〉之前則是矣

---

❹　〈戴震的《經考》與早期學術路向〉，《錢穆先生八十歲紀念論文集》頁三二；《論戴震與章學誠》，頁一五三～一五四。

❹。至謂三難之論東原先於《經考》中發之則非也。三難之論雖見《經考》卷三，其實乃引「江慎齋先生」之言而見於《古韻標準・例言》者也。江永作《古韻標準》，戴震嘗與參定❹，據此可知戴震爲《經考》時，已在參定《古韻標準》之後矣。《古韻標準》成書之確實日期，今難確考❺，所可知者，戴震〈與是仲明論學書〉襲取江永三難之論，則其時《古韻標準》或未刊行歟！

善乎余先生之言曰：「東原早年之於慎修，凡弟子之所當禮於其師者，胥一一爲之。」❺戴震既於江永著籍稱弟子矣，則晚年稱之爲「吾郡老儒江慎修永」者，非背師而何！

戴震入都之初，盛稱其師江永之學，前文已論之矣。王昶〈江慎

---

❹ 按余先生據《是仲明先生年譜》定戴震〈與是仲明論學書〉作於己巳或庚午。其實本之錢賓四先生《中國近三百年學術史》（上海：商務印書館，民國二十六年〔一九三七〕五月）之考證。惟錢先生僅謂「相其語氣，疑是己巳庚午兩年是、戴相晤於徽州時事也。」（頁三一二）蓋錢先生以爲段玉裁爲《戴東原年譜》年已八十，頗有誤記誤排。又謂「段編戴集與是書題注癸酉，亦與年譜違異，可證年譜不足盡據。」（同上頁）最後乃謂「與是書雖不能確定其年月，謂在癸酉東原未入都前，諒無大誤。」（頁三一三）癸酉即乾隆十八年（一七五三）。余先生以爲戴震草創《經考》在識江永之前，故不以〈與是仲明論學書〉繫之癸酉也。

❹ 按《古韻標準・例言》云：「余（按指江永）旣爲《四聲切韻表》，細區今韻，歸之字母音等，復與同志戴震東原商定《古韻標準》四卷，《詩韻舉例》一卷，於韻學不無小補焉。」（頁一下至二上）今所見《古韻標準》卷首，各本均有「休寧戴震東原參定」字樣。

❺ 按王昶〈江慎修先生墓志銘〉謂江永「七十九歲成《古韻標準》六卷……八十歲成《周禮疑義舉要》六卷。」（《春融堂集》，卷五十五，頁四上）考江永卒於乾隆二十七年壬午（一七六二），年八十二。七十九歲即乾隆二十四年己卯（一七五九），八十歲即乾隆二十五年庚辰（一七六○），惟戴震《考工記圖》於乾隆二十年乙亥刻出，注中已引江永《周禮疑義舉要》矣。王昶《墓志銘》所記，或據最後定本言耳。然則戴震參定《古韻標準》，恐亦甲戌入都以前事也。

❺ 〈戴震的《經考》與早期學術路向〉，《錢穆先生八十歲紀念論文集》頁五一；《論戴震與章學誠》，頁一七三。余先生之言，蓋指戴震亦字慎修，與江永同，卒棄不用。

修先生墓志銘〉云:

> 乾隆二十八年，命秦文恭公蕙田修《音韻述微》，公奏先生精韻學。詔取〈古韻標準〉、《四聲切韻表》進呈，以備採擇。公又自取《推步法解》入于《五禮通考》。至戴君總校四庫書，乃盡取先生二十種寫之，以藏秘府。先生弟子著籍者甚眾，而戴君及金君榜尤得其傳。
>
> 自朱子起婺源，其後如李燔、陳淳之輩，咸以道學通經名後世。越五百餘年而先生復出，雖終老跧伏，不見知于世。而其言深博無涯涘，昭晰羣疑，發揮鉅典，探聖賢之秘，以參天地人之奧。厥後戴君諸人繼之，其道益大以光。先生歿，大興朱學士筠督學安徽，以先生從祀朱子于紫陽書院，天下以為公。❷

竊以為成大學問者，不一定有高尚之人格。戴震晚年成《孟子字義疏證》，欲奪朱子之席，若江永者，則配祠朱子者也。戴震諱言其師，或出不得已而為之。《國語》有云：「民生於三，事之如一：父生之，師教之，君食之。」❸戴震稱江永曰「吾郡老儒江慎修永」，王國維譏之，以為不篤「在三之誼」，持論至公至確。至若清人之排擊戴氏，章學誠（實齋，一七三八～一八〇一）實為之先。《文史通義》有〈朱陸〉一篇，蓋為戴震而作，其後又成〈書朱陸篇後〉，始顯言之，其言曰：

---

❷ 《春融堂集》，卷五十五，頁五下。
❸ 《國語・晉語一》，《國學基本叢書》本，上海：商務印書館，卷七，頁八九。

戴君學問，深見古人大體，不愧一代鉅儒，而心術未醇，頗為
近日學者之患，故余作〈朱陸〉篇正之。戴君下世今十餘年，
同時有橫肆罵詈者，固不足為戴君累；而尊奉太過，至有稱謂
孟子後之一人，則亦不免為戴所愚。身後恩怨俱平，理宜公論
出矣；而至今無人能定戴氏品者，則知德者鮮也。……余嘗遇
戴君於寧波道署，……戴君則故為高論，出入天淵，使人不可
測識。人詢班、馬二史優劣，則全襲鄭樵譏班之言，以謂己之
創見。又有請學古文辭者，則曰：「古文可以無學而能。余平
生不解古文辭，後忽欲為之而不知其道，及取古人之文，反覆
思之，忘寢食者數日，一夕忽有所悟，翼日取所欲為文者，振
筆而書，不假思索而成，其文即遠出《左》、《國》、《史》、
《漢》之上。」……蓋其意初不過聞大興朱先生輩論為文辭不
可有意求工，而實未嘗其甘苦。又覺朱先生言平淡無奇，遂恢
怪出之，冀聳人聽，而不知妄誕至此，則由自欺而至於欺人，
心已忍矣。然未得罪於名教也。

戴君學術，實自朱子道問學而得之，故戒人以鑿空言理，
其說深探本原，不可易矣。顧以訓詁名義，偶有出於朱子所不
及者，因而醜詆朱子，至斥以悖謬，詆以妄作，且云：「自戴
氏出，而朱子徼倖為世所宗已五百年，其運亦當漸替。」此則
謬妄甚矣。戴君筆於書者，其於朱子有所異同，措辭與顧氏寧
人、閻氏百詩相似，未敢有所譏刺，固承朱學之家法也。其異
於顧、閻諸君，則於朱子閒有微辭，亦未敢公然顯非之也。而
口談之謬，乃至此極，害義傷教，豈淺鮮哉！或謂言出於口而
無蹤，其身既歿，書又無大牴牾，何為必欲摘之以傷厚道？不
知誦戴遺書而興起者尚未有人，聽戴口說而加屬者滔滔未已。

至今徽歙之間，　自命通經服古之流，不薄朱子，　則不得為通
人，而誹聖排賢，毫無顧忌，流風大可懼也。㊱

其醜詆戴氏為人，可謂極矣。論者或謂章實齋「斥東原排朱子為飲水
忘源，而並無一語及東原背師」㊲，竊以為此亦有說。按章實齋雖以
史學名家，未嘗以博洽稱於時，雖於文中排擊戴氏，據錢賓四先生考
證，實未見戴氏《孟子字義疏證》㊳。且戴氏歿後，雖有孔刻本《戴
氏遺書》，然求之通邑大都，亦非易易㊴。而戴震稱江永曰「吾郡老
儒」，僅見於《聲韻考》與〈六書音均表序〉㊵，文字聲韻，固非章

㊱ 〈書朱陸篇後〉，附載《文史通義》，北京：古籍出版社，一九五六月
十二月，頁五七～五九。又同書「補遺續」所收〈答邵二雲書〉（頁三
六八～三七〇）亦有攻戴之言。

㊲ 〈戴震的《經考》與早期學術路向〉，《錢穆先生八十歲紀念論文集》
頁四八；《論戴震與章學誠》，頁一六九。

㊳ 參《中國近三百年學術史》，頁三三四、三八三、三八八。

㊴ 按郝懿行（一七五七～一八二五）《曬書堂文集》卷二〈與鄧相桑孝廉
書〉云：「前承屬購《戴氏遺書》，都下萬難尋覓，近倩人向曲阜孔氏
代致，早晚或當有以報命。」（清光緒十年〔一八八四〕東路廳署刊《
郝氏遺書》本）

㊵ 按段玉裁《戴東原先生年譜》於乾隆三十一年丙戌（一七六六）下云：
「是年，先生所著《聲韻考》四卷已成，同志傳寫。凡韻書之源流得
失，古音之由漸明備，皆櫽括於此。玉裁刻諸蜀中。癸巳（一七七三）
以後，先生又取玉裁《音均表》之說『支、佳一部，脂、微、齊、皆、
灰一部，之、咍一部，漢人猶未嘗通用，畫然為三』補入《論古音》卷
內。李大令文藻刻諸廣東，孔戶部繼涵又刻諸曲阜。二刻與前刻詳略不
同。」（《戴震集》附錄，頁四六七）是知今所見戴震《聲韻考》，乃
乾隆三十八年癸巳（一七七三）以後之增訂本也。卷三論古音，於「吾
郡老儒江慎修永」云云之後接「余友金壇段若膺玉裁」云云。（《安徽
叢書》影印曲阜孔氏微波榭本，卷三，頁三下、四上）段玉裁對戴震執
弟子禮，此稱「余友」，以例戴震早歲師事江永，而江永於《古韻標準
・例言》則稱與「同志戴震」商定古韻者，亦長者謙詞耳。戴震於癸巳
始入四庫館充纂修官，竊疑《聲韻考》中「吾郡老儒江慎修永」（按李
文藻刻《貸園叢書》本作「吾鄉老儒江慎修永」〔卷三，頁三下〕）之
語，乃癸巳以後所改。至乾隆四十一年丙申（一七七六）作《六書音均
表・序》，於江永則仍稱「吾郡老儒江慎修永」，於段玉裁則改稱「段
君若膺」而已。（《安徽叢書》本《戴東原集》，卷十，頁九下）

實齋所素習，則戴震稱江永曰「吾郡老儒」，實齋或不得而知之矣。然若以章實齋不言戴震背師證江戴師生之說後起，則惑矣。

　　僕平生服膺段、王之學。若東原戴氏者，則段、王之學所從出。方當馨香敬禮之，而必詳辨戴氏師承者，欲還歷史真實而已。博雅君子，幸垂教焉。

一九八八年夏初稿

　　＊原載《香港中文大學中國文化研究所學報》第十九卷，一九八八年，頁三六三～三七六

讀戴震《屈原賦注》

——兼論湖田草堂藏「初稿」殘本與《經考附錄》之真偽問題

一

乾隆四十二年丁酉（一七七七）戴震（東原，一七二四～一七七七）致書段玉裁（若膺，一七三五～一八一五）云：

> 今夏纂修事似可畢定。於七八月間乞假南旋就醫，覬一書院糊口，不復出矣。竭數年之力，勒成一書，明孔孟之道。餘力整其從前所訂於字學經學者。《四庫全書》例于現在人撰述不錄，僕之《考工記圖》、《屈原賦注》，巳年〔按：當指乾隆三十八年癸巳（一七七三），戴氏亦以是年入四庫館充纂修官。〕江南巡撫曾取以進館中，依例去之，今大著〔按：此指段玉裁之《六書音均表》〕亦不得抄入。❶

---

❶ 據民國二十五年（一九三六）《安徽叢書・戴東原先生全集》所附《戴先生遺墨》，頁八下至九上。本文所引戴氏著作，除《文集》外，均據《安徽叢書》本。

其年五月二十七日而戴震病卒。凡所著述，生前刻出者蓋寡，若《句股割圜記》三篇並吳思孝解，以附錄於秦蕙田（樹峯，一七〇二～一七六四）主編之《五禮通考》內故，得收入《四庫全書》禮類之四❷。若《考工記圖》與《屈原賦注》，則戴氏之頗自矜者，至與段玉裁之《六書音均表》並提。顧戴氏此二書皆屬稿於乾隆十九年甲戌（一七五四）入都以前❸。《考工記圖》成於丙寅（一七四六），時二十四歲；《屈原賦注》成於壬申（一七五二），時三十歲。乙亥（一七五五）夏紀昀（曉嵐，一七二四～一八〇五）讀《考工記圖》而奇之，即議爲之付梓❹。而《屈原賦注》刻成則在庚辰（一七六〇），爲之梓者則歙汪梧鳳（在湘，一七二六～一七七二）也。是書前有盧文弨〈序〉並戴氏〈自序〉，《注》七卷、《通釋》二卷、《音義》三卷，凡十二卷，而《音義》三卷則汪君爲之跋。按段玉裁《戴東原先生年譜》於壬申年下云：

> 是年注《屈原賦》成，歙汪君梧鳳庚辰仲春跋云：「自壬申秋，得《屈原賦》戴氏《注》九卷讀之。」可證也。先生嘗語玉裁云：「其年家中之食，與麵鋪相約，日取麵爲饔飧，閉戶成《屈原賦注》。」蓋先生之處困而亨如此。此書《音義》三卷，亦先生所自爲，假名汪君。《句股割圜記》以西法爲之，《注》亦先生所自爲，假名吳君思孝。皆如左太沖〈三都賦

---

❷ 按《句股割圜記》並注已於乾隆二十三年戊寅（一七五八）由歙人吳思孝爲刻出。《五禮通考》收入「附錄」，見卷一九七後。

❸ 戴震初入都之年，段玉裁《戴東原先生年譜》定爲乾隆二十年乙亥（一七五五）。錢穆《中國近三百年學術史》（上海：商務印書館，一九三七年五月，頁三一六）據《錢竹汀自編年譜》、王昶〈戴東原先生墓誌銘〉，以爲當在甲戌，今從錢說。

❹ 參紀昀《考工記圖·序》，頁一上。

注〉假名張戴、劉達也。❺

自段氏說出，後之重刊《屈原賦注》者，有刪去汪氏〈跋〉文，並《音義》之涉戴氏〈序〉文及《通釋》者焉（如光緒十七年〔一八九一〕廣雅書局重刊本，民國二十二年〔一九三三〕商務印書館《國學基本叢書》本），意在以《音義》著作權重歸戴震。別有所謂精鈔本者，收入《湖北先正遺書》，後附盧弼〈跋〉二則，其一署癸亥（即民國十二年〔一九二三〕）秋日，文云：

> 戴東原注《屈原賦》九卷，汪梧鳳為《音義》三卷，乾隆庚辰自刊行，傳本頗少。廣雅書局重雕本誤以《音義》為戴氏所撰。又將《序》文、《通釋》之《音義》及汪《跋》均刪去，致汪氏苦心著述全湮沒。余於廠肆得精鈔本，卷中「甯」作「寧」，「諬」作「誮」，決為汪刻以前之舊鈔，殊足珍也。

其一則無年月，文云：

> 頃閱段玉裁所編《戴氏年譜》，云此書《音義》三卷亦戴氏所自為，假名汪君云云。余前《跋》方為汪氏申辯，然東原極貧，汪為歙巨族，嫁名於彼，刻書以傳，或亦意中事。抱經《序》亦言有為之梓行者，當係指汪氏而言。嚴鐵橋之稿多託名他人，事亦相類，但廣雅翻本全抹殺，未免無識耳。盧弼再記。

---

❺ 見《戴震文集》附錄，香港：中華書局，一九七四年一月，頁二二〇。

據此知盧氏影印《屈原賦注》精抄本者，始則以爲《音義》出汪梧鳳之後，明廣雅書局刊本刪削之非是。繼則既閱段玉裁《戴氏年譜》，遂改從段說，再跋以明前跋之失。其後復有所謂《屈原賦注初稿》三卷殘本者出，爲湖田草堂舊藏，後歸歙許承堯（際唐，一八七四～一九四六），民國二十五年（一九三六）據以影印，收入《安徽叢書》。許氏《跋》云：

> 右寫本戴東原先生《屈原賦注》一冊，得之湖田草堂。疑原出西溪汪氏不疏園。惜至〈天問〉止，餘闕。……此爲初稿，前無盧抱經《序》，「恐美人之遲暮」下亦不引紀曉嵐說。正文與刻本異者數十事，刻本多勝，蓋先生後據各本校正者也。……《音義》三卷，段氏謂先生所自爲，託名汪君，此本《音義》、《通釋》尚未析出，知段說不謬。汪《跋》殆亦先生自作，檢《松溪文集》無之也。

按許君所得湖田草堂舊藏而收入《安徽叢書‧戴東原先生全集》者，尚有《經攷附錄》七卷，許《跋》稱：

> 承堯得此書時共三冊，二巨冊爲《經攷附錄》，一爲先生所撰《屈賦注》之首冊。皆乾隆時寫本，皆湖田草堂舊藏，皆有墨印匡格，其匡格之尺寸大小亦同。《屈賦注》只有不疏園刊板，微波榭未重刊，見《年譜》。此首冊前無盧學士《序》，寫極精工，當爲不疏園初寫本無疑。則此《附錄》二冊亦出不疏園同時寫本無疑矣。（盧《序》乃先生出遊後所得，故初寫本無之。惜《屈賦注》只存首冊，其他無可證明也。）湖田草

堂藏書皆咸豐亂後得之，其由不疏園流轉而出，揣之近理。

余意許氏所得《經攷附錄》、《屈原賦注》兩種寫本後出，內容可疑，恐出偽託，當於下文詳論。輓近楚辭學者，姜亮夫同於盧、許之說，以《音義》爲戴震所作❻；游國恩始則據民國十三年建德周氏校刊本定《音義》爲汪梧鳳所作❼，其後主編《離騷纂義》、《天問纂義》，則以《音義》作者屬之戴震，復謂戴震《音義》引汪梧鳳說，而「汪書」則未見也❽。紛惑如此，致詒湯炳正之譏❾。 而湯氏撰〈關於楚辭學史上的一起疑案——論《屈原賦音義》的撰者問題〉一文，比對所謂「初稿」殘本與「定本」之異同，力證《音義》爲汪梧鳳所作，以爲許承堯所謂戴氏「初稿」本《音義》尙未「析出」之說爲不可信❿。要之《屈原賦音義》之作者問題，於所謂「初稿」殘本未出之前，論者或據汪梧鳳《跋》而定爲汪氏所自作，或據段氏《戴譜》，以爲戴震自作而託名汪氏者。自「初稿」殘本既出之後，學者取以校對「定本」，或以爲《音義》尙未析出，足證段說不謬⓫。或持相反意見，以爲《音義》乃汪氏所撰， 據以作《音義》者乃「定本」而非「初稿」，僅偶爾採用「初稿」注中語耳⓬。固未嘗有懷疑

---

❻ 見《楚辭書目五種》，北京：中華書局，一九六一年十二月，頁三〇二～三〇三。

❼ 見《楚辭注本十種提要》，原載《屈原》附錄，北京：中華書局，一九六三年，一九八〇年五月修訂，頁九四。

❽ 參《離騷纂義》「本編選輯舊說總目」戴震、汪梧鳳下，（北京：中華書局，一九八〇年十一月，頁八）又「不撫壯而棄穢兮，何不改此度」後按語。（頁四七）

❾ 湯炳正《楚辭類稿》，成都：巴蜀書社，一九八八年一月，頁一〇六～一〇七。

❿ 同上注，頁一一一～一一二。

⓫ 見許承堯《屈原賦注初稿・跋》。

⓬ 同注❿

所謂「初稿」本之或出於好事者之所僞託。

　　戴震《屈原賦注》，學者多視爲楚辭學要籍[13]，惟余嘉錫（季豫，一八八四～一九五五）因論戴校《水經注》，譏其攘竊趙一清書，連類而及《屈原賦注》，以爲亦改竄朱子《楚辭集注》者。余氏之言曰：

> 　蓋戴氏雖經學極精，而其爲人專己自信，觀其作《孟子字義疏證》，以詆朱子。及其著《屈原賦注》，只是取朱子《楚辭集注》，改頭換面，略加點竄，以爲己作。於人人習見昔賢之名著，尚不難公然攘取，況區區趙一清，以同時之人，聲譽遠出其下者乎！

　　此一九五八年科學出版社版《四庫提要辨證》卷七「水經注」條中語[14]，竊以爲未得其實。戴氏序《屈原賦注》，稱屈子之言至純，同時撰《毛詩補傳》，斷之以「思無邪」以通詩人之志[15]，命意一貫，豈與朱子同哉[16]！余氏徒見《屈原賦注》有同於《楚辭集注》

---

[13]　姜亮夫以爲「本書以大義貫文旨，以訓詁明大義。不爲空疏皮傅破碎逃難之說。盧召弓所謂『指博而辭約，義勤〔按：勤爲劬字之誤。〕而理確』，過明、清諸家遠矣。洪、朱而後，謹嚴篤實博雅精約無過此書者。」（《楚辭書目五種》，頁二〇二）

[14]　見該書頁四二五。民國二十六年（一九三七）余氏所印「讀已見書齋所著書」之《四庫全書提要辨證》，僅史部四卷，子部八卷，中無《水經注》條。然則此條蓋余氏晚年寫定，惟不知余氏嘗見《安徽叢書》本《屈原賦注初稿》否也。

[15]　參戴震《屈原賦注·自序》（《戴震文集》作〈屈原賦目錄序〉，頁一五五）、〈毛詩補傳序〉（《戴震文集》，頁一四六～一四七）。

[16]　戴震稱屈子之言「至純」，蓋亦「思無邪」之意。日人近藤光男〈屈原賦注について〉（《日本中國學會報》，第八集，一九五六年十月，頁一三四～一四七）已稍稍論之，可參。

者，固未嘗細考其所以異。夫戴、朱雖均以屈賦方經，或目為「至純」，「亦經之亞」；❼或以為「行過中庸而不可以為法」，「馳騁於變風、變雅之末流」。❽是二人之注屈賦也，亦豈能無異乎！

　　本文所論，將就《屈原賦注》與戴氏之其他早年著述相比論，以探其立意之旨。稽諸王逸以來之說《楚辭》者，明戴《注》參伍因革之跡。復以本書內證，見《音義》發明戴《注》之所必不可無者，確出戴氏之手。至若《屈原賦注》稿本內容，竊疑或非戴氏本真，因辨戴氏著作義例，合以當時學風，以證此所謂「稿本」與《經攷附錄》俱出好事者所依託。庶幾申明戴學，陳一得之見云爾。

二

章學誠（實齋，一七三八～一八〇一）《知非日札》有云：

　　戴震於所著書，標題自署戴氏。蓋見《詩》《禮》注疏，於康成稱鄭氏也。不知鄭氏乃唐人作正義而追題，非康成所自署。古人書不標名，傳之其徒，相與守之，不待標著姓氏而始知為某出也。戴君自命太過，而未悉古人體要，不知古書無是例也。❾

考戴氏所著書，生前刻出者不過數種，惟《屈原賦注》署「戴氏

<hr>

❼　見戴震《屈原賦注・自序》。

❽　朱子《楚辭集注》目錄序，北京：中華書局，一九六三年十一月，冊一，頁一上至一下。

❾　《章學誠遺書》，北京：文物出版社，一九八五年八月，頁四〇一。

注」，他則無有署戴氏者。❷ 實齋之言，得無因《屈原賦注》而發
歟？顧《屈原賦注》非戴氏所自刻，乃歙汪梧鳳之所梓行。書末汪《
跋》云：

> 右據戴君注本為《音義》三卷。自乾隆壬申秋得《屈原賦》戴
> 氏《注》九卷讀之，常置案頭，少有所疑，檢古文舊籍，詳加
> 研核，兼考各本異同。其有闕然不注者，大致文辭旁涉，無關
> 考證。然幼學之士，期在成誦，未喻理要。雖鄙淺膚末，無妨
> 俾按文通曉，乃後語以闕疑之指，用是稍為埤益。又昔人叶韻
> 之謬，陳季立作《屈宋古音義》，為之是正。惜陳氏於《切
> 韻》之學殊疎，未可承用。兹一一考訂，積時錄之，記在上
> 端，越今九載矣。爰就上端鈔出，刪其繁碎，次成《音義》，
> 體例略擬陸德明《經典釋文》也。庚辰仲春歙汪梧鳳。❷

此《跋》乃汪君自明據《屈原賦》戴氏《注》九卷為《音義》三卷，
謂體例略擬《經典釋文》者，蓋以《音義》「經注畢詳」也。❷ 古書
題篇，大抵小題在上，大題在下。❷ 如戴震此書，小題作「離騷」在
上，大題作「屈原賦戴氏注」在下，其師古之跡顯然。署名戴氏，雖

---

❷　考微波榭所刻《戴氏遺書》，《原象》下署「七經小記」，又署「休寧
　　戴震」；而《句股割圜記》下則署「戴氏七經小記四」，用知「戴氏」
　　二字，或刻者所加。
❷　《安徽叢書》本據汪刻本影印，《湖北先正遺書》本亦有此《跋》，文
　　字全同。
❷　語見陸德明《經典釋文·序》，而同書《條例》又云：「注既釋經，經
　　由注顯。若讀注不曉，則經義難明。」
❷　清人筆記言經書舊題小題在上大題在下者有臧琳《經義雜記》卷十四「
　　漢五經舊題」條；盧文弨《鍾山札記》卷三「大題小題」條；錢大昕《
　　十駕齋養新餘錄》卷上「大題在下」條。

見譏於實齋，惟以書非自刻，且託名汪梧鳳作《音義》，若以汪氏刻
書之時，仿唐人作正義時追題鄭氏之例，亦不可謂於古無徵也。❷

　　余今以爲《音義》之作，實戴氏託名汪梧鳳者，非曲護段說也，
蓋以本書內證知之。〈音義〉每涉板本考證，其與注文相表裏者爲必
不可無。如〈離騷〉「撫壯而棄穢兮」至「豈惟紉夫蕙茝」一節下戴
氏《注》云：

　　　　又言以身先國士也，撫壯棄穢，承及時好脩言之，〔按：「及
　　　　時好脩」見戴《注》上文「汩予若將不及兮」至「恐美人之遲
　　　　莫」一節。〕所以不改此度者，且導後來之賢士以先路也。

而《音義》於「撫壯」條下云：

　　　　俗本作「不撫壯」，按王逸云：「言願君撫及年德盛壯之
　　　　時。」《文選注》云：「撫，持也。言持盛壯之年。」此漢唐
　　　　相傳舊本無「不」字之證。洪興祖作《補注》不詳核此字爲後
　　　　人所加，而謂其君不肯當年德盛壯之時棄遠讒佞也，宋以來遂
　　　　無異說。蓋由美人二字失解，故改古書以就其謬，而不顧失立
　　　　言之體。

按「撫壯」句上接「惟草木之零落兮，恐美人之遲莫」，戴《注》
云：

──────────

❷　按《經典釋文・毛詩音義》於「鄭氏箋」下云：「然此題非毛公、馬、
　　鄭、王肅等題，相傳云是雷次宗題，承用旣久，未敢爲異。」孔穎達《
　　毛詩正義》云：「自『周南』至『鄭氏箋』凡一十六字，所題非一時也。」
　　是知題「鄭氏箋」亦非始於唐人作正義也。章實齋之言，得失相半焉。

> 草木零落，美人遲莫，皆過時之慨，即《論語》所云「四十五
> 十而無聞，斯亦不足畏」是也。紀編脩曉嵐曰：「美人以謂盛
> 壯之年耳。」

《注》引《論語》，蓋亦《自敍》所謂「觸事廣類，俾與遺經雅記，
合致同趣」之意。戴《注》蓋以美人爲原自謂，其實同於黃文煥、錢
澄之之說。❷ 至於「撫壯」一句，《楚辭》眾本皆作「不撫壯而棄穢
兮」，獨五臣注《文選》本無「不」字。劉良注云：

> 撫，持也。言持盛壯之年，廢棄道德，用讒邪之言，爲穢惡之
> 行。何不改此法度，以從忠正之言。❷

是則以「持盛壯之年」釋「撫壯」，其說固無不可。至若以「廢棄道
德，用讒邪之言，爲穢惡之行」釋「棄穢」，則繚繞而難通。而洪興
祖所見《楚辭章句》「撫壯」上有「不」字，洪釋「棄穢」爲「棄遠
讒佞」，與王逸意同。叔師《章句》，每於上半句下便入訓詁，而下
半句下又通上半句文義而再釋之。❷ 故於「何不改此度」下云：

> 改，更也。言願令君甫及年德盛壯之時，脩明政教，棄去讒

❷ 黃文煥《楚辭聽直》云：「美人，原自謂也。」（臺北：新文豐出版公
　司，民國七十五年〔一九八六〕三月，《楚辭彙編》第二冊，頁一九）
　錢澄之《屈詁》同於李陳玉說，以爲「美人自況爲是。」（見《五家楚
　辭注合編》（上），臺北：廣文書局，民國六十一年〔一九七二〕四
　月，頁一二。）

❷ 《六臣注文選》，北京：中華書局，一九八七年八月，頁六〇五。

❷ 參朱子《楚辭辯證》上，見《楚辭集注》，北京：中華書局，一九六三
　年十一月，冊四，頁五上。

佞，無令害賢，改此惑誤之度，脩先王之法也。❷❽

此通釋文義，乃從正面立言，箋注家反正引伸之例，往往如此。❷❾ 未可遽謂王逸所據本原無「不」字也。

夫「撫壯」句「不」字之有無，於文義關涉甚大，戴震《屈原賦注》刊於乾隆羣尚考證之世，於此竟無一語涉於板本問題而遽改舊文，寧有是理！觀戴氏所爲《考工記圖》，從紀昀之議「刪取先後鄭注而自定其說以爲補注」，❸⓪ 亦存板本之異，未嘗妄改舊本也。❸❶ 且戴氏援引朱子《楚辭集注》之涉文字考證者，《屈原賦注》凡兩見，《音義》一見。❸❷ 是有取於朱子之不因訛成謬、緣詞生訓以爲鑿空之論。然則「撫壯」句舊本「不」字之有無，不可無說。特以戴《注》要約，故以旁涉考證而費詞者置之《音義》耳。

論者又謂《音義》之說，或與戴《注》「定本」不同，甚且相

---

❷❽ 洪興祖《楚辭補注》，北京：中華書局，一九八三年三月，頁七。
❷❾ 參《離騷纂義》按語，頁四七。
❸⓪ 見紀昀《考工記圖・序》。
❸❶ 《考工記圖》卷上「軹崇三尺有三寸也」下夾注云：「軹當作軹，音笄。」其後補注云：轂末之軹，故書本作軹（從車，开聲），讀如簪笄之笄，轂末出輪外，似笄出髮外也（軹字見大馭注，杜子春改爲軹），軝軹軹軹四字，經傳中往往僞溷，先儒以其所知，改所不知，於是經書字書不復有軹字矣（說具《釋車》）。

按《周禮・大馭》：「右祭兩軹。」《注》云：「故書軹爲軹。」引杜子春云：「軹當作軹，軹謂兩轊也。」杜又云：「或讀軹爲簪笄之笄。」此杜、鄭所不採者，而戴震採之，亦未嘗以《周禮》故書如此作而遽改《考工記》舊文也。《考工記圖》所附《釋車》而外，《文集》卷三別有〈辨〔正〕《詩》《禮》注軝軹軹軹四字〉一文，可參。

❸❷ 按〈九章・抽思〉「孰不實而有穫」，戴《注》：「《集注》云：『實，當作殖。』」〈懷沙〉「懷情抱質，獨無匹兮」，戴《注》：「匹，《集注》云：『當作正。』」〈天問〉「湯謀易旅」，「湯」下《音義》云：「《集注》云：『疑本康字之誤。』」

反，可見非出一人之手。❸ 竊以爲《音義》體例既略擬陸德明《經典釋文》，於所本經注而外，偶記別家同異，以示彙採，未可曰爲戴氏自相牴牾也。❸ 如戴注《離騷》「願依彭咸之遺則」云：

> 彭咸未聞，蓋前脩之足爲師法者，書闕不可考矣。

而《音義》於「彭咸」條下云：

> 王云：「殷賢大夫，諫其君不聽，自投水而死。」顏師古云：「殷之介士，不得志投江而死。」一說即《論語》所稱老彭，依彭咸亦竊比之意耳。

於王逸而外，復引顏師古說（已見洪興祖《楚辭補注》）；而所謂「一說」者，則出汪瑗《楚辭集解》。瑗之《楚辭蒙引》別有〈彭咸辯〉，論之尤詳。❸ 戴《注》以爲皆不足信，而於《音義》存舊說，以示博文。戴《注》「指博而辭約」，不有《通釋》、《音義》相輔而行，則山川地名、草木鳥獸蟲魚之考辨，與夫文字之異同，舊注音

---

❸ 湯炳正以爲汪氏《音義》不同於定本戴說，甚或相反。所舉之例，皆《音義》引王逸《注》而與戴《注》不同者耳。詳見《楚辭類稿》，頁一一四～一一五。

❸ 《經典釋文》兼載諸儒之訓詁，證各本之異同。《序錄》於《詩》謂「唯毛詩鄭箋獨立國學，今所遵用。」〈召南・鵲巢〉：「百兩御之。」《釋文》於「御之」下云：「五嫁反。本亦作訝，又作迓，同。迎也。王肅：魚據反，云：『侍也。』」按「迎也」之訓，蓋本鄭箋，而下引王肅云云，則存異說。又如〈邶風・谷風〉：「不我能慉。」《釋文》於「能慉」下云：「許六反。毛：『與也』；鄭：『驕也』；王肅：『養也』；《說文》：『起也。』」其例蓋同。

❸ 參《楚辭集解》，《京都大學漢籍善本叢書》，第五卷。京都：同朋舍，昭和五十九年（一九八四），頁一四九～一五〇。〈彭咸辯〉則見同書，頁一〇八一～一〇八七。

詁之示要，辭不必皆從己出而義有關乎諷誦者，將何以附麗哉!

今考《音義》之引《楚辭》舊注者，以王逸、洪興祖爲主，其引朱子《集注》，不過三見。❸❻至若《屈原賦注》七卷，明引王逸注者，凡二十二見，引洪興祖則僅七見，而引朱子《集注》則十見。❸❼其中〈九章‧橘頌〉「願歲并謝與長友兮」至篇終一節，戴《注》全依《集注》，要非掩美矣。若《離騷》一篇，戴《注》但稱引王《注》與《文選》五臣《注》（引五臣《注》則稱人名），而洪興祖《補注》、朱子《集注》不與焉。夷考其實，戴《注》多有陰本舊注而未明言者矣。夫故書雅記，人人皆得而援引，如「朕皇考曰伯庸」句，王《注》云：「朕，我也。」《集注》同，未云依王《注》。而戴《注》則云：「《爾雅》：『朕，我也。』」又如「長顑頷亦何傷」句，《集注》云：「顑頷，食不飽而面黃之貌。」此實本於洪興祖《補注》而未明言。戴《注》則云：「顑頷，《說文》云：『飯不飽面黃起行也。』」❸❽戴氏兩注皆明訓詁所本，是爲得其根柢。又如朱子《楚辭辨證》云：

---

❸❻ 分別見於〈九歌〉「瑤鏘鳴兮琳琅」之「瑤」下、〈天問〉「湯謀易旅」之「湯」下、〈天問〉「何卒官湯」之「官湯」下《音義》。
❸❼ 戴《注》引朱子《集注》，除〈天問〉一見外，其餘均見於〈九章〉。依次爲：
1.〈天問〉「伯昌號衰」之「號衰」；2.〈九章‧惜誦〉「疾親君而無他兮」之「疾」；3.〈九章‧惜誦〉「思君其莫我忠兮」；4.〈九章‧惜誦〉「又莫察予之中情」之「中情」；5.〈九章‧抽思〉「孰不實而有穫」之「實」；6.〈九章‧懷沙〉「懷情抱質，獨無匹兮」之「匹」；7.〈九章‧懷沙〉「明告君子，吾將以爲類兮」之「類」；8.〈九章‧思美人〉「揚厥憑而不竢」之「不竢」；9.〈九章‧惜往日〉「奉先功以照下兮」之「先功」；10.〈九章‧惜往日〉「屬貞臣而日娭」之「日娭」；11.《九章‧惜往日》「君無度而弗察兮」之「無度而弗察」；12.〈九章‧橘頌〉「願歲并謝，與長友兮」；13.〈九章‧橘頌〉「淑離不淫」之「離」；14.〈九章‧橘頌〉「年歲雖少」。
按其中6、7同見一段，9、10同見一段，12、13、14同見一段。
❸❽ 顑頷解見《說文》「顑」字下。而《說文》「頷」下云：「面黃也。」

蔡邕曰:「朕,我也。古者上下共之,至秦乃獨以為尊稱,後遂因之。」《補注》有此,亦覽者所當知也。

而《屈原賦音義》於「朕」下引蔡邕《獨斷》云云,與洪興祖《補注》、朱子《楚辭辨證》所引,詳略互有不同。❸古人引書有檃栝之例,而三家之不同者如此,蓋恥相襲歟!他如戴《注》「焉能忍與此終古」句云:

鄭康成注《考工記》曰:「齊人之言終古,猶言常也。」

此解洪興祖《補注》已發之,注文則作「《考工記》注曰」云云。至朱子《楚辭辨證》則先詳引《考工記》本文,再引「《注》曰」,省作「終古,常也。」殆亦恥相襲耳。若此之屬,雖未明言舊注先我言之,亦不必詆為「改頭換面」。且朱《注》之採王逸《注》、洪興祖《補注》者多矣,亦何嘗一一明言之,(朱子注《孟子》,亦多有採趙岐說而未明言者。)抑又何可厚責於戴震也。且〈離騷〉一篇,戴《注》稱引王《注》者凡九見,❹此皆《集注》所引用,而《集注》

---

❸ 按《漢魏叢書》本蔡邕《獨斷》云:
朕,我也。古者尊卑共之,貴賤不嫌,則可同號之義也。堯曰:「朕在位七十載。」皋陶與帝舜言曰:「朕言惠可底行。」屈原曰:「朕皇考。」此其義也。至秦,天子獨以為稱,漢因而不改也。

❹ 戴《注》所引,見於:
1.「何桀紂之昌披兮」之「昌披」;2.「馮不厭乎求索」之「馮」;3.「既替予以薫纕兮」之「纕」;4.「忳鬱邑予佗傺兮」之「佗傺」;5.「步余馬於蘭皋兮」之「皋」;6.「溘吾遊此春宮兮」之「春宮」;7.「索瓊茅以筳篿兮」之「筳」;8.「蘇糞壤以充幃兮」之「幃」;9.「求榘矱之所同」之「矱」;10.「湯禹嚴而求合兮」之「合」;11.「齊桓聞而該輔」之「該」。
按其中9、10、11同見一段。

未嘗謂依王《注》也。

　　要之，戴《注》之稱引《集注》者，皆朱子之所創獲。間或「略加點竄」而未明言，如「練要」之解，❹固不必爲之諱。盧文弨序戴氏《屈原賦注》，稱其書「義刱而理確」，因舉其釋「三后純粹」，謂指楚之先君；「夏康娛以自縱」，謂「康娛」連文，篇中凡三見，不應以爲夏太康。不知其說明人汪瑗《楚辭集解》已先發之。❷戴《注》引同時學友方晞原（名矩，一七二八～一七八九）之說，凡七見，似若不掩人之善者，然則汪瑗之名何以不見稱引耶？汪瑗、方矩皆皖人，豈戴氏厚於今而薄於古歟？觀戴氏〈詩比義述序〉，嘗歎並世有襲其說《詩》之意而自爲書以刊行者，❸蓋亦范蔚宗所謂致論於目睫者耶！

三

　　戴氏著作，合而刊之者以《安徽叢書》本《戴東原先生全集》搜集最全，計二十二種，另《戴先生遺墨》一卷。中《經攷附錄》七卷暨《屈原賦注初稿》三卷兩種，爲首次刊布於世。爲許承堯舊藏而同

---

❹　〈離騷〉：「苟余惜其信姱以練要兮。」《集注》云：「練要，言所修精練，所守要約也。」戴《注》作「練要，精練要約也。」

❷　按《楚辭集解》云：「三后，謂楚之先君，特不知其何所的指也。」（頁一二八）而《楚辭蒙引》「三后」條以爲「當指祝融、鬻熊、熊繹」。（頁一○四二）戴《注》以爲或即熊繹、若敖、蚡冒，蓋受汪瑗啟發。又《楚辭集解》云：「康娛，猶言逸豫也。」（頁一九四）而《楚辭蒙引》於「夏康娛以自縱」條詳言「康娛」二字當相連講之理。（頁一一五七～一一五八）戴《注》「三后」、「康娛」受汪瑗影響，近人游國恩已言之，見《楚辭注本十種提要》，《屈原》，頁八三、九四。

❸　《戴震文集》，頁一四八。

出湖田草堂者。據許氏跋語，湖田草堂藏書皆咸豐亂後所得，❹何以轉歸許氏，則未嘗言之。至許氏所稱此《屈原賦注》乃汪氏不疏園初寫本，❺而《經攷附錄》亦不疏園同時寫本，竊以爲皆出僞作，敢陳管見如次：

《屈原賦注》稿本鈔極精工，與鈔寫《經攷附錄》者非出一手；而用紙則無別，皆有匡格，每半頁十行。然觀戴震手抄之《春酒堂詩集》，抄成在乾隆十六年辛未（一七五一），匡格與此不同，每半頁僅作九行。❻戴震《屈原賦注》成於十七年壬申，刻出則在二十五年庚辰（一七六〇），相距九載，注文或經修訂。觀「美人」之解引紀曉嵐說，當爲甲戌入都以後所加。使《屈原賦注》初稿本可信，則抄

---

❹ 《安徽叢書》本《考工記圖》，所據乃河間紀氏閱微草堂校刊本，有程瑤田手批，亦湖田草堂舊藏。扉頁書名之背有題記如下：

右《考工記圖》上下兩卷，內硃墨校勘出程徵君易田先生手，殊可寶貴。甲子〔按：當指同治三年（一八六四）〕多獲於祁門縣書肆，惜上方爲俗工切去，字有小損。　筱晴叟謹誌〔下鈐「湖田艸堂」印〕

按「湖田草堂」爲吳得英之室名。得英，字小晴，歙縣堨田人，工書。至如許氏所得《經攷附錄》、《屈原賦注初稿》，則無題跋，但鈐「湖田艸堂」印而已。

❺ 按許承堯《戴東原先生全集·序》云：

壬申夏，程讓堂姊婿汪松岑言於其從祖之弟在湘，在湘因延先生至其家教其子。在湘，梧鳳字，歙之西溪人，家有園名不疏園，多藏書。

壬申夏汪梧鳳延戴氏至其家教其子，見程瑤田（易疇，號讓堂，一七二五～一八一四）《五友記》（載《通藝錄》之《修辭餘鈔》）。而汪梧鳳跋《屈原賦音義》云：「自乾隆壬申秋得《屈原賦》戴氏《注》九卷讀之，常置案頭。」至許承堯跋此所謂「寫本」則云：「右寫本戴東原《屈原賦注》一冊，得之湖田草堂，疑原出西溪汪氏不疏園。」其跋《經攷附錄》則謂此《屈賦注》寫本「當爲不疏園初寫本無疑。」故《全集》目錄作「屈原賦註初稿」也。

❻ 此抄本爲旌德呂伯威所藏。首頁及末頁書影見《國學季刊》第二卷第一號（民國十四年〔一九二五〕十二月出版）挿圖。

成當在壬申、癸酉之間。❹時戴震方作《詩補傳》，未成，別錄書內辨證成一帙，即今所見《毛鄭詩攷正》是也。❹其中論舊注之非是，輒譏爲「緣辭生訓」。❹《屈原賦注》稿本中屢引王逸、洪興祖、朱子舊注而斷之曰「非是」、曰「不可通」、曰「不必從」、曰「不可據」、曰「臆說」者，不一而足，惟獨絕不見用「緣辭生訓」字眼。設使此所謂「稿本」與《詩補傳》爲同時著述，評毛、鄭訓詁之失，與評王、朱訓詁之失性質相近，用語自當相似，而不然者，是可疑也。今所見刻本《屈原賦注》則無有駁正舊注之失者，與所謂「稿本」義例迥別。且《毛鄭詩攷正》兩次稱引屈原之賦，或作「屈原賦〈離騷〉篇」（見卷一，頁十五下），或作「屈原〈離騷〉之賦」（見卷三，頁十三上），亦與「稿本」之作〈離騷經〉者不同。按「稿本」於篇題〈離騷經〉後解云：

---

❹　按刻本「美人」之解引紀編脩曉嵐曰：「美人以謂盛壯之年耳。」「稿本」無之。又「日月忽其不淹兮」至「來吾道夫先路」兩章，「稿本」、「刻本」之解多不同。「稿本」云：「美人謂先我而好脩者也。」又云：「不撫壯棄穢，謂不及時好脩者也。」而「刻本」作「撫壯棄穢」，無「不」字。二章刻本皆以爲原自謂，承及時好脩言之。戴震採紀昀說，其時間上限當爲甲戌入都之初。且「稿本」與紀昀說不同，不應入都後尙以此與人傳鈔也。

❹　參〈詩比義述序〉，《戴震文集》，頁一四八。又段玉裁《戴東原先生年譜》云：「《毛鄭詩考正》初名《詩補傳》。」（《戴震文集》附錄，頁二四九）。

❹　凡六見，計爲：
1.〈關雎〉「五章《傳》：芼，擇也」下（卷一，頁一下）；
2.〈蟋蟀〉「首章《傳》：聿，遂」下（卷一，頁十二下）；
3.〈大雅・文王〉「首章有周不顯帝命不時《傳》：不顯，顯也；顯，光也。不時，時也；時，是也。《箋》云：周之德不光明乎，光明矣；天命之不是乎，又是矣」下（卷三，頁一上至一下）；
4.〈文王〉「二章陳錫哉《傳》：哉，載。《箋》云：哉，始」下（卷三，頁一下至二上）；
5.〈文王〉「四章文王初載《傳》：載，識」下（卷三，頁三上）；
6.〈板〉「十一章弗求弗迪《傳》：迪，進也」下（卷三，頁二二上）

離騷，即牢愁也，蓋古語。揚雄有〈畔牢愁〉。離、牢一聲之轉，今人猶言牢騷。謂之經者，會萃諸篇之指，以綜其生平，如音之凡首，織之有經也。凡經之名，皆起于周末，漢巳下始有聖經賢傳之說。或執是以難古人，亦讀書未論其世云爾。

此段文字，刻本無之。即或真出戴手，定本亦棄去不取，固不足深辯。❺⓿至論「經」字云云，竊以爲非博識如戴震者所當有。如「稿本」之言，則〈離騷經〉一篇，乃屈原「會萃諸篇之指，以綜其生平，如音之凡首，織之有經也。」「稿本」此篇之注既無發明如何「會萃諸篇之指」，而《自序》稱屈子「二十五篇之書，蓋經之亞」，「刻本」、「稿本」所同，下接首篇即論篇題「經」字與漢人「經」、「傳」之說不同，而於亞於經者之意不復論及，似失立言之體。夫以屈賦方經，漢初劉安已然。安作〈離騷傳〉，顏師古云：「傳，謂解說之，若《毛詩傳》。」❺❶雖尊之若經，而不必於「離騷」下著「經」字也。❺❷故《史記》所引，亦但作〈離騷〉而已。且《漢

---

❺⓿ 按戴震《自序》云：「書既藁就，名曰《屈原賦》，從《漢志》也。」「初稿」本《序》作「書成，名曰《屈賦》，從《漢志》也。」既云從《漢志》，而《漢書‧賈誼傳》謂「屈原，楚賢臣也，被讒放逐，作〈離騷賦〉。」則篇名不作〈離騷經〉明甚。顏師古《注》云：「離，遭也。憂動曰騷。遭憂而作此辭。」而《屈原賦音義》則云：「離猶隔也，騷者，動擾有聲之謂，蓋遭讒放逐，幽憂而有言，故以〈離騷〉名篇。王逸《楚辭章句》作〈離騷經〉。洪興祖云：『古人引〈離騷〉，未有言經者，蓋後世之士，祖述其辭，尊之爲經耳，非屈原意也。』」

❺❶ 見《漢書》卷四十四，北京：中華書局，一九六二年六月，頁二一四六。

❺❷ 按近人陳子展《楚辭直解》載〈離騷經解題〉一文，中謂：
愚見，〈離騷經〉的經字未必是作者自題，後人加題可能是在漢武帝前後。按《漢書‧淮南王傳》說：「時武帝方好藝文……安入
（文轉下頁）

書・藝文志》明云：「凡《易》十三家」，「凡《書》九家」，「凡《詩》六家」，❸可知劉、班敍錄之初，本不連「經」字以爲名也。故知云「某傳」者，不必作「某經傳」也。題作〈離騷經〉者，其昉於東漢乎！王逸改稱劉安〈離騷傳〉爲《離騷經章句》，不足據以論西漢時屈賦原題作〈離騷經〉也。《史記・屈原傳》云：「〈國風〉好色而不淫，〈小雅〉怨誹而不亂，若〈離騷〉者，可謂兼之。」其辭或出劉安〈離騷傳〉，❺戴氏以爲屈賦「蓋經之亞」，此其根柢。《史記》謂原「乃作〈懷沙〉之賦，於是懷石，遂自投汨羅以死。」《屈原賦注》於〈懷沙〉題下引之。若〈離騷〉者，史遷固以爲於楚懷王時作。戴震未嘗詳考屈賦二十五篇寫作先後，又安得棄漢人舊說

（文接上頁）

　　朝，獻所作〈內篇〉，新出，上愛秘之。使爲〈離騷傳〉，且受詔，日食時上。」這裏只說劉安受詔作〈離騷傳〉，卻沒有經字。顏師古注說：「傳，謂解說之，若《毛詩傳》。」這又好像是證明〈離騷〉字下原有經字。（南京：江蘇古籍出版社，一九八八年二月，頁四一一～四一二）

　陳氏引顏師古《注》，妄加推斷云云，不知《毛詩傳》全名作《毛詩故訓傳》，見於《漢志》，「詩」下亦無「經」字也。謂漢武時安等尊〈離騷〉若經可也，篇題下仍不必有「經」字。王鳴盛《蛾術編》卷一「《易經》、《詩經》等名」條云：

　　《漢志》，《易》經十二篇，《詩》經二十八卷。易字、詩字下宜逗一逗，不連讀。知者，如《尚書》則云：「《尚書》古文經四十六卷。」又云：「經二十九卷。」以此經有壁中所得古文，有伏生所傳今文，兩載之，故《尚書》下亦須一逗。古文經則冠以「古文」字，而伏生書且但稱經矣。準此，則知「易」、「詩」皆提起字，漢人不稱「易經」、「詩經」也。（上海：商務印書館，一九五八年十月，卷一，頁九）

　漢時《易》、《詩》、《書》不連「經」字爲名，則劉安時《離騷》下當亦未著「經」字矣。

❸　《漢書》卷三十，頁一七〇六、一七〇八。

❺　按劉勰《文心雕龍・辨騷》云：「昔漢武愛〈騷〉，而淮南作傳，以爲〈國風〉好色而不淫，〈小雅〉怨誹而不亂。若〈離騷〉者，可謂兼之。」據此知史遷之言，實本劉安〈離騷傳〉也。

不信，妄發如「稿本」所謂〈離騷經〉「會萃諸篇之指」之論乎！

戴震序《屈原賦注》，稱「二十五篇之書，蓋經之亞」，此「稿本」、「刻本」所同也，其下「稿本」作：

> 若習以作賦，則如馮崑崙澂霧，隱岐山清江也。說《楚辭》者於名物字義，未能考識精覈，又不得其所以著書之指。今特取屈子書注之，書成，名曰《屈賦》，從《漢志》也。戴氏學。

而「刻本」則作：

> 說《楚辭》者既碎義逃難，未能考識精核，且臚失其所以著書之指。今取屈子書注之，觸事廣類，俾與遺經雅記，合致同趣。然後瞻涉之士，諷誦乎章句，可明其學，覩其心，不受後人皮傳，用相眩疑。書既纂就，名曰《屈原賦》，從《漢志》也。

按「稿本」中「若習以作賦」三句，爲刻本所無。「崑崙」、「岐山」云云，蓋出〈九章・悲回風〉：「馮崑崙以澂霧兮，隱岐山以清江。憚涌湍之磕磕兮，聽波聲之洶洶。」以此喻習賦，未之前聞，意義亦欠明晰。於此忽接論詞章，亦與上文「蓋經之亞」一語不相扣。「刻本」無此三句，緊接「說《楚辭》者既碎義逃難，未能考識精核」。「碎義逃難」語出《漢書・藝文志》之《六藝略》，陸德明《經典釋文・條例》亦嘗稱引，與《自序》此下所言，皆扣合以《屈賦》方經之意。而「稿本」各卷眉端多有評論文章語，注中又多引舊注而又申言此等舊注非是，俱爲「刻本」所無。「稿本」蕪雜如此，

去戴震著述要約之體殊遠。且「稿本」之注亦間有鄙陋語，若出淺人之手焉。如〈離騷〉「名余曰正則兮，字余曰靈均」下注云：「後人名字說，蓋昉于此。」此意殆本於汪瑗《楚辭蒙引》。❺❺後世名字之說，與注解〈離騷〉文義何涉！故汪瑗《楚辭集解》亦棄而不用。戴震注《屈賦》，嘗採汪瑗《集解》之說，前文已略言之，皆確當不易。而謂名字說之類而見採用，則與流俗之注何以異乎！

又如「步余馬於蘭皋兮」至「退將復脩吾初服」一章後「稿本」夾注云：

> 此二章〔按：合上章「悔相道之不察兮」至「及行迷之未遠」言〕即淵明歸田園之意。所謂「誤落塵網中，一去三十年。羈鳥戀舊林，池魚思故淵」是也。「蘭皋」、「椒丘」，即「舊林」、「故淵」之義。

是則以後證前，若此撰注體例之且未明，又豈識見如戴震者所當有！又如「日月忽其不淹兮」至「恐美人之遲暮」一章後注云：

---

❺❺ 汪瑗《楚辭蒙引》於「名字」條云：
〔吳草廬〕又曰：「古之冠者，賓字之。有辭以致祝頌，載在《儀禮》。後世因之，或別作字說，以寓規戒焉。……」瑗按：吳幼清以上五條敍名字之源流頗詳，故採之漫附於此，亦學者所當知也。但以今之作字說本於《禮經》祝頌之辭，恐未必然也。……若〈離騷〉「正則」、「靈均」之釋，蓋眞如後世名字之說矣。後世之作，其昉於「離騷」乎！漢唐以來絕少，至宋元始紛紛矣。然名說亦少，僅得蘇老泉爲軾轍二子名說，而字說則人人有之。迨今又有標號之詩，懸扁之記，上至公卿大夫，下至庸夫賤隸，家懸巨扁，人標美號，邂逅之間，動以尊號爲問，而名與字至有相交歲年而莫之知，亦莫敢詢者，其流風之弊，可勝嘆哉！（頁一〇一一～一〇一三）

此章猶言前者追之。美人，謂先我而好修者也。（舊說美人喻
君，非是。老泉〈上歐陽內翰書〉，以道之成而及見當世之賢
人君子立說，蓋即此章之意。）

若此妄相比附之談，皆不見於「刻本」注中。（按：注《楚辭》者如
胡文英《屈騷指掌》、陳本禮《屈辭精義》，每於注中援引後世詩文
之本於《屈賦》者，謂本詩「即用此意」，實乖古人作注之體。）

「稿本」〈天問〉之注，於「穆王巧梅，夫何周流。環里天下，
夫何索求」下云：

> 江先生曰：環理，猶還里。謂周流而還，計度天下道里，《竹
> 書紀年》：「穆王西征，還里天下億有九萬里」是也。（《穆天
> 子傳》亦云：「乃里西土之數，各行兼數三萬有五千里。」）

按此注似襲取蔣驥《山帶閣註楚辭》，略加改易而已。❺❻ 《楚辭》各
本皆作「環理」，此「稿本」正文何以妄改「理」作「里」乎！即如
《注》所引江先生曰：「環理，猶還里。」以〈天問〉字本作「理」
明甚。古人文字多假借，乃謂戴震不明「某猶某也」之例而改易其字
乎！戴《注》「刻本」何嘗妄改舊文，然則「稿本」作「環里」者，
蓋亦淺人妄託江先生云云而自暴其闇於義例耳。偽作「稿本」者，知
文字與「刻本」當有違異，〈離騷〉「余焉能忍與此終古」句，洪興
祖《補注》、朱子《楚辭辯證》皆引《考工記》注以釋「終古」之

---

❺❻ 參蔣驥《山帶閣註楚辭》，北京：中華書局，一九五八年九月，頁一〇
　　〇。又江先生蓋指江永，「稿本」〈天問〉「何壯武厲，能流厥嚴」下
　　亦引「江先生曰」云云，蓋出《古韻標準》，其實乃將《音義》「嚴」
　　下之文移置於此耳。

義，戴《注》「刻本」同，而此所謂「稿本」者，乃改作「《周禮》注」云云，識見蓋有間矣。由是觀之，作僞者蓋效《孟子》僞孫奭《疏》故智，點竄《序》文，署「戴氏學」，❺❼散《屈原賦音義》入正文下，散《屈原賦通釋》入注中，既採「刻本」之注，復雜以僞說，託名戴震，以售其鄙陋之見耳。

《屈原賦注》「稿本」之爲僞作，已表之如上。至若《經攷附錄》之爲僞作，蓋亦有說焉。按《安徽叢書》所收《經攷》五卷，乃據南陵徐氏《鄦齋叢書》本。此書原委，據李文藻（素伯，一七三〇～一七七八）《跋》，知爲從河間紀先生（昀）借錄而經餘姚邵二雲（晉涵）手校者。❺❽《經攷》每卷開首署「休寧戴震記」，而《經攷附錄》無之，斷爲戴震所作，以其體例相近耳。《附錄》卷二「贋孔安國傳」條按語稱「錢編修曉徵嘗與予論及此」（頁七十五下），則戴震甲戌（一七五四）入都後事也。而《經攷》卷四於「《大戴禮記》八十五篇」條按語錄乾隆丁丑（一七五七）所爲〈《大戴禮記》目錄後語二〉（頁十七上至十八下），其事猶在甲戌之後。紀、邵等人既得見《經攷》，戴震何不並出其《經攷附錄》與之傳鈔，此事之

---

❺❼ 按章學誠《知非日札》云：「又近人著書，自署題名某著某注可也。往往摹古而署爲某學。其意乃見何休公羊傳本標題，不知此亦後人追題，猶云某家之學爾。成學之學，惟後人分宗別派，可以某家某學稱之，本人不應據以自名。且所見尚多未足成家學者，亦題爲某人學，不恧歟！」（《章學誠遺書》，頁四〇一）此譏近人著書妄題「某人學」之失。今考戴震著述，未嘗有題作「戴氏學」者，有之則此所謂「稿本」耳。

❺❽ 見《經攷》卷五，頁五一下。又李文藻原鈔本今藏北京圖書館，邵二雲以朱筆校之，跋文的係李氏親筆。卷一、卷四「休寧戴震記」下鈐白文「李文藻印」印記；卷一「重卦」題下有朱筆「邵二雲手校」字樣。又卷三之末、卷五之末各鈐有白文「錢大昕印」及朱文「辛楣」二印。

可疑者也。❺❾

又《經攷附錄》卷四「二程子更定《大學》」條，先引黃震語，復加按語具列二程子之所更定，視黃震語所列者尤詳。按語又稱：

> 朱子改本，今《四書集注》是也。古本，則《禮記》鄭康成
> 《注》者是也。自程子發明格物致知之說，始知《大學》有闕
> 文。凡後儒謂格物致知不必補，皆不深究聖賢爲學之要，而好
> 爲異端，其亦謬妄也矣。（頁二十一上）

下接「變亂《大學》」條，先引黃震、鄭曉、朱彝尊之言，復加按語如下：

> 按《大學》明明德、新民，是爲修己治人兩大端，然而析理有
> 未精，則所以修己治人者胥不免於差謬，故更言止至善，雖若

---

❺❾　按《經攷附錄》之寫定當在入都之後。羅更《經攷附錄校記》云：
又「贗孔安國書傳」條謂「錢編脩曉徵嘗與予論及此」，考先生與
錢大昕相識在乾隆二十年乙亥入都以後，〔按：羅於此從段玉裁
說，以戴震入都之年爲乙亥，其實當在甲戌，詳見本文注三〕時先
生三十三歲。而〈大戴禮記目錄後語二〉作於乾隆丁丑孟夏，又後
於乙亥兩歲。〈大戴後語二〉云：「今春正月，盧編脩召弓以其校
本示余，又得改正數事。」〈公冠〉篇訛爲〈公符〉，今按：「《
家語》贗本襲《大戴記》」條有史繩祖引〈公冠〉篇語，〈公符〉
即作〈公冠〉，是先生此書雖爲早年治經時札記之書，而其寫定尚
在丁丑三十五歲以後也。」
如羅更之言，則《經攷附錄》寫定或在乾隆二十二年丁丑之後。而李文
藻從紀昀處借錄戴震所爲《經攷》，則在乾隆三十四年己丑。設使其時
《經攷附錄》已成卷帙，何以不見李文藻借錄？如其未成，則不得云此
書爲戴震「早年治經時札記之書」矣。（關於《經攷》、《經攷附錄》
之論學觀點， 與戴震入都以後之論學觀點不同， 可參余英時先生〈戴
震的《經攷》與早期學術路向〉一文〔載《 錢穆先生八十歲紀念論文
集》， 一九七四年，頁三三～四二。〕顧余先生不以《經攷附錄》出於
僞作，與本文論旨不同。）

為上二者要其終，寔為上二者正其始也。必析理極精，知其至善而止之，然後能得止，而明明德新民可以不至於或失。此三綱領下即接「知止」一節之故。若所以知止之功，此尚未言，待八條目中格物致知乃詳之。《大學》之格物致知，即《中庸》之明善擇善，《孟子》之盡心知性知天。古聖賢窮理精義實事也。其曰「知所先後」、曰「知本」者，則又為下學言之。欲其知先治己而後治人，先明善而後能誠身耳。此所知者，止是為學次第，非如格物致知之知，主乎理精義明也。董氏諸人於程子朱子格物致知之說，初未有得，遂謂《大學》無闕文，而欲以「知止」至「則近道矣」及「聽訟」節為格物致知之義，其亦謬矣。夫古人之書不必無殘闕，知其有闕而未言者，則書雖闕而理可得而全。苟穿鑿附會，強謂之全書，害於理轉大。讀古人書，貴心通乎道，尋章摘句之儒，徒滋異說，以誤後學，非吾所聞也。（頁二二下至二三上）

此條按語，蓋為程、朱更定《大學》舊文，並補「格物致知傳」一章辯護。竊以為與同時碩彥論學風氣不侔。錢大昕（曉徵，一七二八～一八○四）《潛研堂文集》卷十七有〈讀大學〉一文，其言曰：

《大學》一篇，漢唐諸儒未有分為經傳而易置其先後者，宋二程子始有改易，而所改次序又各不同。其析經與傳而二之，則始於朱子，而朱子所改移復不同於二程子。又謂傳有闕文而取程子之意以補之，然檢之二程書中，元無此說，故後儒於補「格致章」多有未慊然者。董文清移「知止而后有定」二節合之「聽訟」節，以為格物致知傳文，最為後人所稱；然前既少「

所謂致知在格物」句，後又多「此謂知本」句，亦不免補綴之病。

　　竊意古書相傳已久，毋庸以意增改。古人文字，前後相應，變化不拘，詎有經傳之分！「此謂知本」句文，與「壹是皆以修身為本」云云相屬而義亦相承，先儒移之它所而目為衍文，非果衍文也。格物，即「物有本末」之物，致知，即「知所先後」之知。自天下國家言之，則修身為本，而修身又以誠意為本；知本末之先後，而先其所宜先，此之謂「知本」，此之謂「知至」也。誠意者，修身第一切要工夫，故經先申言之，次乃申言修身為本之旨。修身所以明明德也，民之不能忘，由於盛德至善。曰「克明德」，曰「顧諟天之明命」，曰「克明峻德」，言古之有天下國家者，皆以自明其德為先也。新民之本，在於明明德，而明德之極，即是至善。仁敬孝慈信，皆修身之事也，而齊家治國平天下之事已備。民之無訟，國治之極也，而使無訟者，由於身修。《孟子》謂天下國家之本在身，《大學》云修身為本，其義一也，故重言「知本」而即以「所謂修身」承之也。蓋《大學》一篇，無可補，亦無可移，先儒之說，與經文有不安者，信先儒不如信經之愈也……。**⑥**

錢氏所論，視《經攷附錄》之鑿空比附者，其相去也為何如耶？抑《附錄》所謂「尋章摘句之儒，徒滋異說，以誤後學，非吾所聞也」者，其持論也，豈以程、朱「變亂《大學》」為理得，而後此「變亂

---

⑥　《潛研堂文集》，上海：上海古籍出版社，一九八九年十一月，頁二八四～二八五。

《大學》」若董槐（文清）者則爲異說而誤後學乎？恪守程朱而不敢
議其非，亦豈戴氏治學之意趣！戴氏幼讀《大學》，難塾師以朱子何
以知經傳之分，見載於洪榜〈行狀〉，王昶〈墓銘〉、段玉裁《年
譜》因之。即其言或出戴氏晚年矜誇，而《經攷附錄》持論乖違若
此，亦豈戴氏甲戌入都以後所當有？即以《經攷附錄》之名論，既謂
之「附錄」，當附《經攷》相關經傳之後，何以別成一帙？若謂《經
攷》先成，此則續作，補所未備，似亦不得名之曰「附錄」也。書名
「附錄」者，有宋董楷（正叔）撰《周易傳義附錄》十四卷。戴震《
經攷》卷一「宋儒復《易》古本」按語云：「又按宋寶祐中克齋董楷
正叔纂集《周易傳義附錄》，紛亂朱子《本義》元本，實始于此。」
（頁十九下）而《四庫提要》於《周易傳義附錄》條下則云：

〔寶楷〕寶祐四年進士，官至吏部郎中。其學出於陳器之，器
之出於朱子。故其說《易》，惟以洛閩爲宗。是編成於咸淳丙
辰。合程子《傳》、朱子《本義》爲一書，而采二子之遺說，
附錄其下。

足見古人著書，「附錄」固未有獨立成書者。意作僞者見《經攷》卷
一之末嘗論《周易傳義附錄》一書，遂署所僞者曰《經攷附錄》，而
不知其不合古人著書之例也。且《經攷》體例，不過博引眾說，間加
按語，有類讀書札記，整齊之以備遺忘耳。好事者仿作，固亦甚易。
乃效《經攷》之尊江永，稱引作「江愼齋先生曰」，見於《附錄》卷
一「大衍」條下，此與《經攷》卷一「卦變」條下所引者，蓋同出江
永《河洛精蘊》一書。❻ 爲僞者猶恐不足以取信後人，乃復出所謂《

---

❻　按《經攷》卷三於「古音叶韻」條三引江永《古韻標準》，亦作「江愼
齋先生曰」。

屈原賦注》稿本，以成其《經攷附錄》依託之計歟？

＊原載《香港中文大學中國文化研究所學報》第二十二卷，
一九九一年，頁二四九～二六五。

李義山詩中所見之莫愁

——兼論詩人用典之靈活性

一

李義山（八一二～八五八）詩喜用典，尤多艷語。何義門《讀書記》「歎世之宗仰三十六體者僅以屬對爲能事，而莫窺其比興風刺之妙也。」❶惟義山寄意，時人或已不察，並以是見疑於世俗。故其〈上河東公啟〉云：

> 某傷悼以來，光陰未幾。梧桐半死，才有述哀。……兼之早歲，志在元（玄）門。及到此都，更敦夙契。自安衰薄，微得端倪。至於南國妖姬，叢臺妙妓，雖有涉於篇什，實不接於風流。……寧復河裏飛星，雲間墮月，窺西家之宋玉，恨東舍之王昌？ ❷

此文蓋義山意在婉謝柳仲郢賜樂妓並自關謠諑而作，欲「使國人盡保

❶ 見所評〈漫成五章〉。學生書局本《李義山詩集》頁三八四引。
❷ 見《樊南文集評注》卷四，《四部備要》本頁一三下至一四下。

展禽，酒肆不疑阮籍。」至其〈梓州罷吟寄同舍〉一詩亦云：「楚雨含情皆有託」，然而吾人實不可據此以例義山之全部艷語。觀其〈有感〉一篇云：

> 非關宋玉有微辭，卻是襄王夢覺遲；
> 一自高唐賦成後，楚天雲雨盡堪疑。

題作「有感」，知其非詠楚事。末句與前引之「楚雨含情皆有託」，意復相違。此豈自言詩中或似有寄託而實無寄託者，時人又疑不能明也？

較而論之，義山詩固多艷語，然亦有非徒作艷語者。或事有難於明言，故托於狎昵之辭，如〈留贈畏之〉三首之二云：

> 待得郎來月已低，寒暄不道醉如泥。
> 五更又欲向何處？騎馬出門烏夜啼。

畏之即韓瞻，與義山同為王茂元壻。本詩原注云：「時將赴職梓潼，遇韓朝廻。」可知其辭雖近樂府而實體則詩騷。即此一篇，題外加注，吾人亦無從強解，況於「無題」者乎？❸

---

❸ 《樊南文集》卷四〈謝河東公和詩啟〉云：「商隱啟，某前因暇日，出次西溪，既惜斜陽，聊裁短什。蓋以徘徊勝境，顧望佳辰，為芳草以怨王孫，借美人以喻君子。」馮浩以為義山所作即〈西溪〉一詩，詩曰：
　　悵望西溪水，潺湲奈爾何？
　　不驚春物少，只覺夕陽多。
　　色染妖韶柳，光含窈窕蘿。
　　人間從到海，天上莫為河。
　　鳳女彈瑤瑟，龍孫撼玉珂。
　　京華他夜夢，好好寄雲波。

（文轉下頁）

　自文學品鑑言，義山清辭麗句，固不必以有無寄託評其甲乙。即
如上引之〈上河東公啟〉，義山自辯「實不接於風流」，文人之辭，
或非事實全部。吾人不禁懷疑，義山艷語，究有多少自敍傳成份？觀
其詩中所涉之女性形象，為數至夥。西施、飛燕，神女、星娥，靡不
用為典事。尤可注意者，厥為義山對莫愁之特殊興趣。詩中有涉莫愁
事者，多至十首以上。本文所論，旨在探討莫愁故事之線索與義山詩
中運用此典特多之原因，非敢穿鑿以求其所謂寄託也。

二

　洪邁《容齋三筆》卷十一「兩莫愁」條下云：

　莫愁者郢州石城人，今郢有莫愁村。畫工傳其貌，好事者多寫
　寄四遠。唐書樂志曰：「莫愁樂者，出於石城樂，石城有女子
　名莫愁，善歌謠。」古詞曰：「莫愁在何處？莫愁石城西，艇
　子打兩槳，催送莫愁來」者是也。李義山詩曰：「海外徒聞更
　九州，他生未卜此生休。空傳虎旅鳴宵柝，無復雞人送曉籌。
　此日六軍同駐馬，他時七夕笑牽牛。如何四紀為天子，不及盧

─────────────────────

（文接上頁）
而馮浩注云：「鳳女龍孫並非泛設，謂昔年客中憶在京妻子，尚得好好
一寄消息；今則妻亡子幼，夢亦多愁矣。言外含悲，隱而不露。」竊以
為若〈西溪〉一詩所以寄妻亡子幼之悲，則柳仲郢激賞之餘，且為屬
和，似不近情。而義山所云「為芳草以怨王孫，借美人以喻君子」之意
亦落空矣。意謂「鳳女」，乃所以喻君子，時柳仲郢固當知之，今則不
可詳考矣。然則義山之所謂寄託，部分篇什雖曰有迹可尋，而生千百載
後欲作解人，亦復不易也。

家有莫愁?」此莫愁者洛陽人。梁武帝河中之歌曰:「河中之水向東流,洛陽女兒名莫愁。莫愁十三能織綺,十四采桑南陌頭。十五嫁為盧家婦,十六生兒似阿侯。盧家蘭室桂為梁,中有鬱金蘇合香。頭上金釵十二行,足下絲履五文章。珊瑚挂鏡爛生光,平頭奴子擎履箱。人生富貴何所望?恨不早嫁東家王」者是也。盧氏之盛如此,所云「不早嫁東家王」,莫詳其義。……

按文中所引梁武帝〈河中之歌〉最早見於《玉臺新詠》卷九,題作「歌辭」,不著撰人。《藝文類聚》卷四十三亦但以為古歌,至郭茂倩《樂府詩集》卷八十五則作雜歌謠辭〈河中之水歌〉,屬之梁武帝,與洪邁同。《樂府詩集》卷四十八清商曲辭別有無名氏〈莫愁樂〉二首,其一即洪邁所引古詞云云。郭茂倩引《樂府解題》亦曰:「古歌亦有莫愁,洛陽女,與此不同。」夷考兩莫愁事蹟,則歷代文人對洛陽莫愁較多渲染,事或有出於〈河中之水歌〉之外者,至於石城莫愁,宋時尚有莫愁村,而洪邁僅云:「畫工傳其貌,好事者多寫寄四遠。」古詞之外,事蹟蓋無傳焉。盧氏貴盛,而〈河中之水歌〉末句卻云「恨不早嫁東家王」,唐人均以此「東家王」為王昌,宋王灼作《碧雞漫志》,已謂其詳不可深考。❹ 然則莫愁實非無愁,〈河中之水歌〉首句即暗喻莫愁思慕東家之王昌,如水之向東流然。名與實之矛盾,構成特殊之反諷效果,至為明顯。而義山〈莫愁〉一詩,且變古詞〈莫愁樂〉之意而以石城莫愁之名為謔矣:

---

❹ 見王灼《碧雞漫志》卷二。《中國古典戲曲論著集成》第一冊,頁一二一~一二三。

雪中梅下與誰期，梅雪相兼一萬枝。

若是石城無艇子，莫愁還是有愁時。

別有〈石城〉一篇，馮浩以爲皆涉艷情，「而細跡尙難詳指」。❺詩
云：

石城誇窈窕，花縣更風流。

篁冰將飄枕，簾烘不隱鉤。

玉童收夜鑰，金狄守更籌。

共笑鴛鴦綺，鴛鴦兩白頭。

此詠石城莫愁窈窕風流，其人當爲妓女。如義山〈燈〉一詩有云：

客自勝潘岳，儂今定莫愁。

固應留半焰，廻照下幃羞。

可證。惟以莫愁泛指艷妓，謂之石城莫愁可，謂之洛陽莫愁亦可也。
按《文苑英華》卷一百九十二載陳岑敬之〈洛陽道〉一詩曰：

喧喧洛川濱，鬱鬱小平津。

路旁桃李節，陌上採桑春。

聚車看衛玠，連手望安仁。

復有能留客，莫愁嬌態新。

❺　《玉谿生詩集箋注》卷三本詩評。上海古籍出版社本，頁六四四。

竊謂義山「客自勝潘岳，儂今定莫愁」二句，蓋自岑敬之此詩變出。
不過詩人用典，或只取一端，以莫愁喻女子之嬌好，而不必問其是否
出身青樓也。如《藝文類聚》卷四十載陳周弘正〈看新婚〉一詩曰：

> 莫愁年十五，來聘子都家。
> 婿顏美如玉，婦色勝桃花。
> 帶啼疑暮雨，含笑似朝霞。
> 暫卻輕紈扇，傾城判不賒。

然則自梁以來，文人筆下之莫愁，總以美艷稱。固可以喻青樓殊色，
亦可以喻早嫁貴婿之麗人。而〈看新婚〉一詩以莫愁頌新人之美，必
無日後婚姻不諧協之暗示，如〈河中之水歌〉然。是知文人用典，亦
猶賦詩斷章，但取所指，原不必拘泥也。

三

義山詩中用莫愁事，最著者當推〈馬嵬〉二首之二，已見《容齋
三筆》「兩莫愁」條所引。❻ 末聯「如何四紀為天子，不及盧家有莫
愁」，舊評或以為擬人不倫，或以為淺近輕薄，或以為極其沉痛❼。
然觀詩意，首六句對唐明皇楊貴妃之悲劇遭遇深表同情，若以末句專

---

❻ 今本集中〈馬嵬〉一詩文字與洪邁所引略異。如「空傳虎旅鳴宵柝」，
「傳」字作「聞」；「無復雞人送曉籌」，「送」字作「報」；「他時
七日笑牽牛」，「他」字作「當」。

❼ 各家評論，詳見《李義山詩集》頁二四〇～二四一及《玉谿生詩集箋
注》頁六〇七所引。

責明皇，語調與前文似不相應，而今之學者遂有以為義山意在肯定私
人戀愛之價值猶在國家之上者。❽ 黃季剛先生評此詩云：

> 首句言神仙茫昧，次句言輪轉荒唐，以此思哀，哀可知矣。中
> 二聯皆以馬嵬與長安對舉，六句筆力尤矯捷，不僅屬對工巧
> 也。由此振出末二句，言當耽溺聲色之時，自以宴安可久，豈
> 悟波瀾反覆，變起寵胡，倉卒西行，又不能保其嬖愛，以視尋
> 常优儷，偕老山河者，良多媿惡，上較銀潢靈妃，尤不可同年
> 而語矣。諷意至深，用筆至細。胡仔以為淺近，紀昀以為多病
> 痛，豈知言者乎。❾

黃先生稱末二句「諷意至深，用筆至細」，可謂卓識。婉諷而不深
責，命意正與〈長恨歌〉同。至於義山〈富平少侯〉一詩，亦以莫愁
作結，詩曰：

> 七國三邊未到憂，十三身襲富平侯。
> 不收金彈拋林外，卻惜銀牀在井頭。
> 綵樹轉燈珠錯落，繡檀迴枕玉雕鎪。
> 當關不報侵晨客，新得佳人字莫愁。

注家如朱鶴齡、馮浩等均以為此詩乃刺唐敬宗。敬宗年十五即位，荒
於酒色，在位三年而死於中官之亂。馮浩引蘇鶚《杜陽雜編》，以為

---

❽ A. C. Graham, *Poems of the Late T'ang* (Penguin, 1977),
p. 143.

❾ 見《李義山詩偶評》，《量守廬書箋識》（武漢大學出版社，一九八
五年版）頁五二六。

末句乃指寶曆二年浙東所貢舞女飛鸞、輕鳳二人，❿而近人蘇雪林略本是說，更推斷飛鸞、輕鳳爲義山之戀人，且謂二人姓盧，以比附莫愁之典，⓫意想雖新穎，然而缺乏確據。至若劉若愚以爲此詩用莫愁之典，意在以「莫愁」之字義 (literal sense) 喻敬宗生活之無拘檢，⓬說法頗有見地。詩人對「莫愁」一名甚爲敏感，此篇與〈馬嵬〉同以莫愁作結，實非偶然。按北齊幼主高恒，淫虐無道，不恤國政，史稱恒「盛爲無愁之曲」，「自彈胡琵琶而唱之，侍和之者以百數。人間謂之無愁天子。」⓭義山詩有題作〈無愁果有愁曲北齊歌〉者，然則詩人措意於「無愁」、「有愁」等字面所構成之反諷效果，自無待言。而義山〈陳後宮〉一詩亦云：「從臣皆半醉，天子正無愁。」蓋陳後主亦猶北朝之無愁天子也。吾人讀白居易〈長恨歌〉，至「漁陽鼙鼓動地來，驚破霓裳羽衣曲」，又豈能不以「無愁天子」目玄宗耶？陳寅恪以爲〈馬嵬〉一詩乃〈長恨歌〉之最佳縮本，⓮信然。觀義山〈獻侍郎鉅鹿公啟〉一文云：

> 況屬詞之工，言志爲最。……我朝以來，此道尤盛。皆陷於偏巧，罕或兼材。枕石漱流，則尚於枯槁寂寞之句；攀鱗附翼，則先於驕奢艷佚之篇。推李、杜則怨刺居多，效沈、宋則綺靡爲甚。⓯

---

❿　《玉谿生詩集箋注》，頁一〇。
⓫　參蘇雪林《李義山戀愛事跡考》（北新書局，一九二七年版），頁六七～八〇。
⓬　James J. Y. Liu, *The Poetry of Li Shang-Yin* (The University of Chicago Press, 1969), p. 183.
⓭　《北齊書》卷八，中華書局本，頁一一二。
⓮　陳寅恪《元白詩箋證稿》（上海古籍出版社，一九七八年版），頁三六。
⓯　《樊南文集詳注》，頁二六下～二七上。

雖屬泛論，似亦暗寓自許兼材之意。義山既擅沈、宋之綺靡，然亦有
取於李、杜之怨刺也。若〈富平少侯〉、〈馬嵬〉諸作，固足以當之
矣。

四

　　義山之熱衷於運用莫愁典事，　尤可於兩首頗富戲劇性之詩作見
之，〈追代盧家人嘲堂內〉云：

　　　　道郤橫波字，人前莫謾羞。
　　　　只應同楚水，長短入淮流。

而〈代應〉則云：

　　　　本來銀漢是紅牆，隔得盧家白玉堂。
　　　　誰與王昌報消息，盡知三十六鴛鴦。

兩詩舊本相連，命題亦針鋒相對，應是同時之作。前篇末句以「淮」
字諧「懷」，意謂莫愁已爲人婦，如楚水之入淮（懷），不可妄生他
想。詩人對莫愁深表同情，故於〈代應〉極道莫愁思慕王昌，致怨盧
家深矣。
　　莫愁之故事，與〈登徒子好色賦〉中登牆頭以窺宋玉之東家女子
相似。前引義山〈上河東公啟〉一文，即以此二典事爲對。唐女冠魚
玄機於〈贈鄰女〉一詩云：

> 自能窺宋玉，何必恨王昌。❶

此所謂恨，乃求之不得，遂生怨思之意。《才調集》中載元稹〈箏〉一詩，亦用莫愁私恨王昌之典：

> 莫愁私地愛王昌，夜夜箏聲怨隔牆。❷

上舉二詩，皆以為莫愁求通於王昌而不可得。惟見於韓偓〈晝寢〉一詩，其事似又甚易。末聯云：

> 何必苦勞魂與夢，王昌只在此牆東。❸

可見詩人用典自有其靈活性，甚至可將原典扭曲，如崔顥之〈王家少婦〉（一作〈古意〉）竟云：「十五嫁王昌」，時人薄之。❹ 然欲明莫愁「恨不早嫁東家王」之故，尚可於梁以後篇什求之。《文苑英華》卷二百九十九載陳蘇子卿〈南征詩〉曰：

> 一朝遊桂水，萬里別長安。
> 故鄉夢中近，邊愁酒上寬。
> 劍鋒但須利，戎衣不畏單。
> 南中地氣暖，少婦莫愁寒。

---

❶ 《全唐詩》卷八〇四，中華書局本，頁九〇四七。
❷ 《唐人選唐詩》（中華書局，一九五八年版），頁五五四。
❸ 《全唐詩》卷六八三，頁七八三七。
❹ 參計有功《唐詩紀事》卷二十一，中華書局本，頁三一〇。

莫愁殆爲閨中思婦之代稱。唐初沈佺期作〈古意呈補闕喬知之〉一詩亦曰：

> 盧家少婦鬱金香，海燕雙棲玳瑁梁。
> 九月寒砧催木葉，十年征戍憶遼陽。
> 白狼河北音書斷，丹鳳城南秋夜長。
> 誰謂含愁獨不見，更教明月照流黃。❷⓪

莫愁夫婿久戍在外，其事不見〈河中之水歌〉，或出後人添益，庶可解釋莫愁恨不嫁與東鄰之故。迨至元稹筆下，莫愁已不織流黃，惟夜夜彈箏，致怨思而已。而義山詩中似亦有道及莫愁彈箏者：

> 月姊曾逢下彩蟾，傾城消息隔重簾。
> 已聞佩響知腰細，更辨絃聲覺指纖。
> 暮雨自歸山悄悄，秋河不動夜厭厭。
> 王昌且在東牆住，未必金堂得免嫌。

此篇本集作〈楚宮〉二首之一，《才調集》亦載此詩，題作〈天水閒話舊事〉，❷① 明王會昌《詩話類編》亦不列此詩於宮詞類。然則義山於此或借王昌與莫愁之戀情以自況歟？觀其命意，實與下述〈無題〉一詩甚爲相似：

> 重幃深下莫愁堂，臥後清宵細細長——

---

❷⓪　《全唐詩》卷九十六，頁一〇四三。
❷①　《唐人選唐詩》，頁五八〇。

> 神女生涯原是夢，小姑居處本無郎。
>
> 風波不信菱枝弱，月露誰教桂葉香？
>
> 直道相思了無益，未妨惆悵是清狂。

此詩蓋爲莫愁代言。三句言愛情原是夢幻，四句用小姑之典，似在關謠。惟以讔言不止，故有五六「風波」、「月露」之句。七八句則言相思無益，空餘悵惘。全篇與本節所舉〈追代盧家人嘲堂內〉、〈代應〉二詩亦頗有近似之處。義山一再以莫愁、王昌遭人物議爲詩之素材，實非偶然巧合。

即以詠物詩言，義山亦喜用莫愁事，如〈越燕〉：

> 盧家文杏好，試近莫愁飛。

燕棲盧家，已見沈佺期〈古意〉，義山則一再用之，如〈春日〉中有句云：

> 欲入盧家白玉堂，新春催破舞衣裳。

他如〈謔柳〉一詩，以柳比喻莫愁之意亦甚明顯：

> 已帶黃金縷，仍飛白玉花。
>
> 長時須拂馬，密處少藏鴉。
>
> 眉細從他斂，腰輕莫自斜。
>
> 玳梁誰道好，偏擬映盧家。

吾國舊詩， 每有因柳樹連類而及青樓者， 如唐人楊凝〈柳絮〉一詩
云：

> 河畔多楊柳，追遊盡狹斜。
> 春風一廻送，亂入莫愁家。

莫愁爲艷妓代稱， 楊柳則暗示青樓所在。 此詩見錄於令狐楚所編之
《御覽詩》，❷義山曾事令狐，《御覽詩》中諸作諒曾寓目。而義山
〈燈〉之一詩，固亦以莫愁爲艷妓矣。綜合各種材料，則莫愁未嫁與
盧氏之前，其人爲洛陽名妓，似可斷言。❷其後歐陽修〈戲贈〉一詩
亦曰：

> 莫愁家住洛川傍，十五纖腰閒四方。
> 堂上金鱘邀上客，門前白馬繫垂楊。❷

然則義山以楊柳喻莫愁之纖裊與其所業，固亦順理成章之事。

五

　　莫愁之故事，可考者已略如上述。義山詩中，使用此典特多，誠

---

❷　同前注，頁二三二。
❷　本人以爲莫愁數見於樂府詩，雖有石城莫愁、洛陽莫愁之不同。然其事
　　蹟或本同出一源，或以後世傳聞失眞而相混。故義山〈石城〉一詩，亦
　　以石城莫愁爲艷妓也。〈河中之水歌〉中之莫愁，亦猶〈陌上桑〉中之
　　羅敷，流傳旣廣，乃逐漸轉化爲艷妓或美女之代稱矣。
❷　見《歐陽永叔集》卷六，商務本，頁五二。

爲不可思議。就第四節所引諸詩觀之，所反映之感情亦甚複雜：夢之念之，且復譙之，隱隱然爲詩人之自況。其實箇中經歷，義山已於〈柳枝〉五首之序吞吐出之矣：

> 柳枝，洛中里孃也。父饒好賈，風波死湖上。其母不念他兒子，獨念柳枝。生十七年，塗粧綰髻，未嘗竟，已復起去。吹葉嚼蘂，調絲擪管，作天海風濤之曲，幽憶怨斷之音。居其旁，與其家接故往來者，聞十年尚相與，疑其醉眠夢物斷不娉。余從昆讓山，比柳枝居爲近。他日春曾陰，讓山下馬柳枝南柳下，詠余〈燕臺〉詩，柳枝驚問：「誰人有此？誰人爲是？」讓山謂曰：「此吾里中少年叔耳。」柳枝手斷長帶，結讓山爲贈叔乞詩。明日，余比馬出其巷，柳枝丫鬟畢粧，抱立扇下，風鄣一袖，指曰：「若叔是？後三日，鄰當去濺裙水上，以博山香待，與郎俱過。」余諾之。會所友有偕當詣京師者，戲盜余臥裝以先，不果留。雪中讓山至，且曰：「東諸侯取去矣。」明年，讓山復東，相背於戲上，因寓詩以墨其故處云。

如此長序，爲義山集中所僅有。義山詩涉艷情者，詞多隱晦，然則此序所述，殆非全部眞相。且文字詰詘，幾難句讀，即如首句「柳枝，洛中里孃也。」劉若愚譯作 "Willow Branch was a girl who lived in a street in Lo-Yang." [25] 序文強調一女子住於「里」中，若無特殊含義，實在無此必要。若以「里孃」連詞，則亦費解。惟此序文與傳奇之體頗近，而房千里〈楊娼傳〉云：

---

[25] *The Poetry of Li Shang-Yin*, p. 138.

　　楊娼者，長安里中之殊色也。

文中里字乃指「里巷」或長安之「北里」，即今之所謂「紅燈區」。
而唐人亦每稱倡優為娘（孃）者，如白居易〈琵琶引〉有句云：「妝
成每被秋娘妒」，秋娘一再見之唐人詩歌，陳寅恪以為「蓋當時長安
負盛名之倡女也」。❷❻故此義山極有可能以「里孃」一詞暗示其所愛
乃洛陽之倡女。而〈柳枝〉五首之三亦云：

　　嘉瓜引蔓長，碧玉冰寒漿。
　　東陵雖五色，不忍值牙香。

碧玉之色，與嘉瓜之色相類，而舊注已指出義山於此實用〈情人碧玉
歌〉之典，詩曰：

　　碧玉破瓜時，相（郎）為情顛倒。

世俗以破瓜為二八之年，❷❼然則義山此詩首句乃暗喻柳枝為東諸侯取
去，年已長於碧玉，即所謂「引蔓長」也。據序言之，柳枝時已十七
矣。碧玉本歌者，後為晉汝南王妾，唐人李暇〈碧玉歌〉亦云：

　　碧玉上官妓，出入千花林。
　　珠被玳瑁牀，感郎情意深。❷❽

---

❷❻　參《元白詩箋證稿》頁五七～五八。
❷❼　參《玉臺新詠》卷十〈情人碧玉歌〉吳兆宜注。
❷❽　《全唐詩》卷七七三，頁八七六九。

是知碧玉與莫愁之身世甚爲相似。碧玉有寵於所天，莫愁寄怨於東鄰，其情似後者於柳枝爲尤近也。義山少居洛陽，其後亦常往來東都，❷⁹據孫棨《北里志》，則東都歌妓之盛，不減長安。❸⁰至於義山何時始識柳枝，於柳枝婚後如何復與往來，除〈柳枝〉五首而外，已於大部分使用莫愁典事之篇章微露端倪，以事涉隱私，作者故意隱晦其辭，吾人亦不可得而詳究之矣。

　　＊原載中國古典文學研究會主編《古典文學》第八集，
　　一九八六年，頁一五九～一七六。

---

❷⁹　其詳可參張采田《玉谿生年譜會箋》。

❸⁰　按《北里志》於「海論三曲中事」條下云：「比見東洛諸妓體裁，與諸州飲妓固不侔矣，然其羞七篰之態，勤參請之儀，或未能去也。北里之妓，則公卿舉子，其自在一也。朝士金章者，始有參禮，大京兆但能制其舁夫，或可駐其去耳。」（世界書局本，頁二五～二六。）

魯迅《嵇康集》校本指瑕

一 引 言

　　魯迅（周樹人一八八一～一九三六）校《嵇康集》，用功甚深。雖見錄於自撰之〈魯迅譯著書目〉（見《三閒集》），生前未果梓行。一九三八年魯迅先生紀念委員會出版《魯迅全集》，將此書與《中國小說史略》同編入第九卷。其後別出單行本（即《魯迅三十年集》之五），以所據為同一紙板，故內文全同，僅頁碼略有改動而已。❶《全集》本以校印倉卒，頗有誤植破句，一九五六年北京文學古籍刊行社復將校正稿本影印出版，可據以訂正《全集》本排印之誤。❷若細加比勘，則知兩本校語時有不同，《全集》本前四卷頗

---

❶　《嵇康集》正文頁碼，《全集》本自頁一九始，《三十年集》本則自頁一三始。將《全集》本頁碼減六，即為《三十年集》本頁碼。

❷　根據《魯迅全集》卷二〇所附許廣平之〈魯迅全集編校後記〉，可知魯迅遺稿中有手定著述目錄二紙，而所校勘者不與焉。許廣平稱《嵇康集》寫本完整，重行鈔寫付印即可。結果由邵景淵（魯迅好友邵文鎔之長女）錄副，並商請馮都良先生標點。許又嘗以景宋之名，於一九三八年發表〈關於嵇康集的標點〉一文（據一九五八年上海文藝出版社版沈鵬年《魯迅研究資料編目》，頁三一四之著錄），未見。唐弢嘗參與《全集》之校印工作，亦稱《全集》謬誤實多，終不免貽譏大雅。（見唐著《短長書》所收〈魯迅全集補遺編後記〉一文，一九四七年南國出版社版，頁二三四）一九七三年人民文學出版社版之《魯迅全集》，乃根據原有版式用簡體字重排，於《嵇康集》標點排印之誤，已有所改正。

多增訂，❸ 殆成於一九二四年稿本寫定之後。❹ 別有佚文〈嵇康集考〉，刊於《歷史研究》（一九五四年第二期，頁九七－一○三），據所用稿紙及文末所署年月推之，此文當係魯迅任教廈門大學時寫成。共分三節：(1)考卷數及名稱；(2)考目錄及闕失；(3)考逸文然否。其第(1)節與今所見兩校本後所附之〈著錄考〉互有詳略，排列則更有倫序。第(3)節亦與兩校本所附之〈逸文考〉大致相當，略多考證而已。惟第(2)節則為此文所獨有，意見或與稿本、《全集》本之校語不同。❺

魯迅以明吳寬（一四三五～一五○四）《叢書堂鈔本嵇康集》為底本，以校眾本，及類書、舊注所引，著其同異。始發軔於一九一三年十月，其事頗為偶然。蓋魯迅自民元任職教育部以後，常於公餘鈔校古書，日記中記載甚悉。是年八月二十七日記云：「補寫《台州叢書》中之《石屏集》起。」❻《石屏集》乃有宋戴復古（一一六七～一二五?）詩作，凡十卷。近卷二之末錄〈寄南昌故人黃存之宋謙甫二首〉，其二云：

---

❸ 《全集》本校記為稿本所無者。計卷一：一六條，卷二：三六條，卷三：七條，卷四：五條。由卷五以迄卷十，兩校本之校記幾全部相同。

❹ 見於《魯迅日記》者，一九三一年十一月十三日云：「校《嵇康集》以涵芬樓景印宋文（按：文或本字之誤）《六臣注文選》。」

❺ 魯迅〈嵇康集考〉一文，「取抄本篇目，以黃省曾本比較之，著其違異。」（見本文頁一○○）於〈重作六言詩十首代秋胡歌詩七首〉一題後云：「案：刻本作〈重作四言詩七首〉；注云，一作〈秋胡行〉。此所改甚謬。蓋六言詩亡三首，〈代秋胡行〉則僅存篇題，不得云「一作」。」而稿本、《全集》本於本題下校云：「舊校改為『重作四言詩七首；注云，一作秋胡行。』黃本、程本、汪本、張溥本並同，惟張燮本作『秋胡行七首』。案六言詩十首蓋已逸，僅存其題，今所有者，〈代秋胡行〉也，舊校甚誤。」說自兩歧。

❻ 考《魯迅日記》，一九一三年五月二十五日得周作人所寄殘本《台州叢書》十八冊。台州為浙江府屬，其時魯迅留心鄉邦文獻，周作人於〈關於魯迅〉一文（見《瓜豆集》）已詳言之。

久客歸來後，家如舊日貧。青山何處隱？白髮也愁人！

昳㽡一生事，乾坤百病身。時無嵇呂駕，相憶莫相親。

（《台州叢書》本本集卷二，頁一九 a）

末聯用典，見《世說新語‧簡傲》第二十四：

嵇康與呂安善，每一相思，千里命駕。

考《魯迅日記》知九月二十四日寫《石屏集》第二卷畢，前此一日記云：「下午往留黎廠搜《嵇中散集》不得，遂以托本立堂。」魯迅之急欲託書買購求嵇集，本人以爲與尋檢上引戴詩末聯出典不無關係。❼此後之《魯迅日記》有如下記載：

（十月）一日 ……午後往圖書館尋王佐昌還《易林》，借《嵇康集》一冊，是明吳匏庵叢書堂寫本。……夜抄《石屏集》卷第三畢，計二十一頁。

十五日 ……夜以叢書堂本《嵇康集》校《全三國

---

❼ 據《魯迅日記》知一九一二年七月三日嘗購得明袁氏本《世說新語》一部四冊。一九一三年三月二十六日買《十七史》一部二十八函。嵇康《晉書》本傳稱「東平呂安服康高致，每一相思，輒千里命駕。」與《世說‧簡傲篇》所記略同。吾人若謂魯迅爲尋檢戴詩出典而急於搜求《嵇康集》，或嫌武斷。而《三國志‧王粲傳》裴《注》引虞預《晉書》曰：「康家本姓奚，會稽人。先自會稽遷于譙之銍縣，改爲嵇氏，取稽之上，（加）山以爲姓，蓋以志其本也。」今本《晉書》本傳亦稱嵇康之先「姓奚，會稽上虞人。」自本年三月二十九日至三十一日，魯迅嘗寫定《虞預晉書》，（按：虞預乃會稽餘姚人，所著《會稽典錄》，收入魯迅所輯《會稽郡故書雜集》。）以魯迅之留心鄉邦文獻，則嵇康之先出於會稽，斷無不知之理。及讀戴復古詩，益增篤恭之情。求其本集，幸得覯珍本，乃從而鈔校之，固其宜矣。

文》，摘出佳字，將于暇日寫之。

　　　十九日　……夜續校《嵇康集》。

　　　二十日　……夜校《嵇康集》畢，作短跋繫之。續寫
《石屏集》第六卷。

（十一月）十六日　……夜鈔《石屏集》跋二頁畢，於是全書
　　告成，凡十卷，序目一卷，總計二百七十二頁，歷時八十
　　日矣。

（十二月）十九日　……續寫《嵇中散集》。

　　　三十日　……夜寫《嵇康集》畢，計十卷，約四萬
　　字左右。

此後魯迅續校《嵇康集》，日記時有記錄，一九二四年六月十日「撰
　　校正《嵇康集》序。」至是校勘工作始告一段落。所可注意者，魯迅
　　最初以《叢書堂鈔本嵇康集》校嚴可均（一七六二～一八四三）輯之
　　《全三國文》，摘出佳字。由十月十五日至二十日校畢，並作短跋，
　　文云：

　　右嵇康△十卷，從明吳寬叢書堂鈔本寫出，原鈔頗多譌敓，經
　　二三舊校，已可㝎讀。校者一用墨筆，補闕及改字最多。然刪
　　易任心，每每塗去佳字。舊跋謂出吳匏菴手，殆不然矣。二以
　　朱校，一校新，頗謹慎不苟。第所是正，反據俗本。今于原字
　　校佳及義得兩通者，仍依原鈔，用存其舊。其漫滅不可辨認
　　者，則從校人，可悁惜也。細審此本，似與黃省曾所刻同出一
　　祖。惟黃刻帥意妄改，此本遂得稍稍勝之。然經朱墨校後，則
　　又漸近黃刻。所幸校不甚密，故遺留佳字尚復不少。中散遺

文，世間已無更善于此者矣。癸丑十月二十日（周樹人）鐙下
記。❽

　　據此則一九一三年十月二十日魯迅已將《叢書堂鈔本》寫出，與日記
所記不符。魯迅寫《嵇康集》始於何時，雖無明確記錄，大抵總在十
一月十六日寫畢《石屏集》之後。即校字在先，寫錄全書在後也。❾

　　本人未得見《叢書堂鈔本嵇康集》原帙，❿惟據美國國會圖書館
所攝此鈔本之顯微膠卷（編號 FR. 240: 837～969）觀之，魯迅所寫
定者多有從舊校而未明言者矣。如稿本作「威武殺伐功利爭奪者」（見
卷四〈答難養生論〉），於「奪」字校云：「各本譌奮。」又於「者」
字校云：「各本字奪。」《全集》本同。實則《叢書堂鈔本》原鈔作

---

❽　「周樹人」三字《全集》本有，稿本無。惟稿本於跋文之後有「周尌」
　　二字印記。

❾　近閱張宗祥〈我所知道的魯迅〉一文（一九六一年作，見一九七九年六
　　月上海文藝出版社版《魯迅回憶錄》二集，頁三三一至三三四。）謂魯
　　迅嘗囑託鈔出京師圖書館所藏明初鈔本《說郛》並叢書堂鈔本《嵇康
　　集》。又提及當時長教育部者為傅增湘，則其事必在一九一三年魯迅鈔
　　校《嵇康集》之後，時汪大燮方任教育總長也。又一九五八年中華書局
　　出版之《雲谷雜記》，乃張宗祥所校錄，前有張敍。中謂「一九一六年
　　多，周君預材（案即魯迅之本名）語予，京師圖書館藏明初鈔《說郛》
　　殘書數冊，其中第三十卷內，有《雲谷雜記》數十條，子曷借鈔校讎，
　　為之整理。予即從之」云云。此敍成於一九一八年，所記近事年月，想
　　不致誤。由是推之，魯迅《嵇康集》跋所謂「從明吳寬叢書堂鈔本寫
　　出」者，必非張氏所為也。或魯迅其時已將鈔本寫出耶？抑跋文未盡紀
　　實也？

❿　明吳寬（匏菴）鈔校本，題《嵇康集》，書口有「叢書堂」字，凡十
　　卷。有朱墨二校，末有顧千里、張燕昌、黃丕烈等跋。舊藏京師圖書館
　　（即日後之北平圖書館）。別有清陸心源皕宋樓所藏鈔校本，即從此本
　　過錄，有朱筆、藍筆兩校。此書今藏日本靜嘉堂文庫，近人戴明揚之《
　　嵇康集校注》嘗引用之。又叢書堂鈔本與其他國立北平圖書館所藏善本
　　書籍，以時局關係，輾轉運美寄存，至一九六五年復運往臺灣。一九六
　　九年由臺灣國立中央圖書館編印之《國立中央圖書館典藏國立北平圖書
　　館善本書目》，於集部已加著錄（見原書目頁一七七）。

「威成伐煞利爭奪者」，舊校刪改作「威武殺伐功利爭奮」，是則魯迅校語失之漏略也。復有魯迅寫定之文，既非同於原鈔，亦非出於舊校者，據日記以推求之，似受嚴輯本影響。如稿本原作「難曰感而思室飢而後食」（見卷四〈答難養生論〉），已而將「後」字刪去，旁書「求」字，亦無校語。考《嵇康集》各本皆作「求」，惟嚴輯本作「後」，是其證也。又如稿本作「今用均同之情」（見卷五〈聲無哀樂論〉），於「同」字校云：「原鈔字奪，黃、汪、程本同。今據《世說新語·注》引補，二張本作一。」此蓋從嚴輯本也（詳見《全三國文》卷四十九本文並校語），而魯迅校語未明言嚴輯本已補「同」字如此。他如「耶」字之必作「邪」，「並」字之必作「竝」，變亂原鈔書法，以徇好古之習，大抵亦與嚴輯本相合。又所輯逸文，有嵇康〈蠶賦〉一條，注云見「《太平御覽》八百十四」，兩校本並《嵇康集考》所載均如此，蓋亦承嚴輯《全三國文》之誤，而疏於尋檢矣。❶尤有甚者，則為魯迅據誤寫之字，以為原鈔本如此而妄作校記。如稿本於「識眾國之風」（見卷五〈聲無哀樂論〉）之「識」字校云：「黃本作知。」《全集》本同。而吳鈔本實作「知」，不作「識」也。魯迅校《嵇康集》，雖多歷年所，以一九一三年手寫定之底本或失《叢書堂鈔本》本眞，久之不察，反滋譌謬耳。

日人小尾郊一嘗作〈叢書堂鈔本嵇康集について〉（見一九六〇年《支那學研究》第二四～二五合卷，頁九八～一〇七）文中偶涉魯迅

---

❶ 按《太平御覽》卷八〇四「布帛部」此條明題荀卿《蠶賦》云云。次條乃引嵇康《琴賦》「絃以園客之絲，徽以鍾山之玉」二句。嚴氏蓋涉次條而誤，魯迅亦失尋檢。近閱福建師範大學中文系所為《輯錄古籍序跋集譯注》，於魯迅《嵇康集考》一文（一九八〇年三月福建人民出版社版頁一〇六～一二九）所引此條之誤亦未注出。

校本之錯失,然甚疏略。❷ 一九六二年戴明揚之遺著《嵇康集校注》由北京人民文學出版社出版,蓋以黃省曾本爲底本,與魯迅校本之一欲保存《叢書堂鈔本》舊貌不同。其出版說明云:

> 書中所引魯迅先生的校本(勝長案:戴所引稱作周校本),係據一九三八年出版的《魯迅全集》本,與一九五六年文學古籍刊行社景印魯迅校正稿本,頗有出入。景印本爲戴氏所未見,因此,本書對於魯迅先生校本的評論和引用,並不確切。舉其大者,約有下列四種情況。一、有戴氏據《全集》本認爲魯迅校作甲字誤,應作乙字,而景印本正作乙字,不作甲字者。⋯⋯二、有戴氏據《全集》本認爲魯迅誤讀舊校,而實《全集》本誤排,景印本正不誤者。⋯⋯三、有戴氏引《全集》本校記猶疑未定,而景印本不止于疑,已校改定字者。⋯⋯四、有戴氏引《全集》本校記猶疑未定,且無據,而景印本已校改定字,且所定有據者。⋯⋯魯迅在一九三五年九月二十日致臺靜農信中曾說及戴氏校本,請讀者參看。

此則似認定景印之校正稿本勝於《全集》本所據之底本也。夷考其實,《全集》本排印譌誤則有之,而不能遽謂校正稿本寫定在後也。❸ 至於魯迅致臺靜農信,原文爲:

> 《校嵇康集》亦收到。此書佳處,在舊鈔;舊校卻劣,往往據

---

❷ 　如「乘流遙邁」句,小尾郊一謂魯迅誤「遙」作「遠」(見原文頁一〇三),實則《全集》本「遙邁」二字並誤作「遠逝」,而稿本則不誤也。

❸ 　參❸。

刻本抹殺舊鈔，而不知刻本實誤。戴君今校，亦常爲舊校所蔽，棄原鈔佳字不錄，然則我的校本，固仍當校印耳。

（見一九七六年人民文學出版社版《魯迅書信集》頁八八三）

按戴明揚《校嵇康集》初稿本（？）今不可見，然以後出之校注本考之，則戴之初校似不甚密。蓋戴之諟正《全集》本錯失者固多，然書中所引鈔本作某者，每有失於尋檢，據《全集》本之誤鈔爲說者矣。❹ 是則一誤再誤，鈔本舊貌且將沈霾矣。

校《叢書堂鈔本》者，復有近人葉渭清所爲《嵇康集校記》，原載《國立北平圖書館館刊》第四卷第二號，五號（一九三〇年）；第五卷第二號、三號、四號（一九三一年）；並於第九卷第六號（一九三五年）續完。此第九卷第六號所載爲戴明揚所未見❺，而葉氏所爲校記，魯迅可曾寓目，則無從推斷。葉氏從學於馬敍倫❻，所爲校記，尙稱細密，究非鈔本全貌。魯迅兩校本流通最廣，而瑜不掩瑕，戴氏校注本亦頗有承其誤者，故糾誤不得不作。

本篇所引正文，一從原鈔，分別注以魯迅稿本（一九五六年北京文學古籍刊行社景印本），《全集》本（一九三八年上海復社版），暨戴明揚校注本（一九六二年北京人民文學出版社版）之頁數、行

---

❹ 一九三五年九月十七日《魯迅日記》：「得伯簡（案：此乃臺靜農之字）信並校本《嵇中散集》一本。」即戴明揚之初校本也。時魯迅之校本尙未刊行。今所見戴氏校注本，參攷書目「明吳寬叢書堂鈔本」條下按語云云（頁四八一），則戴氏此遺稿，完成之時當在一九四九年以後，一九五六年以前（以未見魯迅之景稿本故）。《叢書堂鈔本》原鈔旣無由覆驗，遂據《全集》本以補苴初校時之漏略，實非得已。

❺ 參戴氏校注本所附參攷書目之葉渭清《嵇康集校記》一條。

❻ 參一九四三年上海商務印書館出版馬敍倫《讀書續記》卷第四，頁五七a。

數。若引用葉渭清之「校記」，亦必注以《國立北平圖書館館刊》之卷數、期數、頁數，以便尋檢。至若所引嚴輯《全三國文》，則據一九六五年北京中華書局之影印本。所引黃省曾本，則為上海涵芬樓影印本也。

二　糾　誤

《嵇康集》第一卷

1. 〈五言〉 (1 a·2；19·2；2·9)

　　按原鈔如此，下注「一本作古意」五小字。舊校改作「五言古意一首」。稿本、《全集》本同舊校。

2. 單雄翮獨逝 (1 a·7；19·5～6；5·4)

　　「翮」，稿本、《全集》本均作「翩」，葉校 (4/2/63) 所引不誤。戴校已正周校本 (按即《全集》本) 之誤。戴校又云：「『翮』字乃鈔者承上而誤，此句《初學記》十八引作『單雌翩獨遊。』」所引《初學記》云云，同於葉校。

〈四言十八首贈兄秀才入軍〉

3. 沐彼長川 (1 b·8；20·6；7·12)

　　「沐」，稿本作「泳」，校云：「原鈔『沐』，據各本改。」《全集》本作「沐」，校云：「各本作『泳』，《詩紀》同。案作『沐』亦通，『泳』或反誤也。」說自兩歧。葉校 (4/2/64)、戴校均以「沐」為「泳」之誤。

4. 陟彼高岡言刈其楚 (1 b·8；20·6；8·1)

「岡」，原鈔作「罡」，上章同，舊校改。「楚」，舊校改作「杞」，蓋原鈔涉上而誤也。稿本、《全集》本同舊校。若此原鈔顯誤而魯迅改從舊校者，皆不著校語。戴校於上章「言刈其楚」下云：「『楚』吳鈔本原鈔同，墨校改作『杞』，案此涉下而誤也。」實爲戴氏誤記。

5.左攬繁弱（2ａ·7；21·3；10·5）

「弱」，稿本、《全集》本皆作「若」，誤。戴校已正。

6.彈琴詩詠（3ａ·5；22·5；18·12）

「詩詠」，舊校改作「詠詩」，稿本、《全集》本同舊校。

7.〈秀才答四首〉（3ｂ·1；22·11；21·6）

按原鈔題下有「三五言一四言」六小字夾注，稿本、《全集》本無。

8.青林華茂青鳥羣嬉（3ｂ·11～5ａ·1；23·6～7；24·1～2）

稿本於「青林華茂」下校云：「案秀才詩止此。已下當是中散詩也，原本蓋每葉二十二行，行二十字，而闕弟四葉，鈔者不察，遽聯寫成一篇，此後眾家刻本遂並承其誤，《詩紀》迄此爲弟一首，尤謬。」《全集》本校語同，惟無「遽聯」二字，而「此後」則作「後來」。案此乃純任心校，別無佐證。吾人實無由推斷原本（？）闕弟四葉，而後來眾家刻本遂並承鈔本之誤也。今考《叢書堂鈔本》每葉二十行，行二十字，未知魯迅何由遂定原本每葉二十二行也？夷考魯迅致誤之由，或以魯迅所鈔每葉二十二行，行二十字，日久不察，遂誤以《叢書堂鈔本》所據原本體式本如此也。

又「青林華茂」句在《叢書堂鈔本》第三葉之末，下接「春駒流詠大素俯讚玄虛疇赳英賢與忝剖符」等字而止。而「駒」

流」以下之十七字，即他本〈雜詩一首〉（「微風輕扇」）之末段也。〈雜詩一首〉於《叢書堂鈔本》則爲《四言》之第十一首。原鈔此詩「歎過綿」下接「鳥羣嬉」至「終始不虧」，即〈秀才〉詩四言一首之末段也。 是知鈔本所據原本本有錯亂，不盡如魯迅之臆想矣。魯迅於原鈔錯亂處而舊校已據他本校正者，每不著校語。即如《秀才答四首》，「飭車駐駟」一首本在「華堂臨浚沼」一首之後。而「君子體通變」、「達人與物化」二首原鈔本在卷末〈幽憤詩〉之前，〈四言〉十一首之後。今所見稿本、《全集》本次第，蓋從舊校補鈔，與黃省曾本同。戴校於〈秀才答四首〉詩題後記吳鈔本文字錯亂處甚詳，則又優於魯迅所校矣。

「青鳥羣嬉」句魯迅蓋從舊校補鈔。葉渭清以爲原鈔本作「春鳥羣嬉」。葉校（4/2/69）云：「元鈔第二首前半首第六句，僅有『春』字。『鳥羣嬉』下誤續入卷末〈雜詩〉『歎過綿』後。合觀之，知鈔者所據本，作『春鳥』，不作『青鳥』也。春青形近，第一首『春禽』，各本作『青禽』，即其例。」

〈幽憤詩〉

9.嗟予薄祜（5 a·5；23·11；26·5）

「予」，稿本、《全集》本作「余」。「祜」，稿本、《全集》本作「祐」，稿本校云：「《晉書》本傳作『祐』，六臣本《文選》同。」而《全集》本則校云：「五臣本《文選》作『祐』。」蓋殿本《晉書》本傳作「祜」也。又原鈔〈幽憤詩〉在第一卷之末，舊校補鈔於〈秀才答四首〉之後，此句魯迅蓋從補鈔也。又稿本、《全集》本作〈幽憤詩一首〉，原鈔無「一首」二字，補鈔有。

10.恃愛肆坦 (5ａ·6；23·12；26·11)

　　「坦」，補鈔作「妲」，稿本、《全集》本同補鈔。

11.志在守璞 (5ａ·7；24·1；27·8)

　　「璞」，補鈔作「樸」，稿本、《全集》本同補鈔。

12.曰予不敏 (5ａ·8；24·2；27·10)

　　「予」，補鈔作「余」，稿本、《全集》本於此則同原鈔作「
　　予」，與上文「嗟余薄祜」作「余」兩歧。稿本無校語，《全
　　集》本校云：「《文選》作『余』。」

13.民之多僻，政不由己 (5ａ·9；24·2～3；28·7)

　　按二句原鈔無，補鈔有，稿本、《全集》本同補鈔而無校語。

14.但若創痏 (5ａ·10；24·3；29·3)

　　「但」，補鈔作「怛」。稿本、《全集》本同補鈔。

15.安樂必誡 (5ｂ·8；24·11；32·2)

　　「誡」，稿本同，無校語。《全集》本誤作「戒」，校云：「
　　《晉書》、《文選》作『誡』。」

16.予獨何人 (5ｂ·9；24·11；32·4)

　　按卷末之〈幽憤詩〉至「古人有言善莫近」而止。從「名」字
　　至終篇則在〈秀才答四首〉之後，〈述志詩二首〉之前，且爲
　　另頁頂行而書。舊校補鈔「名」字以上之文於上頁〈秀才答四
　　首〉後之六行空白處。是知原鈔所據之本，裝裱頗有錯亂，而
　　補鈔則據他本補也。此句稿本、《全集》本同原鈔，則首句不
　　當從補鈔作「嗟余薄祜」，致「余」「予」歧出也。《全集》
　　本此句有校語，稿本無。

　　又按：上文「咨余不淑」句，原鈔、補鈔均作「余」，稿本、
　　《全集》本同。黃省曾本作「予」。戴校云：「『予』，吳鈔

本同，皕宋樓鈔本朱筆校改作『余』。」以吳鈔本原作「予」者，蓋出誤記。

〈述志詩二首〉

17. 耕耨感甯越 (6 a·5；25·4；36·4)

「越」，稿本同。《全集》本作「戚」，蓋誤。一九七三年《魯迅全集》重排本（以下簡稱重排本）已正作「越」。

18. 夙駕感驅馳 (6 a·7；25·6；37·1)

「夙」字「感」字乃舊校塗改而成，稿本、《全集》本作「息駕惑馳驅」。按「驅馳」二字誤倒作「馳驅」，不韻，其爲誤明甚。戴校已正。戴校以爲「夙」字「感」字原鈔似作「息」作「感」，而魯迅則誤以「感」爲「惑」也。葉校 (4/2/73) 亦以爲「感」字原鈔作「感」。

〈六言詩十首〉

19. 寧濟四海烝民 (7 a·1；26·7；41·5)

「烝」字從承，蓋「烝」之俗體。魯迅从艸頭作「蒸」，使同眾本，非是。

20. 知慧用有爲 (7 a·4；26·10；41·10)

「知」，稿本、《全集》本作「智」，爲魯迅妄改。黃省曾本亦作「知」。又稿本於「有」字校云：「各本字奪，《詩紀》同。案蓋『何』字之譌。」《全集》本亦校云：「各本及《詩紀》脫此字，當作『何』。」案各本實脫「有爲」二字，非只脫一「有」字也。

21. 金玉滿屋莫守 (7 a·8；27·3；42·9)

「屋」，稿本作「堂」，似由「屋」字塗改而成，無校語。《全集》本則從原鈔作「屋」，校云：「各本作『堂』，《詩紀》同。」

22.厚味腊毒難治（7 a·10；27·4；43·4）

　　「腊」，稿本同。《全集》本作「臘」，蓋誤，戴校已正。

23.靜恭古惟二子（7 b·4；27·7；44·4）

　　「靜」，稿本、《全集》本均誤作「靖」，且於「靖恭」二字下校云：「二字從舊校。」大謬。蓋原鈔「古惟」二字實經舊校塗改而成，魯迅涉下文而誤記也。戴校未細檢原鈔，竟承《全集》本之誤妄爲之說：「『靜』，吳鈔本原鈔同，墨校改作『靖』。」實則「靜」字何來墨校也。

24.棄背高梁朱顏（7 b·7；27·11；45·4）

　　「梁」，稿本、《全集》本誤鈔作「梁」，且從而校云：「各本作梁。」

〈重作六言詩十首代秋胡歌詩七首〉

25.極欲令人枯（8 a·8；28·8；48·6）

　　此句舊校改作「極欲疾枯」，稿本、《全集》本同原鈔。戴校引吳鈔本原鈔作「疾欲令人枯」，「疾」字蓋「極」字之誤。葉校（4/2/78）引原鈔亦作「極」。

26.垂釣一壑所樂一國（8 a·11～8 b·1；28·10；49·12）

　　「所」字舊校塗改而成，原鈔似作「如」；「一」字原鈔無，舊校補。稿本、《全集》本均作「垂釣一壑好樂一國」。「好」字似爲「如」字之誤。葉校（4/5/33）、戴校均以爲原鈔作「如」。

27.呼吸大和（8 b·4；28·12；51·4）

　　「大」，稿本、《全集》本作「太」。太、大古今字。

〈詩三首　郭退周贈〉

28.予心好永年（9 b·3；30·4；56·5）

「予」字舊校塗改而成，稿本、《全集》本皆作「甘」。戴校
以爲原鈔似作「中」。

〈詩五首　郭遐叔贈〉

29. 增其憤怨（10 b‧2；31‧9；60‧4）

「怨」，魯迅誤鈔作「歎」。稿本校云：「程本同，他本及《
詩紀》皆作『怨』。」《全集》本則校云：「黃、汪、二張本
作『怨』，《詩紀》同。」

而戴校則云：「『怨』，吳鈔本作『歎』。」豈亦據《全集》
本而誤耶？

30. 江海自蹤容（10 b‧8；32‧1；61‧2）

「蹤」，舊校改作「兼」。稿本先作「兼」，已復刪去，旁書
「從」字。校云：「各本作『可』，《詩紀》同。舊校以爲
『兼』字。」《全集》本亦作「從」，校語文字稍異。是則魯
迅以原鈔本作「從」也。戴校以爲吳鈔本此「蹤」字乃涉上文
「貴在等賢蹤」句而誤。葉校（4/5/37）引原鈔亦作「蹤」。

〈五言詩三首答二郭〉

31. 坎壈趑世教（11 a‧7；32‧10；63‧3）

按：此補鈔也。原鈔「坎壈」字作「懍慄」，下接《思親詩》
「悲兮當誰告」，而「趑世教」以下各句則見另頁。稿本、《
全集》本此句並作「坎懍趑世教」，稿本於「懍」字校云：「
程本作『凜』，他本並作『壈』，《詩紀》同。」而《全集》
本校語「凜」「壈」二字互倒，重排本已改正。又稿本正文
「懍」字左旁乃塗改而成，似本從補鈔從土作「壈」也。戴校
云：「案吳鈔本原鈔『懍』字爲『慄』字之誤，周校本誤也。」

32. 浪瓊漱朝霞（11 a‧9；32‧12；63‧10）

「飱」，稿本作「飧」，《全集》本誤作「殮」，重排本已正作「飧」。

〈五言詩二首阮德如答〉

33. 終然未厭藏 (12 b·8；35·1；71·9)

「未」字舊校塗改而成，原鈔不明。稿本、《全集》本均作「永」。稿本校云：「舊校爲『未』，原字滅盡，今依刻本。」《全集》本校語同，惟「未」字誤排作「來」，戴校已正。重排本亦已改正爲「未」。

34. 〈酒會詩〉 (12 b·11；35·3；72·2)

按原鈔如此，下注「五言一首、四言六首」八小字。舊校於「酒會詩」下補「七首」二字。稿本改作「酒會詩一首」，《全集》本無「一首」二字。

35. 〈四言〉 (13 a·6；35·8；72·3)

按原鈔如此。二字爲舊校以濃墨抹去。稿本改作「四言詩十一首」，《全集》本則仍從原鈔作「四言」二字。

36. 乘流遙邁 (13 b·8；36·10；78·10)

「遙邁」，稿本同，《全集》本作「遠逝」，戴校已正。重排本仍作「遠逝」。

37. 汛若龍微 (14 a·1；37·1；79·4)

「汛」，稿本、《全集》本誤作「有」，戴校已正。重排本仍作「有」。

38. 抱樸山嵋 (14 a·2；37·1～2；79·5)

「樸」，稿本、《全集》本同。戴校以爲魯迅誤「璞」作「樸」，非是。

39. 〈五言詩三首〉 (14 a·10；37·8；80·10)

按稿本有「三首」二字，校云：「二字原無，今補。」《全集》本則同原鈔作「五言詩」。又稿本於「高歌誰當和」句下有「ㄥ」號，示一首也。《全集》本誤連「脩夜家無爲」以下爲一首，重排本已正。

40. 得失自己求 (14 b・5；37・12；80・4)

「求」，稿本、《全集》本誤作「來」，戴校已正。重排本仍作「來」。

41. 整駕俟良晨 (14 b・8；38・1；80・6～7)

「晨」，稿本、《全集》本均作「辰」，戴校本同，皆以意改也。惟葉校 (4/2/70) 引原鈔作「晨」。

《嵇康集》第二卷

〈琴賦〉

42. 絃形園客之絲 (2 b・4；41・2；91・5)

「絃」，稿本初同原鈔，後改作「弦」，《全集》本復作「絃」。「形」，舊校改作「以」，此原鈔顯誤也。稿本、《全集》本均作「以」而無校語。

43. 新聲熮亮 (2 b・7；41・4；29・7)

「熮」，稿本、《全集》本作「嘹」，蓋出誤鈔。稿本校云：「黃本作熮，二張本作憀，《文選》同。程本作嘹，《類聚》同。」《全集》本校語於「類聚」下多一「引」字。是則各本皆未從口作「嘹」也。葉校 (4/5/47) 引原鈔不誤。

44. 參發並趣 (2 b・8；41・5；92・9)

原鈔「並」字魯迅皆作「竝」，嚴輯本同。「趣」，稿本誤作「起」，蓋涉上文「角羽俱起」而誤。《全集》本已正作「

趣」。

45. 兢名擅業 (3a·2；41·9；94·7)

「兢」，稿本作「競」，嚴輯本同。《全集》本則仍作「兢」，重排本復改從稿本作「竞」（競）。「業」，稿本同，《全集》本誤排作「素」，重排本已正。

46. 飄餘響徐泰素 (3a·3～4；41·9～10；94·10)

「徐」，舊校改作「乎」。此句稿本作「流餘響於泰素」，「於」字似由「乎」字塗改而成。校云：「黃、汪、程本作『乎』，《文選》同。二張本與此合。」魯迅一反以「于」作「於」之例，蓋以原鈔「徐」字實由「於」字形近而譌也。（勝長案：《琴賦》吳鈔本原作「于」字者三見，餘皆作「於」。魯迅所鈔，此條之外，惟於原文兩「於是」處作「於」，餘皆作「于」。）《全集》本此句作「流餘響于泰素」，字則作「于」。稿本於「流」字無校語，《全集》本則校云：「黃本作『飄』，《文選》同。」實則吳鈔本原作「飄」，不作「流」也。戴校未細檢原書，竟誤據《全集》本為說，妄云：「『飄』，吳鈔本作『流』。『乎』，吳鈔本作『于』。」亦疏矣。葉校（4/5/48）所引作「飄餘響乎泰素」，「飄」字不誤，「乎」字則從舊校也。

47. 廣夏閑房 (3a·4；41·10；94·11)

「夏」，稿本原作「廈」，已復圈去，旁書「夏」字。《全集》本則作「廈」，無校語。重排本復據稿本改作「夏」。

48. 或摟拖櫟将 (4a·1；42·10；100·9)

「摟」字、「櫟」字從木，稿本初同原鈔，後塗改作「才」旁。校云：「黃、汪、程本『摟』、『櫟』並从木。」《全集》本

校語此下增「《文選》『櫟』作『櫟』」等字。魯迅校本之誤，戴校已正。葉校（4/5/50）所引「樓」字「櫟」字亦皆從木也。

49. 嘔噦終日（4 b‧11；43‧11；107‧2）

　　「噦」，稿本、《全集》本作「噱」，嚴輯本亦作「噱」。稿本無校語，而《全集》本校云：「黃本譌『噦』。」實則吳鈔本亦作「噦」也。此魯迅誤以嚴輯本作「噱」者為吳鈔舊文耳。

〈與山巨源絕交書〉

50. 無所不堪（5 b‧10；44‧12；114‧7）

　　按「無」上稿本誤衍「而」字，校云：「黃本字無」。《全集》本亦衍「而」字，校云：「黃本字無，《文選》同。」戴校未細檢原書，妄云：「『無』上吳鈔本原鈔有『而』字，墨校刪。」

51. 許由之巖栖（6 a‧4～5；45‧4；115‧7）

　　「栖」，稿本原作「棲」，與嚴輯本同。後改為「栖」，無校語。《全集》本則作「棲」，校云：「五臣本《文選》作『栖』。」

52. 又讀莊老（6 b‧3；45‧11；117‧12）

　　稿本校云：「《晉書》作莊、老，《御覽》同。」按「莊、老」二字為「老、莊」誤倒，《全集》本校語不誤。

53. 養鴛鶵以死鼠也（8 a‧4；48‧1；125‧8）

　　「養」字稿本同，《全集》本誤排作「食」，重排本已正。

54. 若道盡途窮則已耳（8 a‧78；48‧4；126‧5）

　　「則」字稿本同，《全集》本誤作「斯」，校云：「《晉書》、《文選》作『則』。」戴校未細檢原書，妄云：「『則』，吳鈔本原鈔作『斯』，墨校改。」葉校（5/2/83）所引亦作「則」。

55. 顧此恨恨（8 a‧10；48‧6；126‧10）

「恨恨」，稿本、《全集》本並作「悢悢」，此實從他本而不著校語。戴校云：「『悢悢』，吳鈔本、張溥本及本傳作『恨恨』。」案嚴輯本亦作「悢悢」。

56. 時爲歡益（8 b·7；48·13；128·10）

「時」字稿本同，《全集》本誤作「共」，校云：「《晉書》作『時』，《文選》同。」戴校未細檢原書，妄云：「『時』，吳鈔本作『共』。」

〈與呂長悌絕交書〉

57. 猶是許足下以至交（9 a·2；49·5；132·1）

「猶」，舊校改作「由」，稿本從舊校，具見校語。嚴輯本亦作「由」。《全集》本則從原鈔作「猶」，校云：「各本作由」。

《嵇康集》第三卷

〈卜疑〉

58. 尒乃思丘中之隱士（1 a·8；51·7；136·2）

「尒」，稿本作「尔」，《全集》本作「爾」。「隱」，稿本、《全集》本作「德」，蓋誤。

59. 挾智計佯迷（1 b·7〜8；52·2；137·4）

「計佯迷」三字舊校刪改作「任術」二字，與眾本同。稿本、《全集》本則據原鈔作「佯迷」二字。戴校引吳鈔本有「計」字，以爲當係誤衍，則又密於魯迅所校矣。

60. 雖在人間（1 b·11；52·4；138·2）

「在」，稿本、《全集》本作「若」，蓋誤。戴校已正。

〈養生論〉

61. 不有之矣（3a·8；54·1；144·9）

「不」，稿本、《全集》本作「可」，此蓋改從眾本而未著校語。戴校：「『可有』吳鈔本、汪本、四庫本誤作『不有』。」葉校（5/3/76）所引亦作「不有」。

62. 則達旦不寐（3a·11；54·3；145·3）

「寐」，稿本、《全集》本作「瞑」，嚴輯本同。此蓋改從眾本而未著校語。葉校（5/3/76）所引亦作「寐」，校云：「寐，各本並作瞑。古眠字。黃省曾本誤為瞑。」

63. 安心以全身（3b·9；54·9〜10；146·7）

按「身」上稿本誤衍「生」字，《全集》本無，重排本亦無「生」字。

64. 則功收相懸（4a·2；54·13；147·11〜148·1）

「懸」，稿本作「縣」，《全集》本同原鈔作「懸」。重排本則改從稿本作「县」（縣）。不知原鈔實從心作「懸」也。

65. 而外受內敵（4b·3；55·8〜9；152·1）

按此句稿本、《全集》本作「而外內受敵。」此原鈔顯誤而改從眾本也。稿本於「外內」下校云：「《文選考異》云：『袁本云：善作內外。茶陵本云：五臣作外內。』今案《御覽》作內外。」而《全集》本則校云：「李善本《文選》作『內外』，《御覽》同。」皆不言鈔本原誤作「而外受內敵」也。

66. 縱少覺悟咸歎恨於所遇之初（4b·8；55·11；152·11）

「咸」，稿本同。《全集》本誤作「感」，且於「歎」字句絕，甚非。重排本已訂正作「咸」，並於「悟」下句絕。

67. 是猶桓侯抱將死之疾（4b·9；55·12；152·12）

「猶」，稿本、《全集》本皆作「由」，嚴輯本亦作「由」。

稿本無校語。《全集》本校云：「五臣作『猶』。」戴校云：「『由』吳鈔本，張本作『猶』，《文選》袁本同。……案二字通。周校本誤作『田』。」案「田」字殆出誤排，非戴氏誤讀也。

68. 割棄榮願（5 a·6；56·4；154·9）

「榮」字稿本同，《全集》本誤排作「滎」，從水。重排本已正。

69. 意速而事遲（5 a·10；56·7；155·10）

「意」字稿本同，《全集》本誤排作「竟」，重排本已正。

70. 綏以五絃（5 b·7；56·12；157·2）

「絃」，稿本作「弦」，從弓。《全集》本同原鈔作「絃」，重排本又改從稿本從弓作「弦」。

《嵇康集》第四卷

〈黃門郎向子期難養生論〉

71. 此殆影響之論（2 a·10；53·12；165·11）

「影」，稿本、《全集》本皆作「景」。戴校妄云：「『影』，吳鈔本作『景』。」按魯迅書寫之例，「影」字皆作「景」，猶「於」皆作「于」，「耶」皆作「邪」也。

〈答難養生論〉

72. 此所以用智邃生養一示蓋之道也（3 b·4；61·7～8；170·1～2）

稿本、《全集》本同。「示蓋」下校云：「疑當作『不盡』，各本無上四字，舊校亦刪。」戴校云：「原鈔本作『不』字，非『示』字也。」實則「示」字上劃爲舊校塗去，戴未細看耳。

73. 故智之爲美（3 b·4；61·8；170·3）

「爲」，稿本、《全集》本作「所」，蓋涉上文「守其所吉」
而誤也。校云：「黃本作『爲』。」以亦誤置於「美」字之
下，其意當謂「所」字黃本作「爲」也。戴校承《全集》本之
誤，妄云：「『爲』吳鈔本作『所』，墨校改。」不知原鈔本
實作「爲」，亦無墨校也。

74. 懃欲去而賤生哉 （3 b・6；61・9；170・6）

稿本、《全集》本於「欲」下作「口」號，校云：「各本字奪，
案當是『動』字，原鈔爲舊校所滅，不可辨。」戴校云：「『
無』字爲合。」按「無」字之引號當去，此校印者誤加也。戴
氏原稿想無標點，而排印本頗有破句、誤加引號者矣。又案吳
鈔本「欲」下之字似原作「去」，而舊校刪之。

75. 富有天下也富如無主而有存 （3 b・7；61・10；170・7~8）

按舊校刪改作「富有四海民不可無主而存」，稿本則作「富有
天下也富不可無主而存」，《全集》本同。「不可」二字蓋從
舊校而不著校語。

76. 苟患失之則無所不至矣 （4 b・2；62・8；172・7）

「則」字稿本、《全集》本無，此蓋改從眾本而不著校語。

77. 情動則糾之以和 （5 b・5；63・10；175・3）

「情」，稿本、《全集》本誤作「欲」，戴校已正。

78. 由見之不明耳 （6 a・6；64・4；176・6）

「耳」，稿本、《全集》本誤作「也」，校云：「黃本作耳。」
戴校未細檢原書，妄云：「『耳』吳鈔本原鈔作『也』，墨校
改。」

79. 故備遠如近慎微如近慎微如著 （6 b・4；64・10；177・3）

「故備遠如近」下原鈔衍「慎微如近」四字，舊校刪。稿本、

《全集》本亦無，而於「故備遠如近」下校云：「原鈔近下有一『四』字，疑『而』之譌，各本無。」按魯迅致誤之由，或以最初鈔錄之時，嘗作校記「原鈔近下有四字，舊校刪」之類，其後未檢原鈔，誤以所刪四字爲一「四」字，遂妄爲臆說云云。戴校亦疏於尋檢，承《全集》本之誤，妄於「愼微如著」下校云：「『愼』上吳鈔本原鈔有一『四』字，墨校刪。周校本曰：『四疑而之譌。』」

80. 或菲食勤躬 (7 a・1；65・2；177・12)

「食」，稿本、《全集》本誤作「飲」，戴校未正。重排本亦作「飲」。

81. 威成伐煞利爭奪者 (7 a・2〜3；65・3；178・3〜4)

「成」，舊校刪改作「武」，下補「殺」字。「煞」，舊校刪改作「功」。「奪」，舊校塗改作「奮」。「者」字舊校刪。稿本作「威武殺伐功利爭奪者」，僅於「奪」字「者」字下有校語，《全集》本同。亦失之漏略。

82. 肥溫者早終 (7 b・3；65・11；180・2)

「肥溫」，稿本作「溫肥」，《全集》本同。此蓋改從眾本而未著校語。戴校云：「案以下文『涼瘦』例之，則『溫肥』更合。」

83. 又曰黍稷惟馨 (8 a・5；66・7；181・10)

「曰」，稿本、《全集》本誤作「云」。

84. 則唯菊芬粱稻 (8 b・11；67・5；183・11)

「芬」，舊校改作「苤」，稿本、《全集》本同原鈔。戴校云：「周校本『苤』誤作『芬』。」此未細檢原鈔也。葉校 (5/3/90) 亦不云原鈔作「芬」。「粱」稿本、《全集》本從

米作「梁」，其下校云：「各本作苽梁。」實則原鈔本從木作
「梁」也。

85. 又鬱穢氣蒸（9 a・2；67・7；184・5）

「又」字舊校塗去，稿本、《全集》本無。戴校云：「『鬱』
上吳鈔本原鈔有『又』字，墨校刪。案以下文例之，有『又』
字爲是。」

86. 澡雲五藏（9 a・5；67・9；185・1～2）

「雲」，稿本、《全集》本作「雪」，此原鈔顯誤，魯迅改從
眾本而不著校語。「藏」，舊校加「月」旁作「臟」，稿本、
《全集》本則同原鈔。

87. 果螺負之（9 a・7；67・10；185・7）

「果螺」，舊校改作「蜾蠃」，蠃」字從虫，葉校（5/4/65）
所引同。稿本、《全集》本均作「果蠃」，「蠃」字從果，校
云：「字从舊校。」此蓋魯迅誤記，實乃改從眾本也。戴校云：
「『果蠃』，吳鈔本原鈔作『果螺』，墨校改作『蜾蠃』。」
蓋亦未細檢舊校也。

88. 若彭祖七百（9 b・5；68・3；186・11）

「若」字稿本、《全集》本無，葉校（5/4/66）及戴校所引均
有，此亦魯迅改從眾本也。

89. 仲都多裸而體溫（9 b・7；68・4；187・2）

「裸」，稿本、《全集》本均作「倮」，此蓋改從眾本而不著
校語。

90. 而楊雄謂好大爲之（9 b・9；68・5；187・8）

「楊」，稿本同原鈔。《全集》本作「揚」，从才。重排本已
改從木作「楊」。

91. 以酒色爲供養 (10 a・3；98・8；188・3)

　　「供」，稿本同原鈔，《全集》本誤排作「洪」，重排本已正。

92. 又飢飡者 (10 b・5；69・3；189・7)

　　「飡」，稿本改作「飱」，《全集》本作「殮」，重排本已改同稿本。

93. 備外物以樂之 (11 a・5；69・9；190・11)

　　「備」，稿本、《全集》本作「借」，此蓋改從眾本而不著校語。

94. 故被天和以自言 (11 a・9；69・12；191・6)

　　「被」，舊校改作「順」；「言」，舊校改作「然」。稿本、《全集》本同原鈔，而於「故」下校云：「各本作順。」此魯迅偶誤，校語當在「被」字之下也。戴校云：「『順』吳鈔本作『被』，墨校改「然」。周校本誤作『言』。」此處標點有誤，當於「墨校改」下句絕。「然」字屬下文，蓋謂周校本誤「然」作「言」也。今置校印者標點之誤不論，而謂周校本誤「然」作「言」，亦非，蓋原鈔本作「言」也。魯迅於「言」下校云：「當誤，各本作『然』。」不云舊校已改作「然」，是不可解者。

95. 玩陰陽之變化 (11 a・10；69・13；191・7)

　　「玩」，稿本、《全集》本作「翫」，嚴輯本亦作「翫」。

96. 樂長生之求久 (11 a・10；69・13；191・7)

　　「樂」，舊校改作「得」，稿本、《全集》本同原鈔，校云：「各本作『得』。」「求」，稿本、《全集》本作「永」，此蓋改從眾本而不著校語。戴校云：「『得』吳鈔本作『樂』，

墨校改『永』，吳鈔本作『求』，誤也。」此處標點有誤，
「墨校改」當句絕，「永」字屬下句。

97.神慮精散 (11 b・2；70・3；192・1)

「精散」，舊校改作「轉發」。此句稿本、《全集》本作「神
虛精散」，校云：「各本作『神慮轉發』，舊校同。」案原鈔
實作「慮」，魯迅誤鈔作「虛」耳。葉校 (5/4/68) 所引不
誤。戴校未細檢原書，妄云：「吳鈔本原鈔作『神虛精散』，
朱校改『精散』為『轉發』。」稿本校云：「各本作『神慮轉
發』，舊校同。尤袤本《文選・注》引作『神慮消散』。唐本
《選・注》及《御覽》七百二十引皆與原鈔合，尤本《文選・
注》及各本蓋並誤。」而《全集》本則校云：「各本作『神慮
轉發』。舊校同。尤袤本《文選・注》引作『神慮消散』，
《醫心方》引作『神慮精散』，唐本《文選・注》及《御覽》
七百二十引并與此同。」是魯迅實誤以吳鈔本原鈔作「神虛精
散」也。葉校 (5/4/68) 所引原鈔不誤。又葉校、戴校均以此
句作「神慮消散」為長。

98.以此自臧 (11 b・7〜8；70・9；193・1)

「臧」，稿本同，《全集》本誤作「藏」，戴校已正。重排本
改從稿本作「臧」。

99.凝神復璞 (12 a・2；70・13；193・10)

「璞」，稿本、《全集》本作「樸」。

100.含氣於莫大之族者 (12 a・3；70・12；193・11)

「族」，舊校改作「淡」，稿本、《全集》本從舊校而不著校
語。戴校云：「『淡』吳鈔本原鈔作『族』，朱校改。案原鈔
是也，此處用韻。」

101. 有存可延也（12 a・3；71・1；194・1）

　　「存」，舊校改作「年」，稿本、《全集》本作「可存可延也」，上「可」字蓋出誤鈔，當作「有」，戴校已正。

102. 單豹以營忘外內（12 a・5；71・2；194・3〜4）

　　「忘外內」三字舊校改作「內致斃」，與黃本同。此句稿本、《全集》本作「單豹以營內忘外」，未盡同原鈔，而於「忘外」下校云：「各本作『致斃』。」戴校云：「『營內致斃』吳鈔本原鈔作『營忘外內』，朱校改。案原鈔是也，惟當作『營內忘外』，此與下文對言。」所引原鈔不誤，而謂當作「營內忘外」者，意見又同於魯迅矣。

103. 語夫將來之覺者（12 a・8；71・4；194・11）

　　「夫」字稿本、《全集》本無。

《嵇康集》第五卷

〈聲無哀樂論〉

104. 知眾國之風（1 a・6；72・5；197・1）

　　「知」，稿本、《全集》本作「識」，此涉上文「識虞舜之德」而誤也。校云：「黃本作『知』。」蓋亦疏矣，戴校已正。

105. 情慾之所鍾（1 b・3；72・10；197・11）

　　「慾」，稿本、《全集》本作「欲」，下同。

106. 遇和聲而後發和聲而後發無象而哀心有主夫以有主之哀心因乎無象之和聲其所覺悟（2 a・3〜4；73・8〜9；199・4〜6）

　　按「和聲而後發無象」句舊校刪「而後發」三字，稿本、《全集》本同舊校而不著校語。然於「因乎無象之和聲」下衍「而後發」三字，校云：「各本三字無，舊校亦刪，案上當奪一

字，刪之甚非。」戴校亦不細檢原鈔，於「因乎無象之和聲」下云：「『聲』下吳鈔本原鈔有『而後發』三字，墨校刪。周校本曰：『而上當奪一字，刪之甚非。』○揚案：就上下文觀之，當奪『感』字也。雖然，此句文義亦足，有之反爲冗贅。『而後發』三字似鈔者涉上文而誤衍。」是則據《全集》本之誤而妄加臆說，不知此三字原鈔實衍於「和聲無象」一句「和聲」二字之後也。

107. 則無關於哀樂也自當以情感而後發 (2b·2～3；74·2；200·4～5)

「也」字舊校刪改作「哀樂」二字，稿本、《全集》本同舊校，魯迅於此雖有校語而不言原鈔本有「也」字，失之漏略。又「情感」二字，稿本同，《全集》本誤倒作「感情」，戴校已正。重排本亦改從稿本作「情感」。

108. 今粗明其一端 (2b·6；74·4；200·8)

「粗」，稿本、《全集》本作「麤」，嚴輯本、黃本亦作「麤」。戴校所引同原鈔。

109. 寄之於爲聲 (2b·9～10；74·7；200·11)

「爲」，舊校改作「餘」，稿本、《全集》本同舊校而不著校語。

110. 雖歌哭萬殊 (3b·6；75·5；202·11)

「萬殊」，稿本、《全集》本誤倒作「殊萬」。

111. 不假智於常韻 (3b·7；75·5；202·12)

「韻」，稿本、《全集》本作「音」，此蓋改從眾本而不著校語。戴校云：「『音』吳鈔本作『韻』，誤也，上文即云『常音』。」

112. 盡此爲推 (4a·9；75·13；204·1)

「爲」，稿本、《全集》本作「而」，此蓋改從他本而不著校語。

113. 恐巧歷不能紀耳（4 b·1；76·3；204·5）

「歷」，稿本、《全集》本作「厤」，與嚴輯本同，此亦魯迅好古而變亂舊文也。

114. 至於愛與不愛喜理人情之變統物與不喜之理（4 b·5；76·5；204·8~9）

「喜理」二字舊校刪。「與不喜」三字舊校刪。稿本原作「至於愛與不愛喜與不喜統物之理」，已而復乙「喜與不喜」於「人情之變」之上。並於「喜與不喜」下校云：「原鈔下三字誤入下文『物』字下，今迻正，各本奪，舊校亦刪。」《全集》本校語同。而不云「喜與不喜」之上「喜」字之下原鈔誤衍「理」字，失之漏略。戴校所引原鈔不誤。

115. 亦猶醞酒之發人性也（4 b·9；76·8；204·12）

稿本於「醞酒」下校云：「各本作酒醴。」《全集》本校語「醴」字誤排作「灃」，重排本已正。

116. 秦客難曰夫觀氣採色（5 a·2；76·10；205·3）

按自此以下至「莫不自發也」（11 b·1；83·9；219·3）原鈔在篇末「亦足以觀矣」之後，戴校云：「案原鈔所據之本，每節提行，故有此誤。」魯迅於原鈔之錯亂不著校語，失之漏略。

117. 聲亦降殺（5 b·1；77·3；206·5）

「聲」，稿本、《全集》本誤作「樂」，並從而校云：「黃本作『聲』。」則亦疏矣。戴校未正，重排本承誤未改。

118. 各使發一詠歌（5 b·4；77·5；207·1）

「各使」，舊校改作「使各」，稿本、《全集》本作「使各發一詠之歌」，「之」字吳鈔本無。此蓋魯迅改從眾本而不著校語。

119. 不以眾寡易思 (5 b・5；77・6；207・2)

　　「眾寡」，稿本、《全集》本作「寡眾」，此蓋魯迅改從眾本而不著校語。

120. 羊舌母聞兒啼而審其喪家 (6 b・1；78・4；209・3)

　　「審」，稿本、《全集》本作「知」，蓋涉上文「知南風不競」而誤也。重排本未正。

121. 今復煩循環之難 (6 b・7；78・8；209・10)

　　「循」，稿本、《全集》本誤作「尋」。

122. 夫魯史能知犧曆之喪生 (6 b・8；78・9；209・11)

　　「史」，舊校改作「牛」，稿本、《全集》本同舊校。「曆」，稿本、《全集》本作「歷」。

123. 若謂鳥獸皆能有葛盧受性禍獨曉之 (6 b・10；78・10；210・2)

　　「能有」，舊校刪改作「有禍」；下文「禍獨曉之」之「禍」，舊校刪去。稿本、《全集》本作「若謂鳥獸皆能有□葛盧受性獨曉之」。按「□」號蓋從眾本補，校云：「舊校減其原字，改作『禍』，程本作『知』，他本闕。」戴校亦失檢，承其誤而妄云吳鈔本塗減「有」下空格之字。

124. 從傳異言耳 (6 b・11；78・11；210・4)

　　「從」，舊校改作「猶譯」二字，同於眾本。此句稿本、《全集》本誤作「猶傳譯異言耳」，亦無校語。

125. 若為知譯者為當觸物而達 (7 a・1；78・12；210・5)

　　「譯」字稿本、《全集》本無，葉校 (5/4/76) 及戴校所引

有。

126. 願借子之難以立鑒識之域焉當與關接識其言耶（7 a・4；78・13～79・1；210・9）

　　「焉」，舊校改作「或」，稿本、《全集》本則於「焉」下更有「或」字，且於「焉」下校云：「各本字奪。」戴校已正其失。

127. 假令心志於馬（7 a・7～8；79・3；210・12）

　　「志」，稿本同，《全集》本誤排作「老」，重排本已正。

128. 以爲摽識耳（7 b・1；79・5；211・3）

　　「摽」，稿本、《全集》本從木作「標」，與嚴輯本同。校云：「各本作摽。」戴校承其誤亦謂吳鈔本作「標」。

129. 何必發楚庭來入晉乎（7 b・8；79・10；211・12）

　　「必」，稿本、《全集》本作「得」，與嚴輯本同，亦無校語。戴校云：「『得』，吳鈔本作『必』，是也。」

130. 今晉母未得之於考試（8 b・9；80・11；214・3）

　　「考試」，舊校改作「老成」，稿本、《全集》本同原鈔，具見校語。戴校以爲原鈔作「考誠」。實則戴氏誤讀「試」字作「誠」也。

131. 而鼓鍾駭心（9 b・1；81・7；215・6）

　　「鼓鍾」，稿本、《全集》本作「鍾鼓」，此蓋改從眾本而不著校語。

132. 故聞鼓鞞之音（9 b・1；81・7；215・8）

　　「鞞」，稿本、《全集》本作「鼙」，與嚴輯本同。黃省曾本則同原鈔作「鞞」。

133. 琴瑟之體聞遼而音埤（9 b・3；81・8；215・9～10）

「聞」，稿本作「間」，《全集》本誤排作「閒」，重排本已改從稿本作「間」，皆與原鈔不合。案鈔本「聞」字與「間」字異形，而「閑」字則從木，不作「閒」也。葉校（5/4/79）引原鈔正作「聞」，以爲原鈔「聞遼」爲「間遼」之誤。而魯迅校云：「各本譌『聞』。」則亦疏矣。戴校承魯迅之誤，妄云：「『聞』吳鈔本作『閒』，是也。」

134. 故心役於眾理（9b‧7；81‧10；216‧3）

「役」下稿本校云：「各本譌『役』。」案校語之「役」字爲「侈」字之誤。《全集》本校語已正作「侈」。

135. 而人情以躁靜專散爲應譬猶遊觀於都肆則目濫而情放留察於曲度則思靜而容端（9b‧8～9；81‧11～12；216‧4～5）

按稿本於「則思靜而容端」之「靜」字下校云：「各本奪已以上二十六字。」《全集》本同。「以上」字或作「已上」，並見魯迅校語，此與下文「曲用每殊」下之校語「原鈔奪已以上十五字」均於「已」下重一「以」字，蓋一時誤衍。又原鈔此處較他本多「專散」至「思靜」二十五字，魯迅作二十六，非是。葉校（5/4/80）、戴校所引不誤。

136. 然隨曲之情盡於和域（10a‧2；82‧1～2；216‧9～10）

「於」，稿本、《全集》本誤作「乎」，校云：「黃本作『於』。」戴校承魯迅之誤，妄云：「『於』吳鈔本本作『乎』。」

137. 然人情不自同各師所解（10a‧3；82‧2；216‧10～11）

「自」，舊校刪去，稿本、《全集》本同原鈔有，校云：「各本字無。」而戴校則云：「周校本『同』上有『自』字，注云：『各本字無。』揚案：各本『自』在『同』下，連下爲句。吳鈔本原鈔亦無『自』字。」此未細檢原鈔而妄語也。

138. 士庶用之於家 (13 b·7；86·3；224·5)

「士庶」，稿本、《全集》本作「庶士」，此蓋改從眾本而不著校語。戴校所引原鈔正作「士庶」。

139. 則風以此變 (14 a·6；86·9；225·7)

「變」，稿本同。《全集》本誤排作「度」，戴校已正。重排本已改從稿本作「變」。

《嵇康集》第六卷

〈釋私論〉

140. 夫氣靜神靈者 (1 a·4；87·4；234·4)

「靈」，稿本、《全集》本作「虛」，此蓋改從眾本而不著校語。

141. 故變遇之機 (2 b·9；89·6；238·6)

「遇」，稿本、《全集》本作「通」，此蓋改從眾本而不著校語。

142. 或慝忠信以成慝遇之際 (2 b·11；89·7；238·8)

「或」下各字舊校刪去，改作「讒言似信」四字，稿本、《全集》本同舊校。而校語僅云：「原鈔四字奪，據各本及舊校加。」失之漏略。

143. 而淑亮者所負矣 (3 a·6；89·11；239·3)

按稿本、《全集》本「所」下有「無」字，蓋從眾本補而不著校語。

144. 立公者無所忌 (3 a·7；89·11；239·4)

「公」，舊校改作「功」，稿本、《全集》本同原鈔作「公」，校云：「原鈔譌『功』，各本同，依舊校改。」此魯迅

一時誤記，戴校已正。

145.然背顏退譏議而舍私者（3a・10～11；90・1；239・12）

「舍」，舊校改作「含」，稿本同原鈔作「舍」，校云：「各本作『含』。」《全集》本則作「含」，校云：「原鈔作『舍』，依各本改。」意見前後乖違。

146.飽至而匿情不改也者（3a・11；90・1；239・12）

「飽」，稿本初同原鈔，後改作「抱」，《全集》本亦作「抱」。此蓋改從眾本而不著校語。

147. 而情有所擊（3b・2；90・3；240・3）

「擊」，舊校刪改作「欲」，「有」下舊校補「繫於」二字。稿本、《全集》本此句作「而情有所繫」，蓋以原鈔「擊」字顯誤而改也。稿本校云：「疑當作『情有□于所繫』，有下奪二字也。各本皆作『情有繫于所欲』，舊校从之。」《全集》本校語則云：「疑當作『情有□□所繫』。」似較稿本為長。戴校引吳鈔本作「而情有所繫」，不知原鈔「繫」字實譌「擊」也。

148.有未抱隱（顧私）（4a・3；90・11～12；241・9）

「有未」，稿本、《全集》本作「未有」，此蓋改從眾本而不著校語。又「隱」下校云：「各本作『僞』，《類聚》、《御覽》同。」此亦魯迅一時失檢，蓋嚴輯本、黃省曾本均作「隱」也。

149.是以君子既有其質（4a・4～5；90・13；241・12）

稿本、《全集》本同，「是以」下校云：「各本二字奪。」按嚴輯本有。

〈管蔡論〉

150.周公之誅管蔡以權（5a・8～9；92・5；245・2）

按原鈔如此，稿本作「周公之誅以權」，誤奪「管蔡」二字，且從而校云：「各本誅下有『管蔡』二字。」《全集》本同。戴校未細檢原鈔，妄云：「吳鈔本原鈔無『管蔡』二字，墨校補。」

151. 忠疑乃心 (5 b・4〜5；92・10；245・12)

「疑」字舊校塗改而成，稿本作「於」，校云：「各本譌『疑』。」《全集》本「於」字作「于」，使同魯迅書法之例，則「於」「疑」致譌之故不明。

152. 雖內信恕 (5 b・7；86・11；246・5)

「恕」，舊校改作「如心」，稿本、《全集》本同舊校而不著校語。戴校以為原鈔作「恕」於文義為合。

153. 且周公居攝 (6 a・8；93・7；247・8)

「居」，稿本同，《全集》本誤排作「活」，戴校已正。重排本已改從稿本作「居」。

〈明膽論〉

154. 明果之疇 (7 b・1；94・12〜13；251・12)

「疇」，稿本、《全集》本作「儔」，與嚴輯本同。校云：「黃、汪本作『疇』。」是誤以原鈔本作「儔」也。戴校承魯迅之誤，妄云：「『疇』吳鈔本作『儔』。」

155. 況有覩夷塗而不敢投足 (7 b・2；94・13；252・1)

「不」字原鈔如此，稿本、《全集》本同。黃省曾本作「無」，戴校云：「『無』周校本誤作『不』。」蓋未細檢。葉校 (5/4/96) 所引正作「不」。

156. 棄身陷穽之間 (7 b・4；95・1；252・4)

「身」字原鈔如此，稿本、《全集》本同。校云：「各本作

『身』。」未知何故。而各本實亦作「身」也。

157. 非爲中人血氣無之 (8a‧1；95‧8；253‧6)

　　「爲」字稿本、《全集》本無，此或改從眾本而不著校語。戴
　　校則云：「『非』下吳鈔本有『爲』字，周校本誤奪。案『
　　爲』字當即『謂』字之譌。」

158. 而云宿無武稱 (8b‧3；96‧3；254‧7)

　　「宿」，稿本、《全集》本作「夙」，此蓋改從眾本而不著校
　　語。

159. 此爲信稱宿而疑成事也 (8b‧3；96‧3；254‧7)

　　「稱」字舊校刪。此句稿本、《全集》本作「此爲信宿稱而疑
　　成事也。」此蓋改從眾本而不著校語。戴校云：「『宿稱』，
　　吳鈔本原鈔誤作『稱宿』，墨校但刪『稱』字，亦未移補。」

《嵇康集》第七卷

〈自然好學論張叔遼作〉

160. 凶桴土鼓 (1a‧7-8；97‧6；257‧5)

　　「凶」，舊校改作「蕢」，稿本、《全集》本同舊校而不著校
　　語。葉校 (9/6/74) 云：「蕢、元鈔作『凶』，朱校改。按『
　　凶』是『蕢』之誤。《禮‧禮運》：蕢桴而土鼓。《注》蕢讀
　　爲凷，聲之誤也。謂搏土爲桴也。此本作『凷』，故傳寫誤爲
　　『凶』，朱校未之思耳。」

〈難自然好學論〉

161. 若此則安和仁義之端 (2a‧4；98‧8；259‧10)

　　「和」字原鈔如此，各本並作「知」，此句稿本作「若此則知
　　安仁義之端」而無校語。疑「知安」二字誤倒，《全集》本則

作「安知」，與眾本同。葉校（9/6/75）、戴校均以吳鈔本「和」字爲「知」字之譌。

162·則鳥不毀以求馴獸不棄羣而求畜（2ｂ·5～6；99·3～4；261·5～6）

「毀」下舊校補「類」字，稿本初同舊校，已復塗去。並於「毀」字校云：「疑『聚』字之譌，舊校于下加『類』字，甚非。」《全集》本同。「棄」字原鈔如此，稿本初同原鈔有，已復塗去，並於「羣」字校云：「舊校于上加『棄』字，使與意改之毀類爲對文，甚非。」《全集》本同。實則「棄」字原鈔所有，非舊校所加也。戴校承魯迅之誤，遂亦妄云墨校於「羣」上補「棄」字。惟葉校（9/6/76）所引不誤。

163.使膺其言（3ａ·6；99·11；262·10）

「使」字舊校塗改而成，原鈔似作「伏」。此句稿本、《全集》本作「使服膺其言」，蓋從眾本而不著校語。葉校（9/6/76）云：「使，元鈔作『伏』，服之借字。……伏膺其言，文義已足。各本句上有『使』字者，當是羨文。」戴校亦以爲此處本四字爲句，加一「使」字，則義反不順矣。

164.俗語曰（3ｂ·1；100·1；263·11）

「曰」，稿本、《全集》本作「云」，嚴輯本同。各本皆作「曰」，不作「云」。

《嵇康集》第八卷

〈宅無吉凶攝生論〉

165.匪避誹謗而爲義然也（1ｂ·1；101·9；267·12）

「誹謗」，稿本、《全集》本作「謗議」，蓋一時誤鈔。

166. 孤逆魁岡 (2 a・3；102・7；269・2)

按「岡」字原鈔似從糸作「綱」，左旁爲舊校塗去。稿本作「罡」，校云：「各本作『岡』，《御覽》作『忌』。」《全集》本同。戴校未細檢原鈔，妄云：「『岡』吳鈔本作『罡』，後篇同。」按後篇謂〈難宅無吉凶攝生論〉，其字原鈔亦作「綱」，經舊校塗去左旁作「岡」，魯迅復寫作「罡」也。

167. 夫時譴祟 (2 a・11；102・13；270・6)

「祟」，舊校改作「祟」，此原鈔顯誤。又「時」下稿本、《全集》本有「日」字，蓋從他本補而不著校語。

168. 是見舟之於水而欲推之於陸 (3 a・4；103・10；272・5～6)

「之」下稿本、《全集》本誤衍「行」字。戴校云：「吳鈔本無『行』字，周校本誤『多』。」「多」字之引號當去，此校印者誤加也。

169. 〈難宅無吉凶攝生論〉 (3 b・3；104・3；273・7)

稿本、《全集》本於題下校云：「原作『難攝生中』，依各本及舊校改。」按原鈔實作「難攝生中散作」，舊校刪改作「難宅無吉凶攝生論」。葉校 (9/6/80)、戴校所引不誤。

170. 故夫子寢答於問終 (3 b・5；104・4；273・10)

「於」下稿本、《全集》本有「來」字，蓋從他本補而不著校語。戴校云：「吳鈔本無『來』字，是也。」葉校 (9/6/80) 亦以「來問終」於詞爲贅。

171. 斷以檢要 (4 a・1；104・9；274・12)

「檢」下舊校補「其」字，稿本、《全集》本同原鈔無，校云：「各本檢下有『其』字。」不言舊校亦補，而戴校遽謂「周校本誤奪『其』字」。豈以原鈔本有「其」字耶？

172. 若必積善而後福應 (4b‧1；105‧4～5；276‧3)

「若」字稿本、《全集》本無，此蓋改從眾本而不著校語。

173. 若謂雖命猶當須藥以自濟 (4b‧7；105‧8；276‧7)

「以」字稿本、《全集》本無，此或改從眾本而不著校語。葉校 (9/6/81)、戴校均以有「以」字為長。

174. 又曰善養生者 (5a‧7；106‧2；277‧6～7)

「又」字稿本同，《全集》本誤排作「文」，戴校已正。重排本已從稿本改正作「又」。

175. 苟和未足以保生 (5b‧5；106‧7；278‧2)

按原鈔如此，稿本、《全集》本作「苟和未足保生」，無「以」字。「苟和」下校云：「二字原奪，據各本補。」戴校則云：「吳鈔本無『苟和』二字，墨校補。嚴輯本《全三國文》亦奪此二字。『足』下吳鈔本有『以』字，周校本誤奪。」蓋亦疏矣。惟葉校 (9/6/82) 所引不誤。今考稿本每有不同原鈔而不著校語者，實以鈔校不同時，日後未暇細檢。此處則顯為誤以嚴輯本之作「未足保生」為原鈔本如此也。

176. 唯觀已然 (6a‧7；107‧3；279‧2)

「觀」字稿本、《全集》本誤作「覩」，戴校已正。

177. 何異覿眾者之無十千而謂田無壤埼耶 (6b‧11；107‧13；280‧8～9)

「眾」，舊校改作「種」，稿本同舊校，且於「種」下校云：「各本作田。」按此當置於「者」字之下，蓋謂他本「者」字作「田」也。《全集》本復誤置此條校語於「田」字之下，重排本則又改從稿本置於「種」字之下，其為誤一也。

178. 今執夫避賊消穀之術 (7b‧9；108‧12～13；282‧10)

「夫」字舊校刪，稿本、《全集》本同舊校而不著校語。戴校
所引有「夫」字，而「避」字則誤作「辟」。

《嵇康集》第九卷

〈釋難宅無吉凶攝生論〉

179.甚無之則延 (1a‧9；110‧6～7；285‧5)

　　「延」，稿本、《全集》本作「誕」，此原鈔顯誤，魯迅改從
眾本而不著校語。

180.猶食非命而命必肯食 (1b‧7；111‧2；286‧7～8)

　　「肯」，舊校改作「胥」，稿本作「骨」，即「骨」字，《全
集》本同。重排本則改作「胥」。

181.居怠行逆 (1b‧8；111‧3；286‧9)

　　「怠」字原鈔如此，稿本、《全集》本誤作「殆」，且從而校
云：「黃本作『怠』。」戴校已正。

182.足下不立殤子以宅延彭祖亦以宅夭之說 (1b‧10～11；111‧4～
5；286‧11～12)

　　「立」，舊校改作「云」，稿本、《全集》本同舊校。「亦以
宅」下稿本、《全集》本有兩「壽」字，此蓋改從他本而不著
校語，戴校則以原鈔為合。

183.而得可之和 (2a‧3；111‧7；287‧4)

　　「可」字舊校刪；「和」，舊校改作「利」。稿本此句作「而
可得之和」，《全集》本同，蓋以原鈔「得可」二字誤倒而不
著校語。

184.則周虞之世 (2a‧7；111‧8；287‧8)

　　「周」，稿本、《全集》本作「唐」，此蓋改從眾本而不著校

語。

185. 即知無太歲與刑德也（3 a・7；112・11；290・8）

　　「與」字舊校刪，稿本、《全集》本亦無。而於「太歲」下校云：「舊校于此加『與』字，未詳所本，各本俱無。」此蓋魯迅一時誤記。戴校所引不誤。

〈答釋難宅無吉凶攝生論〉

186. 向墨子立公神之城（4 b・6～7；114・6；294・1～2）

　　「城」字舊校刪，復於欄外補「情」字。稿本、《全集》本同原鈔，校云：「各本作『情』。」而戴校則云：「『情』字，吳鈔本塗改而成，原鈔似作『誠』，周校本誤作『城』。」殆亦一時誤記。

187. 豈匪設宗朝以期後世嗣（5 a・5～6；115・1～2；295・2）

　　「世」字原鈔有，稿本、《全集》本無，蓋已改從眾本而不著校語。

188. 時日非武王所有（5 b・4；115・8；295・11）

　　「武」，稿本、《全集》本作「盛」，此原鈔顯誤，魯迅改從眾本而不著校語。

189. 若薄姬之困而後昌（6 b・2；116.6～7；297・8）

　　「若」字原鈔有，稿本、《全集》本無。此蓋改從眾本而不著校語。戴校以爲有「若」字更合。

190. 生年積幾善以獲存（6 b・8；116・10；298・2）

　　「年」，稿本、《全集》本作「羊」，此原鈔顯誤，魯迅改從眾本而不著校語。「以」，稿本、《全集》本誤作「而」，且從而校云：「各本作『以』。」戴校已正。

191. 吾謂不知命者偏當毋不順（7 a・1；117・1；298・7）

「不」字舊校刪;「當毋」,舊校刪改作「當無所」三字。稿本、《全集》本此處作「吾謂不知命者偏當無不順」,蓋同原鈔,但改「毋」作「無」而已。惟於上「不」字校云:「原鈔字無,各本同,今據舊校加。」蓋出誤記,舊校實刪「不」字也。而戴校則云:「吳鈔本原鈔作『吾謂知命者,偏當毋不順』,墨校於『知』上加「不」字,『毋』下加『所』字。周校本亦加『不』字。」蓋自校不精,復承《全集》本之誤而妄說。又按下文鈔本「毋非相命」之「毋」字,魯迅亦寫作「無」,益知此處魯迅本同原鈔也。

192. 校之以禮 (7 b·2;117·8;299·6)

「之以」,舊校刪改作「以至」,此句稿本、《全集》本作「校之以理」,而於「之以」下校云:「黃、汪、二張本作『以至』。」不言「理」字蓋從他本改,則亦疏矣。

193. 即盧立吉凶宅 (7 b·3;117·9;299·7~8)

「宅」,稿本、《全集》本作「字」,與原鈔不合,且從而校云:「可絕,各本字謂『宅』,又奪『凶』字。」戴校已正。

194. 開目亦無所加也 (8 b·3~4;118·10~11;301·10)

「所」字原鈔如此,稿本誤作「以」,校云:「各本作『所』。」《全集》本同。戴校未細檢,妄云:「『所』吳鈔本作『以』,墨校改。」

195. 則卜與不卜爲与不爲 (8 b·8;118·13;302·2)

按「不卜爲与」四字原鈔無,舊校補。稿本同舊校,而於「爲与不爲」下校云:「四字原奪,據各本及舊校加。」《全集》本同,蓋出誤記。戴校未細檢,遂承魯迅之誤說。

196. 今疾夫設爲比之假顏 (8 b·10;119·1~2;302·3~4)

按此句舊校改作「然貞宅之異假顏」，稿本、《全集》本同原
鈔。校云：「句絕，各木此九字譌奪爲『貞宅之異假顏』，舊
校亦改，非。」按校語當於「貞」上加「然」字，以各本實作
「然貞宅之異假顏」也。

197. 貴夫毌故謂之貞宅然貞宅之典設顏貴夫毌故謂貞宅貞宅之與設爲
其刑不異（8 b·10～11；119·2～3；302·4～6）

「謂」字舊校塗改作「識」；「貞宅然貞宅之典設顏貴夫毌故
謂貞宅」等十六字舊校刪去；「刑」字舊校塗改作「形」。此
處稿本作「貴乎無故謂之貞宅然貞宅之與設爲其形不異」，《
全集》本同。又於「然」下校云：「原鈔字無，各本同，今依
舊校加。」蓋一時誤記。

198. 但毌故爲設員有故爲設宅授吉於闇遇（9 a·1；119·3～4；302·7
～8）

「設員有故爲設宅」七字，舊校刪改作「貞宅」二字。此處稿
本、《全集》本作「但無故爲設貞有故爲設宅貞宅授吉于闇
遇」，蓋從原鈔而改「員」作「貞」，又於「授吉」上補「貞
宅」二字。而「設員有故爲設宅」下校云：「已上七字各本譌
奪爲『貞字』二字。」「貞字」蓋「貞宅」之誤。

199. 然則吉凶之形果自有理（9 a·2；119·5；302·10）

「果」，稿本、《全集》本誤作「故」，戴校已正。

200. 其所以爲吉凶薄厚（9 a·9～10；119·9；303·4～5）

「薄厚」，稿本、《全集》本誤倒作「厚薄」，校云：「舊校除
此二字，各本有。」此處實無舊校，蓋亦魯迅誤記。戴校未細
檢，妄云：「『薄厚』吳鈔本作『厚薄』，墨校刪此二字。」

201. 即偏持之禍（9 b·7；120·2；304·5）

「即」，稿本，《全集》本誤作「既」，戴校已正。

202. 系申而得卯未失尋端之理（11 b・1；122・3；308・2～3）

「卯」，稿本作「卯」，《全集》本誤排作「非」，戴校已正。重排本已改從稿本作「卯」。又《全集》本於「得」字句絕，「非」字屬下句，大謬。重排本已改於「卯」字句絕。

《嵇康集》第十卷

〈太師箴〉

203. 大樸未虧（1 a・6～7；123・5；310・6）

「樸」，稿本、《全集》本作「朴」。

204. 允求讜言（2 a・5；124・8；314・5）

「讜」，稿本、《全集》本誤作「儻」。

205. 敢在献前（2 a・5；124・8；314・6）

此句舊校刪改作「敢告在前」，使同眾本。稿本、《全集》本作「敢獻在前」。「獻」下校云：「黃本作『告』。」亦失之疏略。

〈家誡〉

206. 則向所已見役之情勝矣（2 a・11；125・1；315・9）

「已」，舊校刪，稿本、《全集》本作「以」，校云：「各本字無。」按下文「庶幾已下」之「已」，魯迅亦寫作「以」。

207. 當謙言辭謝（3 a・1；125・9；317・8）

「當」上稿本、《全集》本誤衍「則」字，戴校已正。

208. 與向則不可同則彼恐事洩（4 b・10～11；127・10；321・12）

「不」字舊校刪去，改補於「可」字之下，使同眾本。此處稿本、《全集》本作「與同則不可不同則彼恐事泄」，無校語。

《叢書堂鈔本嵇康集·跋》

209.去多曾作札往詢其舊藏殘本 (1 b·5；130·4；344·13)

　　「往」字稿本、《全集》本誤奪。葉校 (9/6/107) 與戴校均有。

210.猶勝于良田美產 (2 a·6；130·11—131·1；345·5)

　　「于」字稿本、《全集》本作「於」。「美」字稿本、《全集》本誤作「良」，葉校 (9/6/107)，戴校所錄不誤。

　　　＊原載《香港中文大學中國文化研究所學報》第十一卷，一九八〇年，頁一〇九～一三七。

August Conrady・鹽谷温・魯迅

——論環繞《中國小説史略》的一些問題

一　引　言

　　魯迅（一八八一～一九三六）是中國新文學運動以來最受注目的一位作家，「魯迅研究」也可説是今之顯學。就國內的情況來説，研究的成績主要在傳記材料和小説、雜文的寫作背景方面。一旦討論到作品的藝術性和思想性，則每多雷同一響。不過魯迅也是一位文學史家，他的《中國小説史略》（以下簡稱《史略》），如今已有注釋本行世，❶但其它的有關研究卻還不多見。❷魯迅的《史略》曾受日人

----

❶　一九八一年北京人民出版社出版《魯迅全集》十六卷本，《中國小説史略》收入第九卷，有注釋。另一九七九年同社曾出版《中國小説史略》的「徵求意見本」，注釋較龐雜，或即十六卷本的初稿。

❷　就北京圖書館、中國社會科學院文學研究所編的《魯迅研究資料索引》（人民文學出版社，上册一九八二年版，下册一九八〇年版）來看，上册所收一九四九年九月以前關於《史略》的文章不過四篇（見頁二四八、二五〇、二七四、二七九），下册所收一九四九年十月至一九六五年六月的亦不過十三篇（見頁二五八至二五九）。近年除了一些單篇論文外，又出現了兩種專著，一是儲大泓的《讀〈中國小説史略〉札記》（上海文藝出版社，一九八一年版），一是許懷中的《魯迅與中國古典小説》（陝西人民出版社，一九八二年版）。但與其他連篇累牘的魯迅研究資料相較，未免顯得薄弱了。

鹽谷溫（一八七八～一九六二）的《支那文學概論講話》（以下簡稱《講話》）一書影響，研究魯迅的人自然都知道，可是至今還沒有人對此問題作較詳細的討論。至於《講話》一書，在當時的日本遠遠超越同類型的漢學著作，其成功之處，與吸收了德國漢學研究的成果，尤其是受了漢學家August Conrady (1864—1925) 的影響不無關係。《史略》雖受《講話》的影響，但在材料的取捨與解釋方面，和《講話》的小說部分頗有不同，後來鹽谷溫將《講話》一書重新修訂，並且改名《支那文學概論》，小說部分除了增加不少新的內容外，也採用了一些魯迅的意見。本文的寫作目的，除了補充說明一段較少人討論的德國漢學與日本漢學的因緣外，主要是就小說研究方面探討一下鹽谷溫、魯迅兩人之間的相互影響。

二 《講話》與《史略》的成書過程和譯本

《支那文學概論講話》最初於大正八年（一九一九）由講談社的前身大日本雄辯會出版。這書的底本是大正六年（一九一七）鹽谷溫在東京文科大學六次夏季公開講演的筆記，經一年半的修訂增補而成。其中以敍述戲曲、小說的發展最見功力，可補當時日本漢學界在這方面研究的缺陷。而小說一章，論述尤詳，凡一九三頁，佔全書篇幅的百分之三五強。《講話》全書或其中的小說部分都先後出現過不同的中譯本。一九二一年上海中國書局出版了署名古吳郭希汾「編著」的《中國小說史略》，此書與魯迅所作同名而出版年代略早，據本書序言，知其實為「譯自日人鹽谷溫所著《支那文學概論講話》中之一節。」又說「是書著自日人，頗病冗沓，逐為汰其膚辭，撮其精

要，其有不合吾國國情之處，亦事刪節。」然則編著云云，當以改稱編譯爲合。其後又有君左的譯本，題作〈中國小說概論〉，原載民國十六年（一九二七）《小說月報》第十七卷號外《中國文學研究》。早在一九二六年北京樸社已出版了全書的節譯本，由陳彬龢翻譯，書名《中國文學概論》；到了一九二九年，始有孫俍工的全譯本，書名《中國文學概論講話》，由上海開明書店出版。

　　鹽谷氏此書一直是他在大學講授「支那文學概論」這門功課的教材。昭和十二年（一九三七）鹽谷氏於東京大學退休，至昭和十七年（一九四二）始在門生內田泉之助的協助下，着手對全書改訂，行文從口語體改爲書面語體，書名亦省去「講話」二字而變成《支那文學概論》，於昭和二十一年（一九四六）出版上篇，昭和二十二年（一九四七）出版下篇，由弘道館發行。原來《講話》一書只分六章，至是又於第一章〈音韻〉之後增〈文字〉一章爲第二章，而以第七章〈小說〉別爲下篇。昭和二十四年（一九四九）又曾將下篇改名爲《中國小說の研究》單行發刊。至於昭和五十八年（一九八三）收入講談社學術文庫的《中國文學概論》，那不過是鹽谷溫的舊版《講話》，換了一個新名而已。

　　一九二〇年，即《支那文學概論講話》出版後第二年，魯迅開始到北京大學講授中國小說，而所編的講義，便是《中國小說史略》的前身。那時的講義原名《小說史大略》，是油印本，凡十七篇。❸ 其後續有增訂，並且改爲鉛印，凡二十六篇。❹ 至一九二三年十二月始

❸ 由《社會科學戰線》編輯部編，吉林人民出版社於一九八〇年五月出版的《魯迅研究論叢》，發表了魯迅《小說史大略》的全文。（見《論叢》頁一～八六）。又陝西人民出版社於一九八一年四月出版的《魯迅小說史大略》，亦是據油印本重排。

❹ 最先爲文介紹講義鉛印本的，是路工〈從《中國小說史大略》到《中國
（文轉下頁）

由北大第一院新潮社發行《中國小說史略》上卷，明年六月同社發行
下卷，凡二十八篇。初版目錄在下卷之末，至一九二五年九月由北新
書局發行再版合訂本，始將目錄移置在正文之前，❺ 至一九三一年又
由北新書局出版「訂正本」，據新加的〈題記〉，說是僅於第十四、
十五及二十一篇「稍施改訂」。一九三五年第十版時又曾再作輕微修
改，以後各版均與第十版同。❻

　　《史略》上卷出版後不久，當時北京極東新信社發行的日文雜誌
《北京週報》（The Peking Weekly）曾經加以譯載，譯文仍題作「
中國小說史略」，下署「北京大學教授魯迅氏著」。至第一三七號（
一九二四年十一月十六日出版）已譯載至上卷第十五篇〈明之講史〉
論《北宋三遂平妖傳》一節，此節於後來之訂正本改隸第十四篇〈元
明傳來之講史（上）〉。而初版在第十五篇，已是《史略》上卷之
末，只需再譯載一至二期，即可將《史略》上卷全部譯完，未知何故
忽而中斷。❼ 至於《史略》的全譯本，則要到一九三五年（昭和十
年）始由增田涉譯成，譯本改名《支那小說史》，由三上於菟吉主持
的サイレン社出版，一九三八年又改由天正堂出版。以後增田涉又曾

（文接上頁）
小說史略》〉一文，（見一九七二年五月《文物》頁四六～四八）其時
路工未知有油印本。油印本與鉛印本的不同，可參《魯迅小說史大略》
所附單演義〈關於最早油印本《小說史大略》講義的說明〉和陸樹崙〈
略談《中國小說史略》版本上的一些問題〉（見《魯迅研究論叢》）的
有關討論。

❺ 此合訂本於目錄之前有一段魯迅新加的附識，書後又有正誤表三頁。
❻ 關於《史略》的編撰和改訂經過，陸樹崙一文（見註四）論之最詳。
❼ 本人所見之《北京週報》，乃日本東洋文庫庫藏，從第一一九號（一九
二四年七月六日出版）開始，那時《中國小說史略》已續譯至第九篇
〈唐之傳奇文（下）〉之「宋朱熹（《楚辭辨證》中）嘗斥僧伽降伏無
之祁事爲俚說」以下之文字。而第一三七號之後《史略》的譯文即告中
止。不過在第一四一號又有署名「東方生」所譯魯迅的〈私の鬚〉，即
後來收入《墳》中的〈從鬍鬚說到牙齒〉一文。

將譯文修訂，分爲上、下兩卷，收入岩波文庫，分別於一九四一年九月、一九四二年十二月出版。至一九六二年仍由岩波書店合爲一册出版。❽

以上是《講話》和《史略》兩書的成書過程、各種版本和譯本的大概。

三 《講話》所受德國漢學的影響

《講話》一書出版之前，日本漢學家絕少注意我國的戲曲小說，即有論述，亦甚簡略。如明治三十年（一八九七）五月出版古城貞吉的大著《支那文學史》，可說是傳世同類著作的嚆矢。全書七三四頁，所論只限於詩文。至明治三十五年（一九〇二）再版，於書末增加〈餘論〉一章，始有三段論及小說戲曲的文字，所佔篇幅，不過四頁，可說是保守派漢學家的代表。❾同在明治三十年，古城貞吉的《支那文學史》出版後一個月，則有笹川種郎的《支那小說戲曲小史》問世，除附錄〈《金雲翹傳》梗概〉不計，全書不過一五九頁，所論自元至清小說，僅《水滸傳》、《三國志》、《西遊記》、《紅樓夢》、《十二樓》數種而已。笹川種郎又寫了一本《支那文學史》，明治三十一年（一八九八）出版，凡三一五頁，中論元明清小說各

❽ 據日人辛島驍〈回憶魯迅〉一文（見一九八四年七月天津人民出版社出版《魯迅研究資料》第十三輯，頁二〇七～二一五，任鈞譯），魯迅曾答應由辛島驍將《史略》譯成日文。後來才改由增田涉來譯。（頁二一一～二一二）。

❾ 按新加的〈餘論〉凡十頁，共分九節，最後的三節爲〈儒教主義と小說との關係〉、〈元曲の發達〉和〈士君子の小說觀〉。古城貞吉以爲傳奇小說多唱亂誨淫，執筆者多爲性行卑劣之徒，故此種著作向爲士君子擯斥於文學以外，實非偶然云云。（頁五八四）

節，皆採自舊著《支那小說戲曲小史》而益簡略，所佔篇幅，總計不過八頁。他如久保天隨的《支那文學史》（一九〇三）、兒嶋獻吉郎的《支那文學史綱》（一九一二），論及小說各節，亦均甚簡略。這種現象，是和中國文學重視詩文，輕視戲曲小說的傳統相一致的。

鹽谷溫出身儒學世家，明治三十五年（一九〇二）畢業於東京帝國大學文科大學漢學科。隨入東大研究院，專攻中國文學，從森槐南學詞曲小說。明治三十九年（一九〇六）任東京帝國大學文科大學助教授。同年十二月赴德國研究中國文學，先至慕尼黑，一學期後轉赴萊比錫，隨 August Conrady 從事研究。明治四十二年（一九〇九）秋到中國，居北京一年，得識王國維。後轉赴長沙，從葉德輝習戲曲。至大正元年（一九一二）八月始回日本。❿鹽谷氏以《元曲研究》的論文於大正九年（一九二〇）獲得文學博士，但終其一生對中國小說的研究，業績決不在戲曲之下。一九一九年《講話》的出版，可說是日本漢學研究的劃時代著作。一九四六年鹽谷溫在此書的修訂本（即《支那文學概論》）的自序中說：

> 從來我國（按：指日本）先儒對中國文學之研究，以古典為主，不出詩與文章。反之西洋之漢學家則從語學入手，而有偏重通俗文學之傾向。⓫

《講話》一書特重戲曲小說，那顯然是受了西方文學觀念的影響，所以把戲曲小說和詩歌、散文同等看待加以論列。鹽谷溫於自序中又說他

---

❿ 關於鹽谷溫之生平資料，參攷鹽谷先生記念會刊行之《鹽谷先生記念會誌》（一九三九年八月）及《東京支那學報》第九號（一九六三年六月）之〈鹽谷節山先生年譜〉及〈鹽谷節山先生さ偲ぶ〉中之悼念文字。

⓫ 《支那文學概論自序》頁二。

在德國時跟西方學者學習文學研究法。就《講話》的小說部分言，辛島驍以為其中的第一節〈神話傳說〉正是鹽谷氏留德時受到嶄新看法啟迪的成果。❷將小說的起源追溯到神話傳說，其實早在明治十八年（一八八五）坪內雄藏(逍遙)的名著《小說神髓》中已有論及。逍遙以為小說之一的所謂「奇異譚」（romance）則起源於上古的神話。他的見解主要是受了英國文學和有關的理論的影響。❸不過到了明治中期以後，日本在外國思想文化的攝取上，所得於德國實在遠出英、美、法等國之上。明治時期介紹西方文學和有關思想最有貢獻的森鷗外，便是在明治十七年（一八八四）至二十一年（一八八八）留學德國的。而政府派往德國留學的學生，人數也較派往其它西方國家者為多。❹鹽谷溫則是明治四十年代初期的德國留學生，他在《講話》的第六章第一節〈神話傳說〉中記述了在德國時聽 August Conrady 講課的一段有趣經歷：

> 在現存的先秦的書中，多保留有神話傳說，欲求一小說底先驅則不能不先推《楚辭》底〈天問〉篇和《山海經》。……在晉傅玄底〈擬天問〉裏也說「月何所有，白兔擣藥。」在李白底〈飛龍引〉裏更據此而說「載玉女過紫皇，紫皇乃賜白兔所擣之藥方。」憶在萊比錫大學聽康拉第教授（按：日文原作コンラーヂー教授，即 Conrady 的音譯）底《楚辭》講義的時

---

❷　辛島驍：〈先生の小說研究〉，見《東京支那學報》第九號，頁三一。

❸　參攷川副國基：〈《小說神髓》について —— 文學革新期と英國の評論雜誌〉，筑摩書房版《現代日本文學大系》第一集，頁四一〇；又 *Japanese Literature in the Meiji Era*（Ōbunsha, 1955）頁六〇九～六一二。

❹　參攷大塚三七雄：《明治維新と獨逸思想》，長崎出版，一九七七年版。

候，教授曾畫一兔以杵擣臼之圖於黑板上，很博得聽講者底喝
采。我們不見得以為怎樣稀奇的在西洋底學生卻很感著興趣。
還有，教授附帶地說及在印度也有同樣的思想。把中國、印
度、埃及、希臘等神話比較地研究一下，恐怕是很有興趣的
罷。❺

August Conrady 是一位著名的漢學家，也是比較語言學家。大學時
專研印度日爾曼語，其後研究範圍擴大，留心尼泊爾語及其它印度支
那語系。一八九一年任教於萊比錫大學。他對研究梵文的興趣逐漸
被古代漢語所代替，並且留心探究中國文化的來源以及中國文化和西
方文化的相互關係。一九〇三年更到了中國的北京大學講學，在啟
程之前，還出版了《中國的文化與文學》(*Chinas Kultur und
Literatur*)。Conrady於一九〇四年離開中國，回到萊比錫，便將這
次經歷寫成了《在北京的八個月》(*Acht Monate in Peking*)，
於一九〇五年出版。到了一九〇六年又發表了〈公元前四百年中國所
受的印度影響〉("Indischer Einfluss in China im 4. Jahrhundert
v. Chr.")，文中除討論到莊子和老子所受的印度影響外，又花了
很多篇幅討論屈原的〈天問〉，其中說到月中有兔的故事是淵源自
《本生經》(*Jātaka*) 的。❻鹽谷溫正好在 Conrady 此文發表後不
久便到了萊比錫，所以有機會看到Conrady興緻勃勃的在黑板上畫月

---

❺ 《講話》頁三五一～三五二；譯文據孫譯本頁三一五。
❻ 見 *Zeitschrift der deutschen morgenländischen Gesellschaft*
（Leipzig, 1906）第六〇卷，頁三四六。按巴利文《本生經》
（*Jātaka*）共收五四七個故事，其中第三一六個為〈兔本生〉（
"Sasajātaka"）。Vilhelm Fausböll 曾將全書用羅馬字母對譯出來，
凡六冊（一八七七年出第一冊，至一八九六年出第六冊）。

兔擣藥圖了。❶

　　關於 August Conrady 的生平和學術成就，　Erich Schmitt 在一九二六年出版的 *Ostasiatiche Zeitschrift*　（N. F. 3）上發表了一篇題作 "August Conrady" 的悼念文字，　其中有很清楚的介紹。August Conrady 生前發表的論著，不過是他的部分研究成果，還有大量文稿沒有發表。即如他對〈天問〉的研究，便由 Eduard Erkes 根據他的未發表文稿整理完成，到一九三一年才出單行本，題作《中國藝術史上最早的文獻：屈原的〈天問〉》(*Das älteste Dokument zur chinesischen Kunstgeschichte: T'ien-wen* 天問, *die "Himmelsfragen" des K'ü Yüan*)。此外 Bruno Schindler 又曾於一九二六年出版的 *Asia Major* 第三號上發表〈August Conrady 的學術遺產：在漢學研究方法上的貢獻〉("Der wissenschaftliche Nachlass August Conradys, ein Beitrag zur Methodik der Sinologie") 文中提到 August Conrady 未發表的遺稿凡三九〇種，計關於語言學的五十九種，語法學的六十九種，文學史的八十八種，文字學的十六種，宗教史學的十四種，歷史學和文化史學的一〇五種。在文學史研究的各種遺稿中，編號第七〇至第七八各篇是關於〈天問〉的，這一系列文章即日後 Eduard Erkes 整理完成〈天問〉研究專著所根據的

---

❶　按聞一多在〈天問釋天〉一文（原載《清華學報》第九卷，第四期，一九三六年一月。其後收入《聞一多全集》第二册，頁三一三～三三八）曾把「顧菟」解釋爲「蟾蜍」。季羡林以爲不合傳統說法，並且說月兔之說在中國雖是由來已久，其實來自印度。除了舉《本生經》第三一六個故事和其他一些中譯佛經中把兔子和月亮聯繫起來的故事作證外，又指出從公元前一千多年的《梨俱吠陀》（*Rgveda*）起，　印度人就相信月中有兔。而許多意思是月亮的梵文字都有 śaśa（兔子）這個字作爲組成部分。（詳見季羡林一九五八年作的〈印度文學在中國〉一文，三聯版《中印文化關係史論文集》頁一二～一二二。）

原始材料。⑱ 此外編號第七九和第八〇是關於寓言一類的研究。而在宗教史方面的遺稿中，第一全三號均爲神話學的研究，第六號爲〈書經中的神話〉（"Mythologisches in *Shu-king*"），第十三號爲〈中國的傳說〉（"Chinesische Sagen etc."）我們雖然不能知道這些文稿的內容有多少是鹽谷溫在課堂上曾經聽過的。但起碼在神話學方面鹽谷氏吸收了德國漢學研究的一些成果，並且應用到小說研究方面去，一如他的受業婿辛島驍所言，該是毫無疑問的吧。

《講話》一書的另一特色，就是從語學入手來討論中國文學，第一章〈音韻〉用比較語言學的方法，暢論中國語音的特點，不但是前此的日本漢學著作而無，亦不見於 Herbert A. Giles 於一九〇一年出版的《中國文學史》（*A History of Chinese Literature*）。至於 Wilhelm Grube 於一九〇二年出版的《中國文學史》（*Geschichte der chinesischen Literatur*），首章雖亦稍涉語音問題，但遠不如《講話》的詳細。《講話》首章一開始即引用了德國學者 Prof. Gabelentz 的 *Chinesische Grammatik*（孫譯作《漢文經緯》），而鹽谷氏對語言學的知識，顯然也是受作爲語言學家的 August Conrady 所啟迪的了。

四　《講話》對《史略》的影響

魯迅的《史略》出版後，陳源批評說是鈔襲鹽谷溫《講話》一書

---

⑱ 見 *Das älteste Dokument zur chinesischen Kunstgeschichte*: *T'ien-wen* 天問 （Leipzig, 1931） 頁 V 的編者前言。

的小說部分。⑲魯迅於是在一九二六年二月寫了一篇〈不是信〉（見
《華蓋集續編》），文中有如下的申辯：

> 鹽谷氏的書，確是我的參考書之一，我的《小說史略》二十八
> 篇的第二篇，是根據它的，還有論《紅樓夢》的幾點和一張「
> 賈氏系圖」，也是根據它的，但不過是大意，次序和意見就很
> 不同。其他二十六篇，我都有我獨立的準備，證據是和他的所
> 說還時常相反。例如現有的漢人小說，他以為眞，我以為假；
> 唐人小說的分類他據森槐南，我卻用我法。六朝小說他據《漢
> 魏叢書》，我據別本及自己的輯本，這工夫曾經費去兩年多，
> 稿本有十冊在這裏；唐人小說他據謬誤最多的《唐人說薈》；
> 我是用《太平廣記》的，此外還一本一本搜起來……。其餘分
> 量、取捨，考證的不同，尤難枚舉。

我們不妨就這段文字所提到的問題重新考察一下。

　　首先要討論的是《史略》第二篇〈神話與傳說〉。雖然魯迅承認
本章是根據《講話》，但並不表示意見和鹽谷溫的完全相同。《史
略》的前身是《小說史大略》，第二篇也是〈神話與傳說〉，其中有
如下的議論：

> 故中國之神話與傳說，至今僅有叢殘之文。說者謂此其故有
> 二：一、華夏之民，先居黃河流域，頗之天惠，其生也勤，故
> 重實際而非玄想，不能集古傳以成大文。二、孔子出，以修身

⑲　參《現代評論》第二卷第五〇期（一九二五年十一月二十一日）陳源的
　　〈閒話〉和一九二六年一月三十日《晨報副刊》上陳源〈致志摩〉的公
　　開信。兩文於一九五七～五八年版《魯迅全集》註釋本卷三，頁四九
　　七，註二二中均見徵引。

齊家治國等實用為教，不欲言鬼神，太古荒唐之說，俱為儒者所不道，故其後不特無所光大，而又有散亡。然按其實，或當在神鬼之不別。天神地祇人鬼，古者雖若有辨，而人鬼亦能為神祇。人神淆雜，則原始信仰無由蛻盡，原始信仰存則類於傳說之言日出而不已，而舊有者於是如故，亦於是散亡。❷⓪

所謂「說者」云云，蓋指鹽谷溫《講話》中的看法。❷① 但魯迅並不同意，而另外提出「神鬼不別」這一點。魯迅以為「人神淆雜」即仍有原始信仰的色彩，尚不失為研究中國古代神話的一種見解。❷② 不過即

────────────

❷⓪ 見《社會科學戰線》編輯部編《魯迅研究論叢》頁九；又陝西人民出版社版《魯迅小說史大略》頁一二。

❷① 見《講話》頁三四八～三四九；孫譯本頁三一二～三一三。

❷② 關於中國神話銷歇的問題，一九二八年茅盾在其《中國神話研究ＡＢＣ》中以為其中一個原因是「神話的歷史化太早，容易使得神話僵死。」其後楊寬在《中國上古史導論》中亦以為「古史初為神話之說實不可移易。」（見《古史辨》第七册上編，頁一○○）又對神話的演變與分化作了詳細的考察。不過法國漢學家馬伯樂 Henri Maspero 早於一九二四年寫了一篇〈書經中的神話〉（"Legendes mythologiques dans le *Chou King*", *Journal Asiatique*, 202, *pp.* 1～100; 1939 年有馮沅君的中譯本，國立北平研究院史學研究會出版。）文中批評到中國學者只會用 "euthemeristic method" 來解釋傳說。「為了要在神話裏找出歷史的核心，他們排除了奇異的，不像真的分子，而保存了樸素的殘滓。神與英雄於此變為聖王與賢相，妖怪於此變為叛逆的侯王和奸臣。這些穿鑿附會的工作所得者，依著玄學的學說（尤其是五行說）所定的年代先後排列起來，便組成中國的起源史。」（馮譯本頁一）他認為「書經中充滿著純神話而誤認作歷史的傳說。」前文已提到 August Conrady 的遺稿中有一篇也是談《書經》的神話的，其內容與 Maspero 的研究是否有相同之處，本人無從知道。但鹽谷溫討論神話傳說時沒有提到《書經》，也許那時鹽谷溫沒有聽過 Conrady 講《書經》的神話吧。但《講話》中提到孔子對一切太古荒唐不稽的傳說加以排斥，所以神話傳說只在道家、雜家的著作中保留。似乎也沒有注意到神話的歷史化這一問題。魯迅的《漢文學史綱要》是一九二六年他在廈門大學任教時所編的講義，雖亦從《尚書》講起，也沒有注意這個問題，不過在《中國小說的歷史的變遷》中，魯迅則主張神話演進為傳說，傳說再演進，則「正事歸為史；逸史即變為小說了。」

使「類於傳說之言日出而不已」，如何便可得出舊有的傳說「於是如故，亦於是散亡」的結論呢？魯迅也許亦覺得有欠斟酌，所以在初版的《史略》將此段文字作了不少的改動：

（1）將「然按其實，或者當在神鬼之不別」改爲「然詳案之，其故殆尤在神鬼之不別」。遂由懷疑鹽谷溫的說法變成補充說明另一點更重要的原因。

（2）將「而舊有者於是如故，亦於是散亡」改爲「而舊有者於是僵死，新出者亦更無光燄也」。但所謂「新」和「舊」的時代斷限究竟是怎樣呢？《史略》舉了五個例子，以說明如何「隨時可生新神」和「舊神有轉換而無演進」。除了一條是《論衡》所引《山海經》的材料外，全是晉（？）以後的材料。❷又如何可以用來解釋先秦神話傳說「所以僅存零星」呢？

《史略》第二篇自一九二三年初版以來，一直沒有修改。不過一九二四年七月魯迅在西安暑期講學時的講稿，即我們現在所看到的《中國小說的歷史的變遷》，對中國古代的神話材料又有不同的看法：

> 總之中國古代的神話材料很少，所有者，只是些斷片的，沒有長篇的，而且似乎也並非後來散亡，是本來的少有。我們在此要推求其原因，我以爲最要的有兩種：
>
> 一、太勞苦　因爲中華民族先居在黃河流域，自然界底情形並不佳，爲謀生起見，生活非常勤苦，因之重實際，輕玄想，故

---

❷ 按《小說史大略》原來只舉三例，分別爲伍子胥（見《論衡》）、蔣子文（見《搜神記》）、紫姑（見《異苑》）。至《史略》則刪去伍子胥之例，而以蔣子文、紫姑例「隨時可生新神」。復引《論衡》、《太平御覽》、《三教搜神大全》三段文字，以說明「舊神有轉換而無演進。」關於後三例的解釋，可參考下文所引《中國小說的歷史的變遷》的一段文字。

神話就不能發達以及流傳下來。勞動雖說是發生文藝的一個源
頭，但也有條件：就是要不過度。勞逸均適，或者小覺勞苦，
才能發生種種的詩歌，略有餘暇，就講小說。假使勞動太多，
休息時少，沒有恢復疲勞的餘裕，則眠食尚且不暇，更不必提
什麼文藝了。

二、易於忘卻　因為中國古時天神，地祇，人，鬼，往往殽
雜，則原始的信仰存於傳說者，日出不窮，於是舊者僵死，後
人無從而知。如神荼、鬱壘，為古之大神，傳說上是手執一種
葦索，以縛虎，且御凶魅的，所以古代將他們當作門神。但到
後來又將門神改為秦瓊、尉遲敬德，並引說種種事實，以為佐
證，於是後人單知道秦瓊和尉遲敬德為門神，而不復知神荼、
鬱壘，更不消說造作他們的故事了。此外這樣的還很不少。❷❹

這裏所說的第一種原因，和鹽谷溫的說法基本相同。而第二種原因則
是魯迅捨不得割棄的「人神殽雜」的原始信仰說。但對中國古代只有
斷片的而沒有長篇的神話，又解釋為「並非後來散亡，是本來少有」
了。無論如何，由鹽谷溫而魯迅將中國小說的起源追溯到神話傳說，
那影響無疑是深遠的。❷❺

　　其次是關於小說材料的辨偽問題。

　　魯迅說「現有的漢人小說，他（鹽谷溫）以為真，我以為假」。
其實是有點淆亂視聽的。因為鹽谷溫在論兩漢六朝小說時，雖是根據
《漢魏叢書》所收的材料，但並不相信那是真的漢人小說。《講話》

---

❷❹　一九八一年版《魯迅全集》第九卷，頁三〇三～三〇四。
❷❺　按中國古代神話和傳說的材料較零碎，本身並沒有具備小說結構的條
　　件。而坊間所見用中文撰寫的中國小說史，大抵因襲《史略》，以為中
　　國小說源於古代神話。

的第六章第二節討論了東方朔的《神異經》、《海內十洲記》，班固的《漢武故事》、《漢武內傳》，郭憲的《別國洞冥記》，伶玄的《飛燕外傳》，每種都清楚說明是「出於假託」或「後人傅會」。至於不著撰人名氏的《雜事祕辛》，鹽谷溫又根據《四庫全書提要》斷爲明楊升庵所僞作。❷❻未解魯迅寫〈不是信〉一文時何故厚誣鹽谷溫以自高身價，以掩天下人耳目？今考《史略》第四篇所運用的材料和所下的斷語，絕大部分同於鹽谷溫，只是多了討論《西京雜記》的一段，廁於全篇之末。❷❼馬幼垣〈論《中國小說史略》不宜注釋及其他〉一文有如下的批評：

> 《漢書・藝文志》內著錄的小說，早佚，《史略》別爲一篇，談的都是後人依託之作。跟著下來，〈今所見漢人小說〉又是一篇，講的「蓋無一眞出於漢人」。旣然魯迅本人也不信這些是漢代作品，又爲何拘泥而分配二篇給漢代。大可把這批托古之作拖後至魏晉六朝的範圍內。❷❽

---

❷❻ 參《講話》頁三六四～三八一；孫譯本頁三二七～三四二。

❷❼ 鹽谷溫論兩漢小說，實據《四庫全書總目提要》所列次第。自《神異經》至《漢武洞冥記》皆云「舊本題漢（或後漢）某某撰」。而並皆以爲僞託。《漢武故事》一卷，爲《漢魏叢書》所無，而見於《四庫全書提要》小說家類，《講話》已加注明。《講話》一再徵引《四庫全書提要》，《史略》雖撝取《提要》之意而絕無說明議論之所從出。至於《四庫全書提要》小說家類首列《西京雜記》，次列《世說新語》，以爲敍述雜事之屬。鹽谷溫因受了西方文學觀念的影響，以爲雜事之類不足以當所謂小說（Novel）傳奇（Romance），故不加論列。（此意鹽谷溫於論《唐代小說》時說得十分清楚，詳下文。）而魯迅囿於傳統之區分，故於漢人小說列《西京雜記》，並於六朝小說特闢一章專論《世說新語》，這牽涉到鹽谷溫與魯迅兩人對小說的不同看法。不過在修訂本的《支那文學概論》中鹽谷溫於論兩漢小說時又增加論《西京雜記》一段。於六朝小說則仍不論《世說新語》。

❷❽ 見《抖擻》第四六期（一九八一年九月）頁三四。

所見誠然不錯。而魯迅之所以如此，無非是受了鹽谷溫《講話》一書的影響，並且加強了考據的氣味。文字膨脹了，只有把《講話》第二節第一項〈漢代小說〉的材料分作兩章去討論了。

此外，魯迅說《史略》論六朝小說的部分是根據自己的輯本，所指的是《古小說鉤沈》。那是魯迅一九〇九年六月自日本歸國後開始輯錄的，至一九一二年五月到北京前經已輯成。❷❾ 共「輯周至隋散逸小說」三十六卷。❸❶ 周作人在〈關於魯迅〉一文曾說：

> 豫才（即魯迅）因爲古小說逸文的蒐集，後來能夠有《小說史》的著作，說起緣由來很有意思。……其後研究小說史的漸多，如胡適之馬隅卿鄭西諦孫子書諸君，各有收穫，有後來居上之概，但那些似只在後半部，即宋以來的章回小說部分，若是唐以前古逸小說的稽考恐怕還沒有更詳盡的著作，這與《古小說鉤沈》的工作正是極有關係的。❸❶

其實魯迅因爲做過古小說的輯佚工作，所以他的《史略》不但在討論六朝小說時所運用的材料遠較《講話》豐富，而且於志怪小說之外，注意到《語林》、《郭子》、《世說》、《笑林》、《解頤》、《啟顏錄》等記人間言動的中國小說傳統。❸❷ 而其中的《語林》、《郭

---

❷❾ 參林辰〈魯迅《古小說鉤沈》的輯錄年代及所收各書作者〉，見《文學遺產》第三輯（作家出版社，一九六〇年版）頁三八五～三八七。

❸❶ 見《三閒集‧魯迅譯著書目》。

❸❶ 見《瓜豆集》（一九六九年實用書局據民國二十六年宇宙風社版影印）頁二二三。

❸❷ 按《史略》於第七篇〈世說新語與其前後〉云：「記人間事者已甚古，列禦寇韓非有皆錄載，惟其所以錄載者，列在用以喻道，韓在儲以論政。若爲賞心而作，則實萌芽於魏而盛大於晉，雖不免追隨俗尚，或供揣摩，然要爲遠實用而近娛樂矣。」可見魯迅以爲真正的小說當遠離實用的目的，故論小說起源，僅及神話傳說而不提先秦之寓言。

子》、《笑林》等書，魯迅均曾加輯錄，收在《古小說鉤沈》內。
《古小說鉤沈》在魯迅死後才印出，但在魯迅生前似未經最後整理，
既無輯例，也無序跋。❸根據日人前野直彬的研究，還有好些文字校
勘、所據板本等不盡完備的處所，❸但魯迅對古小說的研究工作，顯
然是遠在同時的鹽谷溫之上的。

　　最後還要說說唐人小說的分類問題。

　　唐人小說的分類，魯迅說鹽谷溫根據森槐南，那也不盡正確。森
槐南是鹽谷溫的老師，擅中國詩詞，並曾作《補春天傳奇》和《深草
秋》傳奇二種，大受黃公度稱譽。❸鹽谷溫自言在東京大學研究院時
從森槐南習詞曲小說，《講話》的小說部分，也一再提到槐翁其人。
❸在論唐人小說的一節裏，鹽谷溫說森槐南因為不滿意《四庫全書提
要》的小說分類，於是另行分類如下：

　　（一）別傳：關於一人一事的逸事奇聞（所謂傳奇小說）

　　（二）異聞瑣語：架空的怪談珍說

　　（三）雜事：史外的餘談，虛實相半，以補實錄所缺的。

---

❸　其後發現署名周作人的〈古小說拘沈序〉，原在一九一二年二月的《越
　　社叢刊》第一集上發表。其後編《魯迅全集補遺》時曾經收錄。參之以
　　〈關於魯迅〉一文，魯迅當初想以周作人之名印行《古小說拘沈》，則
　　此序或本出於魯迅之手。

❸　見前野直彬之〈魯迅《古小說鉤沈》の問題點——六朝小說の資料に關
　　して——〉，原載《東洋文化》第四一號（一九六六年三月），後收入
　　《中國小說史考》（東京：秋山書店，一九七五）頁一九七～二一一。
　　此文有前田一惠的中譯本，發表於《中外文學》第八卷第九期（一九八
　　〇年二月）頁八四～九九。譯文後另有王秋桂的〈校後記〉，可參看。

❸　參神田喜一郎之《日本における中國文學Ⅰ——日本填詞史話上——》
　　（東京，二玄社，一九六五），頁三一七～三二〇。

❸　《講話》的小說部分在論唐代小說（頁三九三，孫譯本頁三五三）和論
　　《紅樓夢》（頁五二九，孫譯本頁四七六）時提到槐翁（即森槐南）。
　　其後修訂本《支那文學概論》又說舊本承用槐南翁「諢詞小說」之名，
　　今則改稱「通俗小說」（頁三六二）。

至於鹽谷溫本人則以爲第三類不足稱爲小說， 第二類則稍有小說材料，而唐人小說的精華則是第一類別傳。❸ 他又根據《唐人說薈》的材料，將森槐南之所謂「別傳」又細分爲四類，即別傳、劍俠、艷情、神怪。❸ 並且詳加論述。對於森槐南歸入「異聞瑣語」類的如《杜陽雜編》、《酉陽雜俎》等則摒而不論。這是完全符合西方現代的小說觀念的。而魯迅的《史略》則將唐代小說分爲單行的傳奇文、傳奇集、雜俎三項加以論述。所謂雜俎除包括《杜陽雜編》、《酉陽雜俎》外，還包括孫棨的《北里志》和范攄的《雲溪友議》一類作品，其實亦不過是森槐南所謂「異聞瑣語」和「雜事」兩類材料的混合體，仍然是間接受了鹽谷溫一書的影響。❸ 不過鹽谷溫將傳奇文按其性質分作四類，魯迅則不復分類，以爲「尚不離於搜奇記逸」。而「搜奇」和「記逸」之作，在《小說史大略》中本來分作兩篇論述，其後寫《史略》時因材料增盆，舉例亦大抵按作者時代之先後爲次第，便不再以「搜奇」，「記逸」爲區分了。❹

　　根據以上的考察，我們只能說魯迅的《史略》有很多地方以《講話》爲藍本，而絕不能說成是整大本的剽竊。陳源的批評是不負責任的，難怪魯迅到了晚年談到此事還是氣憤難平了。❹

　　魯迅沒有整大本「剽竊」日本人的著作，但日本方面卻有人剽竊

---

❸　以上見《講話》頁三九三至三九四（孫譯本頁三五三至三五四）。

❸　《講話》頁三九四（孫譯本頁三五四至三五五）。

❸　按《史略》歸入「雜俎」類的作品，《四庫全書提要》則分入「雜事」類（如《雲溪友議》）和「瑣事」類（如《杜陽雜編》、《酉陽雜俎》）。

❹　按《史略》論唐代小說，第八、第九兩篇論傳奇文，第十篇論傳奇集及雜俎。至於《小說史大略》原將「唐傳奇體傳記」分作兩篇論述，所重在雜集成書而外之記傳。上篇述異聞，下篇述逸事，而異聞、逸事復各分爲兩小類。

❹　詳見魯迅一九三五年十二月三十一日作的《且介亭雜文二集·後記》。

魯迅的《史略》，那便是宮原民平的《支那小說戲曲概說》，大正十四年（一九二五）由東京共立社出版，這在辛島驍的一篇文章裏已提到過了。❷

五　《史略》的修訂與鹽谷溫的關係

魯迅不單在開始寫《史略》時參考了鹽谷溫的《講話》，其後在一九三一年七月出版《史略》的訂正本，主要的改動都和鹽谷溫有著密切的關係。

鹽谷溫在中國小說戲劇研究方面的貢獻，《講話》之外，尤在於發現了一些在中國經已失傳的古本小說和戲劇，開拓了新的研究範圍。這包括日本內閣文庫藏的元刊《全相平話》五種、《古今小說》四十卷、《喻世明言》二十四卷、《二刻拍案驚奇》三十九卷（附《宋公明鬧元宵雜劇》一卷），另宮內省圖書寮（即宮內書陵部）藏的元人雜劇《西遊記》六本。此外又根據《舶載書目》而知道有《警世通言》八本流傳日本。❸ 現在治中國小說的人都知道有所謂「三

---

❷ 見辛島驍〈回憶魯迅〉，日文原載一九四九年六月東京出版的《桃源》創刊號。由任鈞譯成中文，登於《魯迅研究資料》一三（天津人民出版社，一九八四年七月版）頁二〇七～二一五。文中說：「恰好緊接著在東京出現《中國小說史略》，宮原民平氏也出版了《中國戲曲小說史概說》。儘管其中小說部分許多都是依據魯迅的《史略》，而在《序文》中卻並未提到此事，這使得我們青年學生都有些感到氣憤。」
今按該書第十七章〈明的鬼神小說〉、第十八章〈明的人情小說〉，從兩章之標題以至內容，幾乎全出《史略》，抄襲之迹至爲明顯。其實該書亦有不少地方是採用鹽谷溫的《講話》的，而僅於唐代傳奇小說分爲四類聲明是引用鹽谷溫的說法（頁六三）。

❸ 最先由《舶載書目》而知道有《警世通言》流傳日本的其實是他的學生長澤規矩也。鹽谷溫在〈明的小說《三言》に就いて〉中已加說明。故鹽谷溫寫這篇文章時，其實亦未見《警世通言》。其後辛島驍在《斯文》第九編第一號（一九二七年）發表〈《警世通言》三種〉，對該書的版本始有較清楚的交待。

言」、「二拍」，而最先加以介紹考索的正是鹽谷溫。大正十五年（一九二六）鹽谷溫寫了一篇〈明の小說《三言》に就いて〉，在《斯文》第八編第五、六、七號上連載。⓸同年又在《改造》第八編第八號上發表〈明代の通俗短篇小說〉。後一篇只討論了《三言》、《二拍》，前一篇則於《三言》、《二拍》外，還討論了元人雜劇《西遊記》六卷和《全相平話》五種。鹽谷氏在發現吳昌齡的《雜劇西遊記》後，曾將全文在《斯文》第九編第一號上開始連載，至第十編第三號刊完。昭和三年（一九二八）再由鹽谷溫主持的斯文會印成單行本。至於《全相平話》五種之一的《至治新刊全相平話三國志》三卷，則由鹽谷溫私人出資於大正十五年（一九二六）影印刊行。又在昭和三年（一九二八）寫了一篇〈全相平話三國志に就て〉，收在《狩野教授還曆記念支那學論叢》裏。

鹽谷溫的文章，很快便引起了中國學者的注意，一九二六年十月，馬廉便翻譯了《改造》上的那篇文章，題作〈明代之通俗短篇小說〉，並且加上大量的按語，登載在《孔德月刊》第一期和第二期上。同年十二月又在《語絲》第一一一期上發表〈關於白話短篇小說《三言》《二拍》〉，其後孫俍工在翻譯《講話》一書同時，又譯出了鹽谷溫在《斯文》上發表的〈論明之小說《三言》及其他〉和〈宋明通俗小說流傳表〉，⓹收作一九二九年出版的《講話》譯本的附錄。鹽谷氏在這些文章裏一再提到魯迅沒有看到流傳日本的這些珍貴的小說材料，對魯迅來說自是一種強烈的戟刺。一九二八年鹽谷溫到

⓸ 按《中國小說史略》注釋本頁三，注一引到鹽谷溫此文，將發表的時間誤作一九二四年。

⓹ 按〈宋明通俗小說流傳表〉原載《斯文》第八編第九號。當時是當爲鹽谷溫作的。實際準備此表的恐怕是長澤規矩也。但長澤氏早期的文章如〈京本通俗小說與清平山堂〉引用此表時也目爲鹽谷溫作，如今此表又收到《長澤規矩也著作集》第五卷裏去了。

中國訪問，道經上海，曾和魯迅見面，是年二月二十三日的《魯迅日記》有這樣的記載：

> 晚往內山書店……遇鹽谷節山，見贈《三國志平話》一部，《雜劇西遊記》五部……贈以《唐宋傳奇集》一部。㊻

後來鹽谷溫在昭和二十四年（一九四九）出版的《中國小說の研究》的序中亦說：

> 週來數遊禹域，一夕於上海與魯迅氏相會，就本書（按：指《中國文學概論講話》）清談數刻，交換所見，不覺移時。㊼

說的也是一九二八年的這次會面。㊽談話的具體內容我們今天雖然已無法知道，但未始不可以看作是促使魯迅改訂《史略》的一種因素吧。

　　一九三一年的《史略》改訂本把原來第十四、十五兩篇敍述的主要內容對調了。原來第十四篇題作〈元明傳來之講史〉，內容是關於《水滸傳》和以後的續作。第十五篇題作〈明之講史〉，內容是關於《三國志演義》、《隋唐志傳》、《北宋三遂平妖傳》以及其他明清講史的。改訂本則將第十四篇改題〈元明傳來之講史（上）〉，所論則爲《全相三國志平話》、《三國志演義》、《隋唐志傳》、《殘唐

㊻　一九五八年人民文學出版社版，頁六六五～六六六。
㊼　《中國小說の研究》頁一。
㊽　魯迅與鹽谷溫的會面只此一次。但早在一九二六年二人已開始通信，並且互贈書籍了。（參一九二六年八月九日、八月十七日及一九二八年二月十八日《魯迅日記》。）

五代史演義》和《北宋三遂平妖傳》。而第十五篇則改題〈元明傳來之講史（下）〉，其中論《水滸傳》和以後的續作各節，與原來的第十四篇大致相同，❹然後才接上原來第十五篇〈明之自開闢至兩宋史事平話〉和〈清之統紋及訂補〉兩節文字。《史略》之論元明講史，本來是先《水滸》而後《三國》的，這是因爲《水滸》故事可追溯到《大宋宣和遺事》去。不過元雜劇中雖有演《水滸》故事，但《水滸》以小說形式出現，最早只有晚明的刊本。如今既然發現了元刊本《三國志平話》，就小說發展史言，自然不能不先論《三國》而後論《水滸》了。

改訂本《史略》第二十一篇〈明之擬宋市人小說及後來選本〉，主要是參攷了鹽谷溫的〈關於明的小說《三言》〉和〈宋明通俗小說流傳表〉而改寫的。魯迅其實未嘗見《古今小說》、《喻世明言》、《警世通言》以及《二刻拍案驚奇》，所以只能轉述他的意見。至於鹽谷溫校印的吳昌齡《雜劇西遊記》，魯迅在改訂本第十六篇中只是略作介紹而已。

最後，我們還要討論一下魯迅的《史略》對鹽谷溫的影響。

就學術競賽言，《史略》的出現，取代了《講話》在小說研究方面領先的地位。其後鹽谷溫從內閣文庫藏書中發見元刊《全相平話》、《古今小說》等天壤間罕本，寫成研究論文，震驚學界。在新材料面前，魯迅不得不重新改訂《史略》。而改訂本《史略》亦於一九三五年譯成日文，鹽谷溫的《講話》改訂本《支那文學概論》，又反過來接受了《史略》的一些看法，改正原有的錯誤，擴大討論的範圍。這在論唐人小說一節中表現得最爲明顯。

---

❹ 關於《史略》各種版本的改訂問題，以陸樹侖的〈略談《中國小說史略》版本上的一些問題〉論述較詳，可參看。

唐人小說的材料，《講話》原據《唐人說薈》，至是改用《太平廣記》，而稱《五朝小說》、《唐人說薈》（一名《唐代叢書》）等為明清間的俗書，**⑩** 修訂本除將舊版論及後世偽託之作刪去外，**⑪** 又於神怪類中補綴《古鏡記》和《補江總白猿傳》，並對部分傳奇的作者問題加以匡正，**⑫** 這全是受了魯迅的影響。

此外，在討論漢代小說時又效法《史略》增加論述《西京雜記》的部分。**⑬**

這些修訂，並沒有影響《講話》原書的架構，只可說是鹽谷溫採納了魯迅的意見，補正了原書因疏於考證而引致的一些闕失。不過《講話》其他部分的增訂，或出於鹽谷溫一己研究的成果，或介紹新材料的發現，或參攷魯迅以外其他學者的意見，卻有超越《史略》的趨勢。

《講話》的修訂本《支那文學概論》，最重要的增改還是在通俗小說方面。

宋以後的通俗小說，鹽谷溫原據森槐南稱作「渾詞小說」**⑭**，修訂本在論通俗小說之前，增加了〈燉煌發見の俗文學〉為第四節，誠如鹽谷氏所說，「由於燉煌寶庫的發現，俗文學的源流變成可以追溯到唐末去了。」**⑮** 他稱讚鄭振鐸所著的（插圖本）《中國文學史》（

---

⑩　見《支那文學概論》頁三一八。

⑪　《支那文學概論》以《海山記》、《迷樓記》、《開河記》出宋人依託。

⑫　如《虬髯客傳》原據《唐人說薈》作張說撰，今改據《太平廣記》作杜光庭撰。他如《紅線傳》舊作楊巨源撰，今作袁郊撰。《杜子春傳》舊作鄭還古撰，今作李復言撰。《枕中記》舊作李泌撰，今作沈旣濟撰。《周秦行記》舊作牛僧孺撰，今作韋瓘撰。皆據《太平廣記》改。

⑬　見《支那文學概論》頁三一〇。

⑭　同前，頁三六二。

⑮　同前，頁三五七。

一九三二）對燉煌的俗文學特筆大書，開拓前人未到之境，爲中國文學史劃一新紀元。❺❻ 如今《支那文學概論》新加的這一節文字，顯然是參攷了鄭著第三十三章〈變文的出現〉的意見。至於魯迅的《史略》，自初版以來，僅於第十二篇〈宋之話本〉的開頭用短短兩段文字介紹這些「俗文」，一直未加增訂。魯迅曾經批評鄭振鐸缺乏史識，❺❼ 就探求變文與通俗小說的關係言，恐怕有欠公允。

修訂本第五節〈通俗小說〉，較之原來的《講話》增加了第二項〈全相平話〉和第四項〈三言兩奇・今古奇觀〉。原來第一項〈諢詞小說の起源〉至是亦擴大爲〈通俗小說の起源と其の發展〉。

首先要討論第一項。《講話》只討論了《大宋宣和遺事》、景宋殘本《五代平話》和《京本通俗小說》。改訂後則補敍《五代史平話》中梁史的序論已提到三國時的曹操、孫權、劉備是漢初三個功臣韓信、彭越、陳豨托生，元刊《全相平話三國志》則祖述此說，其後又敷衍成《古今小說》中的一篇〈鬧陰司司馬貌斷獄〉。這樣的歷史考察，是魯迅的《史略》所沒有的。

至於《京本通俗小說》的成書年代和眞僞問題，長澤規矩也寫過一篇〈京本通俗小說與淸平山堂〉，由東生譯成中文，登在《小說月報》第二十卷第六號（一九二九年六月）上。魯迅大抵不會沒有看

---

❺❻　同前，頁三五六。

❺❼　按一九三二年八月十五日魯迅致臺靜農信中云：「《中國小說史略》而非斷代，即嘗見貶於人。但此書改定本，早於去年出版。……雖曰改定，而所改實不多，蓋近幾年來，域外奇書，沙中殘楮，雖時時介紹於中國，但尙無需因此大改《史略》，故多仍之。鄭君所作《中國文學史》，頃已在上海豫約出版。我曾於《小說月報》上見其關於小說者數章，誠哉滔滔不已，然此乃文學史資料長編，非『史』也。但倘有具史識者，資以爲史，亦可用耳。」（《魯迅書信集》，人民文學出版社，一九七六年版，頁三一九）。

過這篇文章，❺⑧ 可是這篇文章的攷證方法還沒有到家。❺⑨ 一九三一年，鄭振鐸在《小說月報》第二十二卷第七期發表〈明清二代的平話集（上）〉，亦將《京本通俗小說》與「清平山堂」所刻話本加以比較，結論是《京本通俗小說》那樣編次井然、內容純粹的「話本集」，決不可能在明嘉靖以前出現。❻⓪ 魯迅是相當注意版本問題的，他因爲懷疑《大唐三藏取經詩話》並非宋本，曾經和日人德富蘇峯展開筆戰。❻① 但在討論《京本通俗小說》時，卻沒有參攷別人已做的考證工作，仍舊含糊地當作是眞的宋人話本，放在所謂「擬話本」的《大唐三藏取經詩話》之前來論述，不能不說是《史略》的一大缺憾。後來長澤規矩也又寫了〈京本通俗小說の眞僞〉一文，❻② 始斷言那是出於繆荃孫「戲作」，鹽谷溫修訂《講話》時雖仍將《京本通俗小說》當作宋代話本來討論，但已附帶說明有人以爲那是全出清人僞作，❻③ 總算是對當時學術界的意見作了一點交代。

　　撇開僞作的《京本通俗小說》不談，「清平山堂」所刻話本實爲傳世最早的話本集。最先由長澤規矩也於內閣文庫中發現，並加介

---

❺⑧　魯迅留心《小說月報》上關於小說研究的論文，已見注五七所引致臺靜農信。而改訂本《史略》還引用了《小說月報》第二十卷第十號鄭振鐸的〈三國志的演化〉一文。

❺⑨　長澤氏在文中除證明了葉德輝刊行的《京本通俗小說》第二十一卷《金虜海陵王荒淫》爲僞作外，本亦懷疑繆荃孫刊於《煙畫東堂小品》中的《京本通俗小說》七卷可能是《警世通言》、《醒世恆言》中若干篇的改裝。但與內閣文庫所藏的《清平山堂》殘本小說比較之後，又說那不是明末以後的僞作。

❻⓪　見《小說月報》第二十二卷第七號，頁九四二。

❻①　可參《華蓋集續篇・關於三藏取經記等》及《二心集・關於〈唐三藏取經詩話〉的板本》二文。

❻②　見《書誌學論考》（松雲堂書店，一九三七）頁一四七～一五三。又見《長澤規矩也著作集》第一卷。

❻③　見《支那文學概論》頁三六九。

紹。⑥ 北平古今小品書籍印行會亦曾於一九二九年據內閣文庫藏本影印行世。但是一九三一年的改訂本《史略》對這樣重要的小說材料卻隻字不提。鹽谷溫修訂《講話》時，在討論《大唐三藏取經詩話》之前，不但介紹了內閣文庫藏「清平山堂」所刊話本十五篇，還介紹了馬廉所發現的《雨窗》、《欹枕》集十二篇，⑥ 這都是舊版《講話》所沒有的。

根據長澤規矩也〈最近約十年間に我國で發見された支那戲曲小說研究の資料〉一文，元刊本《全相平話》五種其實是由鹽谷溫的學生辛島驍在內閣文庫發現的。⑥ 至於鹽谷溫所寫的一些關於《全相平話》的論文，已於上文介紹過了。魯迅在改訂《史略》時只看過《三國志平話》，而鄭振鐸則有幸全部讀過，並且於一九三一年寫了一篇相當詳細的論文，題作〈論元刊全相平話五種〉，登在《北斗》第一卷第一期上。⑥ 一九三五年《史略》出第十版，魯迅又做過輕微的修訂，但對新發現的小說材料和有關的研究則一概沒有採納。至於鹽谷溫在修訂《講話》時所增加討論《全相平話》的部分，較之舊文尤見精彩，自是《史略》所無法比擬的。

《講話》另一重要增訂，要算增加〈三言兩奇，今古奇觀〉一項。內容較之〈明の小說《三言》に就て〉等舊文又有增益。並且還引用了孫楷第的〈三言二拍源流考〉。⑥ 孫氏此文發表於一九三一年

---

⑥ 即〈京本通俗小說と清平山堂〉一文。

⑥ 包括《雨窗》、《欹枕》集的所謂《清平山堂話本》，其實正名當爲《六十家小說》。可參孫楷第《中國通俗小說書目》（作家出版社，一九五七年）頁八九～九一。

⑥ 見《長澤規矩也著作集》第一卷，頁一六五。

⑥ 現收入《鄭振鐸古典文學論文集》（上海古籍出版社，一九八四）頁四〇七～四二三。

⑥ 見《支那文學概論》頁四一九。

四月出版的《國立北平圖書館館刊》第五卷第二號。（其後收入《滄州集》，中華書局，一九六五年版，頁一四九～二○七）那時孫氏已知道日本日光晃山慈眼堂藏有明尙友堂刊《拍案驚奇》四十卷原本了。而一九三五年的《史略》第十版還是停留在三十六卷的階段。

綜觀鹽谷溫對《講話》小說部分的修訂，受魯迅的影響其實並不太多。修訂本只有兩處直接提到魯迅的名字。一是關於《水滸傳》版本問題的意見，一是只見於《史略》的《續今古奇觀》的卷數問題，❻❾不過都是無關重要的。

六　小　結

五四時代的中國作家，作品譯成日文的，以魯迅、周作人兄弟爲最多。而關於文學研究的著作，在一九四九年之前譯成日文的，亦不過胡適的《五十年來中國之文學》、魯迅的《中國小說史略》，和周作人的《中國新文學源流》數種而已。❼⓪其中以《史略》的學術價值最高，影響也最大。

五四時代中國作家所受的日本影響，已是一個引起廣泛注意的論題。魯迅的成功，和他在日本的八年留學生活有莫大的關係。他不但學習日本文化，而且更通過日文的著作和翻譯得到對西方文化的了解。五四新文化運動中日本留學生扮演了極其重要的角色，已是不爭的事實。對中國而言，日本可說是西方文化的媒婆。

---

❻❾　分別見於《支那文學概論》頁三八六，頁四二五。
❼⓪　參《日本訳中国書綜合目錄》（中文大學出版社，一九八一）編號920. 036, 920. 764, 920. 129。

　　日本模倣西方，中國模倣日本，在五四初期學術上「模倣的模倣」而卓然有成的，於《史略》而外，確然並不多見。誠如《史略》的序言所說：「中國之小說自來無史，有之，則先見於外國人所作之中國文學史中。」《史略》有他歷史的光輝，但在新的小說材料和新的研究成果面前不免要顯得黯淡。而中國大陸的魯迅研究者至今還沒有勇氣對《史略》加以批評，甚至執著魯迅說過的一言半語，盲目貶低和魯迅同時的其他學者的一些研究成果，除令我感到惋惜外，也是促使我寫作本文的原因之一。**❼**

　　我從研究《史略》而注意到鹽谷溫的《講話》和那部流傳不廣的《講話》修訂本（即《支那文學概論》），才發覺鹽谷溫影響魯迅最大的學術見解竟是來自德國的漢學家，這是指小說源於神話傳說這一點。但是 August Conrady 早於一九〇六年已注意到印度神話對中國的影響，我國研究古代神話的人注意及此的至今仍沒有幾個。我們都知道印度古代有極其豐富的神話故事，既然在公元前四〇〇年中國已有源自印度的月兔故事，這個中國版本的內容開始時理應不會過於單薄。何以沒有好好的流傳下來呢？魯迅在《史略》提出「人神殽雜」的解釋是欠缺說服力的。我以為這些來自印度的神話故事或其他一些中國本土的神話故事最初大抵只在口頭流傳，這些「口頭文學」沒有好好的保存下來，主要是由於中國文字太難。中國古代的一切書面紀錄都力求簡鍊，是不宜記載長篇的史詩一類的神話故事的。

　　就學術的影響言，August Conrady 影響鹽谷溫，鹽谷溫影響魯迅，魯迅的《史略》再反過來影響鹽谷溫和其他日本讀者，就五四時

---

❼ 如許懷中的《魯迅與中國古典小說》，算是國內研究《史略》字數最多的一本書，但對《史略》並無半句批評。馬幼垣的〈論《中國小說史略》不宜注釋及其他〉一文，可說是海內、海外僅見的用中文寫的公允地批評《史略》的缺點的論文了。

期的學術著作言，這種例子是極其罕見的。不過中國的文人學士通過日本而轉賣東洋裝的德國貨，我以爲在新文化運動初期當有不少，（最明顯的，莫如創造社提倡「革命文學」的理論基礎。）而且是值得我們研究的。

　　＊原載《香港中文大學中國文化研究所學報》第十七卷，一九八六年，頁三四三～三六〇。

托洛茨基的文藝理論對魯迅的影響

一

魯迅（一八八一～一九三六）熱心介紹翻譯蘇俄的文藝理論和文學作品，這是眾所週知的。礙於客觀環境，研究魯迅的人一般都忽略了托洛茨基（L. D. Trotsky, 1879～1940）❶ 的文藝理論在中國的傳播和魯迅的關係。其實魯迅翻譯托洛茨基的文藝理論，較之翻譯蒲力汗諾夫（G. V. Plekhanov, 1857～1918）和盧那卡爾斯基（A. V. Lunacharsky, 1875～1933）的文藝理論還要早，所受的影響也較大。❷

早在一九二六年魯迅便翻譯過托洛茨基所著《文學與革命》（*Literature and Revolution*）其中的一章。一九二八年魯迅在自己主編的《奔流》上譯載《蘇俄的文藝政策》，其中包括各種不同的議論，而魯迅在《編校後記》中只對托洛茨基加以稱揚。至於俄國十

---

❶ Trotsky 一名，魯迅曾譯作托羅茲基、托羅茨基、托洛斯基、托羅斯基、脫羅茲基。韋素園、李霽野翻譯的《文學與革命》則作特羅茨基。除徵引原文外，本篇一律改用通譯托洛茨基。

❷ 二十年代對中國影響最深的蘇俄馬克思主義文藝理論家是蒲力汗諾夫、托洛茨基、盧那卡爾斯基。Paul Pickowicz 在 *Marxist Literary Thought and China: A Coneptual Framework* (Berkeley: University of California Press, 1980) 中有相當清楚扼要的論述。

月革命以後的文學，魯迅首先留心「同路人」的作品，以爲托洛茨基
對「同路人」的批評，較之「純馬克斯流」的可取。此外魯迅又一度
傾向接受托洛茨基否定蘇聯已有「無產階級文學」這一論點，在一九
二七年說過當時世界上還沒有「平民文學」的話。（詳見以下各節）
自然大家都知道，在〈答托洛斯基派的信〉和〈論現在我們的文學
運動〉這兩篇文章裏，❸魯迅曾大罵托洛茨基和他的「中國的徒孫
們」，不過那是一九三六年夏天的事，牽涉到「各派聯合一致抗日」
和兩個口號（即「國防文學」和「民族革命戰爭的大眾文學」）的論
爭問題，不能因此而抹殺魯迅過去譯介托洛茨基的文藝理論的熱誠。
就對「新興文藝理論」的認識和接受言，魯迅有一段時期也許可算得
上是一個「托派」吧。

　　一九四九年以後的中國大陸，托洛茨基的名字是魯迅研究領域裏
的禁忌。再見不到像李長之一九三五年那樣暢論《文藝政策》中托洛
茨基的論點的文章了。❹唐弢在一九五一年十二月爲《魯迅全集補遺

---

❸　見《且介亭雜文末編》，北京人民文學出版社一九八一年《魯迅全集》
　　卷六，頁五八六～五九二。（按：除特別聲明外，各注所引《全集》，
　　均指一九八一年十六卷本。）

❹　此爲李長之的「魯迅批判之十」，題目是〈魯迅著譯工作的總檢討〉，
　　原載一九三五年九月二十五日、十月九日、十月二十三日天津《益世
　　報》「文學副刊」第三〇、三一、三四期。現收入中國社會科學院文
　　學研究所魯迅研究室編《1913-1983 魯迅研究學術論著資料匯編》第一
　　卷（北京：中國文聯出版公司，一九八五年）。原一九三六年一月北新
　　書局出版李長之的《魯迅批判》未有收入。（據版權頁，該書乃一九三
　　五年六月付版。）李長之在〈檢討〉魯迅譯的《文藝政策》時說：
　　　所有這些看重藝術的人們的論調中，頂透闢的，持極端論者，要算
　　　托羅茲基（L. Trotsky），持折衷論者，要算盧那卡爾斯基（A.
　　　Lunacharsky），其實他二人的見地並不相遠，其要求文藝、文化
　　　之自由同，其認識藝術之有特殊獨立的領域同，其看重藝術之價值
　　　同，惟一不同，只是托羅斯基不承認無產者藝術的存在，而盧那卡
　　　　　　　　　　　　　　　　　　　　　　　　　　（文轉下頁）

續編》寫的〈編校後記〉有這樣一段說明：

> 就我所知道的， 並且能夠找到的魯迅先生的遺文， 到此刻為
> 止，已經全部收在這裏了。……找到而未予收入的，有〈亞力
> 山大‧勃洛克〉譯文一篇， 因為這是反革命者託羅兹基的原
> 著。❺

這篇〈亞力山大‧勃洛克〉便是《文學與革命》一書的第三章，原譯
載於胡斅譯勃洛克〈十二個〉這首詩的單行本之前。這單行本是《未
名叢刊》之一，流通不廣。一九三八年出版的二十卷本《魯迅全集》
沒有收入這篇譯文， 也許是如日本學者丸山昇教授所說的走了眼。❻
其後唐弢找到了而不收入《補遺續篇》， 那自然是基於政治的原因，
於是一九五九年出版的十卷本《魯迅譯文集》也不便收入了。❼更令
人驚詫的，是一九五七至一九五八年出版的注釋本《魯迅全集》中的
一篇〈《豎琴》題記〉竟然刪去了「託羅茨基也是支持者之一」這一

（文接上頁）
爾斯基卻承認了而已。
托羅斯基，對於藝術之有獨立的領域的見地，是清楚極了，……托
羅茲基詞鋒很厲害，也很幽默，從他的話，總見出他在學識方面的
教養，這不是一般普通從事政治的人所及的。（見上引《匯編》，
頁一一八八～一一八九）
❺ 唐弢《魯迅全集補遺續編》，上海：上海出版公司，一九五二年三月初
版，一九五三年六月再版增訂本，頁九四四～九四五。
❻ 丸山昇《魯迅と革命文學》，紀伊國屋書店，一九七二年，頁一二九。
❼ 一九五九年版《魯迅譯文集》的「出版說明」有這樣的話：
這些譯文，現在看來，其中有一些已經失去了譯者介紹它們時所具
有的作用和意義；或者甚至變成有害的東西了。如廚川白村的文藝
論文，鶴見祐輔的隨筆，阿爾志跋綏夫的小說，以及收入《文藝政
策》一書中的某些發言錄等；……
所謂「《文藝政策》一書中的某些發言錄」，自然是包括托洛茨基的發
言在內了。

句。《豎琴》一書是魯迅翻譯蘇俄「同路人」作品的結集,《前記》提到支持文學團體「綏拉比翁的兄弟們」 (Serapions-brüder) 的瓦浪斯基 (A. Voronsky, 1884~1943) 和托洛茨基,刪去了一句,文意便大爲不同了:

> 在蘇聯中,這樣的非蘇維埃的文學的勃興,是很足以令人奇怪的。然而理由很簡單:…… 其三, 則當時指揮文學界的瓦浪斯基, 是很給他們支持的。〔下刪「託羅茨基也是支持者之一,」〕稱之爲「同路人」。同路人者,謂因革命中所含有的英雄主義而接受革命,一同前行,但並無徹底爲革命而鬥爭,雖死不惜的信念,僅是一時同道的伴侶罷了。這名稱,由那時一直使用到現在。❽

最先提出「同路人」這名稱的是托洛茨基,這是不爭的事實。❾ 刪去了一句,便把發明權讓給瓦浪斯基,而魯迅翻譯「同路人」的作品,也彷彿和托洛茨基的文學理論沒有甚麼牽連了。如此篡改魯迅文章的做法,要到一九八〇年以後才糾正過來。❿

就本人所知,一九八一年紀念魯迅誕生一百周年的時候,朱正首先在〈從文獻學的角度看魯迅研究中的資料問題〉這篇文章裏公開指

---

❽ 一九五七~五八年十卷注釋本《魯迅全集》卷四,頁三三二。

❾ 參 Gleb Struve, *Russian Literature under Lenin and Stalin* (Norman: University of Oklahoma Press, 1971), p. 76。又魯迅在一九三〇年八月三十日爲所翻譯的「同路人」小說《十月》寫的〈後記〉,亦清楚地說一九二一年以來蘇聯文藝界成績最著的「是瓦浪斯基在雜誌《赤色新地》所擁護,而托羅茲基首先給以一個指明特色的名目的『同路人』。」(見一九五九年版《魯迅譯文集》卷七,頁一八〇)

❿ 一九八〇年七月北京人民文學出版社版《南腔北調集》單行本已補回刪去的一句。一九八一年版十六卷本《魯迅全集》同。

出十卷本《魯迅全集》這樣不「尊重歷史」的「外科手術」。⓫而國內有關魯迅與托洛茨基的研究，亦終於出現了莫名的一篇《魯迅對文學和革命關係的看法與托洛茨基》。⓬文章的內容主要是針對國外有人抓住魯迅和托洛茨基某些文藝觀點的關係，「別有用心地大做文章」，因而提出反駁。不過本人以爲莫名的文章有些地方也如被駁者一樣，並沒有客觀地「用魯迅自己的話來解釋魯迅」。在材料運用上似乎也有「回避」之嫌。此後衝「禁區」的文章也還有，其中王觀泉的一篇〈魯迅筆下的托洛斯基只是文評家〉，⓭態度上已客觀多了。

托洛茨基的文學理論，對魯迅的影響主要有下列幾方面：

一、文學和革命的關係；

二、對蘇聯「同路人」的作品的評價問題；

三、「無產階級文學」是否能够成立；

四、文學和政治的關係。

即使在海外，討論的人也不多。⓮本文所論，基本上按魯迅的文章和

⓫　見《紀念魯迅誕生一百周年學術討論會論文選》，長沙：湖南人民出版社，一九八二年，頁五二三～五二四。

⓬　見《北京大學紀念魯迅百年誕辰論文集》，北京：北京大學出版社，一九八二年，頁一三九～一五九。

⓭　《魯迅研究》雙月刊，北京魯迅研究學會《魯迅研究》編輯部編，一九八四年第三期，頁一六～二七。

⓮　除日人丸山昇的研究外（見《魯迅と革命文學》，頁一二八～一三六），論及有關問題的有一丁（《魯迅：其人、其事、及其時代》，香港，一九七九年，頁二八三～二八九、三〇七～三〇九）、黃繼持（〈魯迅與馬克思主義文藝思想〉，《抖擻》第四六期，一九八一年九月，頁四～六）、陳炳良（《照花前後鏡——香港・魯迅・現代》，臺北，一九八八年，頁一〇一、一五二）、Harriet C. Mills ("Lu Xun: Literature and Revolution——from Mara to Max," in Merle Goldman [ed.], *Mordern Chinese Literature in the May Fourth Era* [Cambridge, Mass.: Harvard University Press, 1977], p. 212), Marián Gálik

（文轉下頁）

翻譯發表的先後探討在不同時期魯迅所受托洛茨基的影響，目的是塡補一下「魯迅研究」這方面的空隙。

二

托洛茨基的《文學與革命》一書是在一九二二年和一九二三年的夏天完成的，曾在《眞理報》上發表，一九二四年出版成書，前有作者同年七月二十九日寫的引言。一九二五年有茂森唯士（一八九五～一九七三）的日譯本，改造社出版，七月二十日發行，魯迅於同年八月二十六日即在北京東亞公司購得。❶一九二六年夏譯出其中的第三章〈亞力山大・勃洛克〉，附印在胡斅翻譯勃洛克（A. Blok, 1880～1921）的長詩《十二個》之前。該書是《未名叢刊》的第六種，一九二六年八月出版。而未名社的成員韋素園（一九〇二～一九三二）和李霽野（一九〇四～）也在是年秋天開始翻譯《文學與革命》，部分章節一九二七年間曾在《莽原》半月刊上登載，❶至一九二八年全書出版，是爲《未名叢刊》第十三種。在翻譯進行時，魯迅曾加以鼓

（文接上頁）

(*The Genesis of Modern Chinese Literary Criticism* (1917～ 1930) [London: Curzon Press, 1980], p. 271), Paul G. Pickowicz (*Marxist Literary Thought in China: The Influence of Ch'ü Ch'iu-pai* [Berkeley: University of California Press, 1981], p.133), Leo Ou-fan Lee (*Voices from the Iron House* [Bloomington: Indiana University Press, 1987], pp.152～159).

❶ 見《魯迅日記》一九二五年八月二十六日：「往東亞公司買『革命と文學』一本，一元六角。」而是年日記後所附書賬則作「《文學卜革命》一本，一・六〇八月二十六日」，書名前後不同，想是寫日記時筆誤。

❶ 首先是《文學與革命》第六章的翻譯，在《莽原》半月刊第二卷第六期

至第八期（一九二七年三月二十五日、四月十日、四月二十五日）登完；第二卷第九期（五月十日）開始譯載第四章，然後是第十一期（六月十月），至第十二期（六月二十五日）續完。第十三期（七月十日）譯載的是該書的〈引言〉，至第十四期（七月二十五日）則譯載第二章「十月革命底文學『同路人』」中關於「烏西和洛得·伊凡諾夫」的一部分，此後即不見再有譯載。而在第十期開始即登載《文學與革命》一書的預約廣告，廣告稱「此書爲俄國特羅茨基著，對於十月革命以前的及現代的文學與藝術，都有精闢獨到的見解，深刻入微的批評。文字俏皮流麗，也自有特殊風味。」《莽原》半月刊出至第二卷二十三、二十四期合刊（一九二七年十二月二十五日）結束。而李霽野個人寫的〈後記〉則登在一九二八年一月二十五日的《未名》半月刊創刊號上。

❶ 根據李霽野的回憶，他和韋素園於一九二六年開始譯《文學與革命》。（見《魯迅先生與未名社》，長沙：湖南人民出版社，一九八〇年三月，頁一五九、一八七）那時魯迅尚在北京，當知其事。至一九二七年四月九日魯迅在廣州寫信給李霽野說：「托羅茲基的文學批評如印成，我想可以銷路較好。」（《全集》卷十一，頁五三七）而同年四月二十日給李霽野的信則說：「今日看見幾張《中央副刊》，托羅茲基的書，已經譯（傅東華譯）載了不少，似乎已譯完。我想，這種書籍，中國有兩種譯本就怕很難銷售。你的譯文如果進行未多，似乎還不如中止。但這也不過是我一個人的意見。」（《全集》卷十一，頁五四〇）魯迅擔心的是同一書有兩種譯本的銷路問題。顯然不是如李霽野後來所說的魯迅「是從政治上考慮問題」。（見《魯迅先生與未名社》，頁二十八）同年六月三十日給李霽野的信又說：「托羅茲基的書我沒有帶出，現已寫信給密斯許〔按：指許羨蘇〕，托她在寓中一尋，如尋到，當送上。」（《全集》卷十一，頁五五二）信中所指的書，當爲《文學與革命》的日譯本。將托洛茨基的書翻譯成中文時，韋素園根據俄文原本，而李霽野則根據英譯本。至於日譯本的作用，照李霽野在《文學與革命》一書的〈後記〉說：「遇有疑問，多賴 Polevoy 先生就原文給我們解釋，需要註釋的地方，就盡自己底力量加點註釋，茂森唯士君底日譯本中有些註釋可供參考，就請雪峯譯出附在裏面了。」我想馮雪峯所根據的日譯本，也許就是許羨蘇從魯迅北京寓中檢出送交李霽野的那一本吧。一九二八年初，韋、李合譯的《文學與革命》終於印成。其時魯迅已在上海，同年三月十四日又寫信給李霽野說：「《文學與革命》我想此地當有人買，未名社的信用頗好，《小約翰》三百本，六七天便賣完了。」（《全集》卷十一，頁六一四）可見魯迅對托洛茨基這書中譯本的銷售是樂觀的。（按：傅東華譯的《文學與革命》在當時似乎並未出過單行本，所以魯迅不再擔心因有兩種譯本而影響銷路。又李何林編的《中國文藝論戰》，所收的都是一九二八年間有關革命文學的論戰文字，其中有引用托洛茨基的《文學與革命》，如謙弟作的《革命文學論批判》中所引，文句與韋、李所譯不同，可能根據的就是傅東華登載在《中央副刊》的譯文。）

勵。❶ 未名社則因出版此書而一度爲北洋軍閥政府查封。❶ 此書初版時只印了一千本，一九二九年再版，一九三〇年發行三版。❶

　　魯迅自一九二四年底開始編輯《未名叢刊》，專收譯作。第一種是魯迅本人所譯的日本廚川白村的文藝論著《苦悶的象徵》，第二種則爲任國楨譯的《蘇俄文藝論戰》。後者一九二五年八月由北新書局出版，有魯迅寫的《前記》，可是說魯迅第一篇論及十月革命後蘇聯文藝界情況的文字。高長虹曾說過：

> 未名社的翻譯對於中國的時代是有重大意義的，與時流的翻譯決不一樣。但這寧可以說不在於廚川白村的灰色的勇敢，也不妨說不在於陀斯妥夫斯基與安特來夫的深的同情與絕望，而是在於那兩本在世界的時代也是卓然有立的《蘇俄文藝論戰》與《十二個》。……在那所有舊的出版物中，牠們確乎是新的，不止在中國，而且在俄國，而且在世界。……中國人也許還很少能讀牠們的。比較多的還是喜歡廚川白村。……再說，《蘇俄文藝論戰》，則連徵引的人還沒有見過。❷

當時沒有多少人留心蘇俄文藝界的情況，而魯迅和未名社同人在這方面的努力，自有其歷史意義。❷ 魯迅對《蘇俄的文藝論戰》這本書是相當重視的，除了親手校改譯稿外，印成後又買來送給朋

----

❶　參《魯迅先生與未名社》，頁一八七。
❶　參《中國近代現代叢書目》，上海圖書館編藏，一九七九年，頁二九八。
❷　（高）長虹《走到出版界》，上海：泰東圖書局，一九二九年，頁三十九。
❷　關於《未名叢刊》之受冷遇，可參考魯迅《憶韋素園君》一文有關部分。（《全集》卷六，頁六三～六四）

友。❷ 其後魯迅在一九二八年翻譯《蘇俄的文藝政策》（一九三〇年出書時改名《文藝政策》），又說那是《蘇俄的文藝論戰》一書的「續編」。❷兩書的內容，涉及的是一九二三至一九二五年間的文藝論爭，而托洛茨基則在論爭中扮演了一個十分重要的角色。先在這裏簡單介紹兩書：

任國楨的《蘇俄的文藝論戰》全書一〇三頁，另《前記》、《小引》七頁。共收論文三篇，另附錄一篇。依次爲：

（一）褚沙克：《文學與藝術》，頁一～七；

（二）阿衛巴赫等：《文學與藝術》，頁九～二〇；

（三）瓦浪斯基：《認識生活的藝術與今代》，頁二一～六〇；

（四）附錄：

瓦勒夫松：《蒲力汗諾夫與藝術問題》，頁六三～一〇三。

第一篇原文發表於《烈夫》雜誌，第二篇原文發表於《納巴斯圖》雜誌，第三篇原文發表於《眞理報》。這代表了參與藝術論爭的三大派別。

《烈夫》（LEF）是未來主義者（Futurists）左翼於一九二三年三月創辦的雜誌。任譯褚沙克（N. Chuzhak, 1876～?）的文章除了提出藝術不但「認識生活」，而且「創造生活」的主張外，主要是討

---

❷ 魯迅親手校改的這部譯稿，至今仍然保存。（參《魯迅研究資料》九，天津：天津人民出版社，一九八二年，頁十一）又按《魯迅日記》一九二五年九月十八日云：「訪李小峯取《蘇俄之文藝論戰》十本。」（《全集》卷十四，頁五六三）十月九日云：「往李小峯寓買《蘇俄的文藝論戰》四本。」（《全集》卷十四，頁五六六）而見於《日記》的先後於九月二十九日寄（許）欽文三本，十月七日贈胡成才一本，十月十日贈（宋）紫佩一本，十月二十五日贈王希禮一本。

❷ 見《文藝政策・後記》，《魯迅譯文集》卷六，頁四六七。

論文藝範圍內共產黨的策略。以爲黨應當干預藝術組織，把共產主義
參在藝術的範圍內，因而反對畢力涅克 (Pileniak) 派的文學和一切
非勞動階級的文學。可說是批判了托洛茨基對非共產黨的作家的放任
態度。㉔

　　《納巴斯圖》 (*Na Postu*, 任譯以爲「在前線」之意，一般英
譯則作 *On Guard*) 是文學團體「十月」 (Oktyabr) 的機關雜誌，
「十月」成立於一九二二年，以取代舊有的文學團體 Proletkult (舊
譯「普列」，即「無產階級文化」Proletarian Culture 的簡稱) 。任
譯阿衛巴赫 (L. Averbach) 等八人署名的那篇論文，以爲文藝作品
是政治的武器，黨不應在文藝方面採自由的政策，而要鼓吹革命的文
學，阻止反革命文學的發達。以爲只有「無產階級的文學，可以不偏
不頗地描寫革命的成功和現狀。」㉕ 又批評了有人 (沒有指明托洛茨
基) 不承認有「無產階級的文學」的可能。㉖ 文中對「同路人」的作
品在蘇俄的新聞和雜誌佔優勢這種現象尤爲不滿，所以要求黨的政策
除利用「同路人」外，「還要把他們的作品按馬克思的論理加以嚴屬
的批評。」㉗

　　瓦浪斯基是托洛茨基的擁護者，他在一九二一年創辦雜誌《赤色
新地》 (*Red Virgin Soil*) 並任編輯，至一九二七年止。《赤色新
地》經常刊登「同路人」的作品，因而引起其他無產階級文學團體的
不滿。 任譯瓦浪斯基那篇文章篇幅最長， 開首即說明藝術是認識生

㉔　文章開首即說: 「站到培養共產主義的地位 (託羅斯基 Trotsky 的態
　　度)，左黨可以袖手旁觀任非左黨的作家影響牠的青年和共產靑年會
　　嗎? 」《蘇俄的文藝論戰》，頁一)
㉕　《蘇俄的文藝論戰》，頁十六。
㉖　同上注，頁十五。
㉗　同上注，頁十九。

活,那是從畢林斯基(今譯別林斯基 Belinsky, 1811~1848)到浦力汗諾夫一直採取的主張。跟着便反駁「列夫」派和「納巴斯圖」派的理論。歸根結柢不外是「認識生活」和「創造生活」的爭辯。❷至於「納巴斯圖」派的批評家,瓦浪斯基以為他們只是竭力在文字上裝點「階級」的字眼,而忽略了藝術是認識生活的方法。他反對「納巴斯圖」派那種只以階級的眼光觀察藝術,而忘記「真正的藝術傑作」內所有的那些「共同的和客觀的價值」。❷他引用馬克思主義文藝理論家浦力汗諾夫的意見,認為新文學反對舊文學要有限度,應知何者採取,何者擯斥。而其中一個根本的要求,就是評估某一作品的價值必須依照美學的眼光。❸這顯然是在為「同路人」的作品的藝術價值辯護了。

魯迅譯的《文藝政策》包括三部分,另附錄一篇:

(一)關於對文藝的黨的政策

　　——關於文藝政策的評議會的議事速記錄(一九二四年五月九日)

(二)觀念形態戰線和文學

　　——第一回無產階級作家全聯邦大會的決議(一九二五年一月)

(三)關於文藝領域上的黨的政策

　　——俄羅斯共產黨中央委員會的決議(一九二五年七

---

❷　由於這個問題和「同路人」的論爭不直接關涉,故不詳述。日人中井政喜的〈魯迅と「蘇俄の文藝論戰」に關するノート〉(見《(大分大學)經濟論集》第三十四卷第四、五、六卷合併號,一九八三年一月)一文對任譯各篇文章有相當清楚的介紹,可參看。

❷　《蘇俄的文藝論戰》,頁五一~五二。

❸　同上注,頁五六~五七。

月一日《眞理報》所載)

（四）附錄

　　　　岡澤秀虎：〈以理論爲中心的俄國無產階級文學發達
　　　　　　　　史〉

其中第四篇「附錄」其實是馮雪峯所譯，❸和魯迅最初構想的「附錄」不同。（詳見下文討論）全書以第一部分佔的篇幅最多，原日譯者藏原惟人（一九〇二～？）在〈序言〉中將各種意見歸納爲三派：其一爲瓦浪斯基及托洛茨基（魯迅譯作托羅茲基）的立場；其二爲瓦進（Il. Vardin, 1890～1941）及「那・巴斯圖」（按任國楨前譯作「納巴斯圖」）一派的立場；其三爲布哈林（N. I. Bukharin, 1888～1938）及盧那卡爾斯基的立場。而魯迅在〈後記〉中則說可以約減爲兩派，「即對於階級文藝，一派偏重文藝，如瓦浪斯基等，一派偏重階級，是『那巴斯圖』的人們；布哈林們自然也主張支持無產階級作家，但又以爲最要緊的是有創作。」❸簡言之，則會議中只有兩派的對立，而布哈林、盧那卡爾斯基等人雖屬折衷派，其實還是較傾向偏重文藝的。二十人的發言中，以托洛茨基的最長，也最受魯迅重視。魯迅在一九二八年八月十一日爲《奔流》寫的〈編校後記〉中說：

> 此外，還想將校正《文藝政策》時所想到的說幾句：
> 托羅茲基是博學的，又以雄辯著名，所以他的演說，恰如狂濤，聲勢浩大，噴沫四飛。但那結末的豫想，其實是太過於理想底的——據我個人的意見。因爲那問題的成立，幾乎是並非

---

❸　參《文藝政策・後記》。（《魯迅譯文集》卷六，頁四七〇）而《魯迅著譯系年目錄》（上海：上海文藝出版社，一九八一年）頁一七五誤以爲「署名魯迅譯」，出書前「未另發表」，當改正。

❸　《魯迅譯文集》卷六，頁四六七。

提出而是龔來，不在將來而在當面。文藝應否受黨的嚴緊的指
導的問題，我們且不問；我覺得耐人尋味的，是在「那巴斯
圖」派因怕主義變質而主嚴，托羅茲基因文藝不能孤生而主寬
的問題。許多言辭，其實不過是裝飾的枝葉。這問題看去雖然
簡單，但倘以文藝為政治鬥爭的一翼的時候，是很不容易解決
的。❸

文中所謂「結末」的豫想，是指托洛茨基在發言中重申他在《文學與
革命》一書發表過的意見，否定無產階級文化有成立的可能。關於這
一點，留待下文再討論。盧那卡爾斯基的發言，也是強調藝術的法
則，不主張排斥非無產主義者的作家的。而他和托洛茨基的最大不同
點，則在於無產階級文化的問題，以爲在過渡到共產主義時期的階級
仍可出現無產階級藝術。❸根據魯迅在上述那段〈編校後記〉的意
見，則顯然是傾向於當時蘇聯是有「無產階級文學」的。

　　《文藝政策》中的第二部分是一九二五年一月的第一回無產階級
作家全聯邦大會的決議。大力抨擊維護「同路人」的托洛茨基和瓦浪
斯基。托洛茨基的無產階級文學否定論，也是攻擊焦點之一。但是到
了同年七月，俄羅斯共產黨中央委員會作出決議，即《文藝政策》中
的第三部分，清楚說明「無產階級作家的霸權，現在還未確立」，並
且反對無產階級作家用「輕率的侮蔑底態度」去對待「舊的文化底遺
產和藝術底言語的專家們」——也就是說，對待「同路人」。❸這個
決定是由布哈林起草的。❸所以，到一九二五年爲止，蘇聯方面的文

❸　《全集》卷七，頁一六五。
❸　參《魯迅譯文集》卷六，頁三九七～三九八。
❸　同上注，頁四四〇～四四一。
❸　參 Donald W. *Treadgold, Twentieth Century Russia* (Chicago: Rand McNally, 1959, 1964), p. 247.

藝論爭，是支持「同路人」一方的溫和派獲勝了。

可以這麼說，魯迅除了對「無產階級文學」是否存在這問題在一九二七年之後不再同意托洛茨基的看法外，魯迅徵引托洛茨基的文藝理論時，總是採取肯定的態度的。

三

托洛茨基的名字雖然不是魯迅最早介紹來中國，但把托洛茨基的文藝理論翻譯爲中文，魯迅很可能是最早的一位了。一九二五年四月二十二日出版的《新青年》（季刊）第一號，有瞿秋白寫的一篇〈列寧主義與杜洛茨基主義〉，魯迅在當時可能沒有機會看見。同年十二月十九日和二十一日在北京出版的《晨報副刊》，則連載了徐志摩的一篇〈杜洛斯基〉（按即托洛茨基），文中對這位極有演說天才的政治家大力稱揚，並且節譯了盧那卡爾斯基在一九二三年出版的《革命的剪影》一書中談托洛茨基的一篇文字。盧那卡爾斯基把托洛茨基稱爲俄國革命的第二大領袖，甚至說有些地方還比列寧強。❸ 由於盧那卡爾斯基所論止於一九一七年的材料，❸ 所以並沒有涉及「同路人」和無產階級文學論爭的問題。一九二六年夏，蘇俄有名的文學家畢力湼克（Boris Piliniak, 1894～1937）到中國遊歷，途經北京，離去後魯迅才從韋素園口中知道這回事。魯迅寫的〈馬上日記之二〉，其中

---

❸　見《晨報副刊》一九二五年十二月二十一日，徐志摩譯「盧那卡夫斯奇記杜洛斯奇」，全文可參 Michael Glenny 英譯本 *Revolutionary Silhouettes* (London: Allen Lane, 1967), pp. 59～73.

❸　見盧那卡爾斯基於一九二三年寫的本書《前言》，英譯本 *Revolutionary Silhouettes*, p. 33.

有一節便由畢力涅克說到蘇俄文藝界的情況：

> 畢力涅克卻是蘇聯的作家，但據他自傳，從革命的第一年起，
> 就為著買麵包粉忙了一年多。以後，便做小說，還吸過魚油，
> 這種生活，在中國大概便是整日叫窮的文學家也未必夢想到。
> 他的名字，任國楨君輯譯的《蘇俄的文藝論戰》裏是出現過
> 的，作品的譯本卻一點也沒有。日本有一本《伊凡和馬里》
> (*Ivan and Maria*)，格式很特別，……
> 還有，在中國，姓名僅僅一見於《蘇俄的文藝論戰》裏的里培
> 進司基 (U. Libedinsky)，日本卻也有他的小說譯出了，名
> 曰《一周間》。他們的介紹之速而且多實在可駭。……
> 但據《伊凡和馬理》的譯者尾瀨敬止氏說，則作者的意思，是
> 以為「頻果的花，在舊院落中也開放，大地存在間，總是開
> 放」的。那麼，他還是不免於念舊。然而他眼見，身歷了革命
> 了，知道這裏面有破壞，有流血，有矛盾，但也並非無創造，
> 所以他決沒有絕望之心。這正是革命時代的活著的人的心。詩
> 人勃洛克 (Alexander Block) 也如此。他們自然是蘇聯的詩
> 人，但若用了純馬克斯流的眼光來批評，當然也還是很有可議
> 的處所，不過我覺得托羅兹基 (Trotsky) 的文藝批評，倒還
> 不至於如此森嚴。❸

魯迅於此寧取托洛茨基的文藝批評，而以為用「純馬克斯流的眼光」
來批評畢力涅克和勃洛克等人的作品，未免過於「森嚴」，那顯然是
指任國楨的《蘇俄的文藝論戰》中所譯載的「納巴斯圖」派一類的批

---

❸　《全集》卷三，頁三四二～三四三。

評。（〈馬上日記之二〉中提到的里培進司基，則是屬於「納巴斯圖」派的。）而王觀泉在《魯迅筆下的托洛斯基只是文評家》一文中卻結合到當時中國的情形來說，以為「這是與當時已經產生的極左批評觀對進步文學界所帶來的不良影響有關聯。」❹ 那是不符事實的。

《文學與革命》的第二章是〈十月革命底文學「同路人」〉，文中說：

> 介於在反覆或沉默中消逝的資產階級的藝術，與尚未誕生的新藝術之間，創造出了一種過渡的藝術，牠多少和革命有機地相連，但同時又不是革命底藝術。❹

在列舉了一串代表這種藝術的作家之後 —— 其中包括畢力涅克、「舍拉皮翁兄弟」派 (Serapion Fraternity) 和葉遂寧 (Yessenin, 1895～1925) ——托洛茨基繼續說：

> 他們底文學和精神的前線，是被革命，被革命底提著了他們的那一角所造成，並且他們都接受了革命，各人以他自己的方法。但是在這些個人的接受中，有一種特徵把他們從共產主義截然分開，並且時常有使他們與之反對的形勢。他們不整個地了解革命，並且共產黨的理想對於他們是生疏的。他們都多少愛邁過勞動者底頭，懷著希望注視農民。他們不是無產階級革命底藝術家，不過是牠底藝術的「同路人」。❹

---

❹　《魯迅研究》雙月刊，一九八四年第三期，頁二二。

❹　韋素園、李霽野譯《文學與革命》，北京：未名社，一九二八年，頁六七。

❹　同上注，頁六八。

在這章裏有一節專論畢力涅克，以為他是一個寫實主義者，而且是一位傑出的觀察家。不過題材偏於一隅，多半選取鄉鎮的革命，沒有找出革命的中樞：

> 時常畢力涅克〔按：韋素園、李霽野譯本原作皮涅克〕恭敬地從共產黨旁過去，有一點冷然，有時甚至帶著同情，但是他從他旁邊過去了。你不大在畢力涅克中找到一個革命的勞動者，更重要的是，作者不用並且也不能用後者底眼睛，去看發生著的事情。❹

托洛茨基又批評畢力涅克的文體，因為常常有所模倣而令人厭煩。但總的來說，托洛茨基認為畢力涅克是有天才的，要祝他成功。

至於勃洛克，托洛茨基以為也是一個「同路人」，並且專闢一章討論。魯迅在一九二六年七月二十一日寫的〈《十二個》後記〉，對於勃洛克的評價，是完全依據托洛茨基的。魯迅直接引用了《文學與革命》中的話，說勃洛克因寫了《十二個》而「在十月革命的舞臺上登場了」。他在革命的俄國中，傾聽「咆哮獰猛，吐著長太息的破壞的音樂」。寫出「時代的最重要作品」，但篇末出現耶穌基督，戴著白玫瑰花圈在十二個赤軍之前拿著紅旗行走，所以還不是革命的詩。勃洛克究竟不是新興的革命詩人，而是如托洛茨基所說的「向著我們這邊突進了。突進而受傷了。」❹ 魯迅在〈後記〉中又說：

---

❹ 同上注，頁一〇五。
❹ 〈《十二個》後記〉其後收入《集外集拾遺》，（見《全集》卷七，頁二九八～三〇二）文中所引托洛茨基的話，均見於魯迅所譯《勃洛克論》。（《抖擻》第四十六期〔一九八一年九月〕曾將全部譯文轉載。）

前面的〈勃洛克論〉〔按：指《十二個》中譯本前的一篇〈亞
歷山大・勃洛克〉〕是我譯添的，是《文學與革命》（*Liter-
atura i Revolutzia*）的第三章，從茂森唯士氏的日本文譯本
重譯；韋素園君又給對校原文，增改了許多。

在中國人的心目中，大概還以為托羅茲基是一個唔鳴叱咤的革
命家和武人，但看他這篇，便知道他也是一個深解文藝的批評
者。㊺

以托洛茨基爲「深解文藝的批評者」，則純馬克斯流的「那巴斯圖」
派對「同路人」森嚴的批評，在魯迅看來，自然是對文藝批評沒有甚
麼興會的了。㊻

　　從那時候開始，魯迅便留心「同路人」的作品，並且陸續從日文
重譯爲中文，其後匯合成集的有《竪琴》（一九三三年一月出版）和
《一天的工作》（一九三三年三月出版）開首的兩篇。㊼

四

　　如果說，一九二六年魯迅迷上了托洛茨基的《文學與革命》，我

㊺　《全集》卷七，頁三〇一。
㊻　按《文學與革命》第七章《共產黨對藝術的政策》開首說：「文學中有
　　些馬克斯主義者，他們對於未來主義者，『舍拉皮翁兄弟』派，意像主
　　義者和所有同路人全體，無論成羣地或獨自地，都採取一種傲慢的態
　　度。因此毀謗皮涅克成爲煞有介事似的。」亦可作爲托洛茨基的批評沒
　　有「純馬克斯流」那麼森嚴的註腳。
㊼　《竪琴》和《一天的工作》所收的都是短篇小說，所譯中篇小說《十
　　月》，當時曾獨立出版。另有三篇短篇小說和一篇雜文，則在魯迅死後
　　編入《譯叢補》。詳見下文討論。

想也不太過。因為在寫〈馬上日記之二〉、〈《十二個》後記〉之前，他在三月十二日寫了一篇〈中山先生逝世後一周年〉，竟用托洛茨基的文藝理論去證明孫中山先生是一個完全的革命者：

> 他〔按：指孫中山先生〕是一個全體，永遠的革命者。無論所做的那一件，全都是革命。無論後人如何吹求他，冷落他，他終於全都是革命。
>
> 為甚麼呢？托洛斯基曾經說明過甚麼是革命藝術。是：即使主題不談革命，而有從革命所發生的新事物藏在裏面的意識一貫著者是；否則，即使以革命為主題，也不是革命藝術。中山先生逝世已經一年了，「革命尚未成功」，僅在這樣的環境中作一個紀念。❹❽

文中所述托洛斯基的話，可能是《文學與革命》第八章〈革命的與社會主義的藝術〉開首一段文字的引申：

> 當人說革命的藝術時，是說兩種藝術現象：主題反映革命的作品，和那些主題並不與革命相連，但卻澈底地為革命所煊染，而且被由革命而生的新意識著了色的作品。這些十分顯然是，或可以是屬於完全不同種類的現象。❹❾

不過托洛茨基跟著舉了Ａ・托爾斯泰（Alexey Tolstoi, 1882～1945）和吉洪諾夫（Tikhonov, 1896～?）的作品為例，說前者雖然描寫了

---

❹❽　《全集》卷七，頁二九四。

❹❾　同註❹❶，頁三〇一。

戰爭和革命時期，但仍擺脫不了 Yasnaya Polyana（按：此爲大小說家老托爾斯泰〔Leo Tolstoi, 1828～1910〕居住和寫作之處）一派的影響，而後者不描寫革命而描寫一家小小雜貨店，卻從中看見只有被新時代底機動力所創造的詩人纔能作出的描寫。不過托洛茨基並不承認這些就是革命藝術。❺ 因爲革命所創造的藝術家們，不得不談到革命；而充滿了要談論革命的大願望的藝術，便不得不拋棄 Yasnaya Polyana 的觀點。所以他說：

> 還沒有革命的藝術。有此種藝術的元素，有暗示，有對牠的嘗
> 試，而且最重要的，是有革命的人，他在照自己的樣子造成新
> 世代，而且逐漸更需要這種藝術。❺

可見托洛茨基對「革命的藝術」的界定和一般廣義的用法不同。魯迅引申了托洛茨基的說法，旨在證明只要是革命者，則凡所做的事雖然表面未必直接和革命有關，只要有「從革命所發生的新事物藏在裏面的意識一貫著」，也便是革命。這種廣義的解釋，雖託名引證自托洛茨基，其實和後者的看法是不大相同的。

　　關於革命和文學的關係，魯迅在〈馬上日記之二〉中說過：

> 革命時代總要有許多文藝家萎黃，有許多文藝家向新的山崩地
> 塌般的大波沖進去，乃仍被吞沒，或者受傷。被吞沒的消滅
> 了；受傷的生活著，開拓著自己的生活，唱著苦痛和愉悅之

---

❺　按托洛茨基在《文學與革命》一書中是把吉洪諾夫（Tikhonov）歸入
　　革命的「同路人」的。Ａ·托爾斯泰於十月革命後曾流亡海外，至一九
　　二三年始返蘇聯。

❺　同注❹，頁三○二。

歌。待到這些逝去了，於是現出一個較新的時代，產出更新的
文藝來。

中國自民元革命以來，所謂文藝家，沒有萎黃的，也沒有受傷
的，自然更沒有消滅，也沒有苦痛和愉悅之歌。這就是因為沒
有新的山崩地塌般的大波，也就是因為沒有革命。**⑤**

一九二六年九月，魯迅離開了由北洋軍閥統治的北京，到了廈門。那
時國民黨正在進行「北伐」，魯迅經常帶著興奮的心情給許廣平寫信
談論北伐勝利的消息。**⑤** 一九二七年一月，魯迅帶著中山大學寄來的
聘書，離開了他比喻為孤島的廈門大學，到了「革命的策源地」廣州
去了。是年四月八日，魯迅在黃埔軍官學校演講，題目是〈革命時代
的文學〉，（見《而已集》）其中的論點，有些地方顯然是受了托洛
茨基《文學與革命》一書的影響。**⑤** 魯迅說：

在這革命地方的文學家，恐怕總喜歡說文學和革命是大有關係
的，例如可以用這來宣傳，鼓吹，煽動，促進革命和完成革
命。不過我想，這樣的文章是無力的，因為好的文藝作品，向
來多是不受別人命令，不顧利害，自然而然地從心中流露的東

---

⑤ 《全集》卷三，頁三四三。
⑤ 詳可參《兩地書》中一九二六年九月三十日、十月十日、十月十五日、
十月二十日、十月二十三日、十一月八日、十一月九日魯迅給許廣平的
信。尤其是十月十日的那封信，對國民黨極表好感。不過這種好感在魯
迅到達廣州後不久便幻滅了。
⑤ 只要參看本文注**⑰**，便可知道魯迅那時正在書信中與李霽野討論有關翻
譯托洛茨基這本文學批評的事。又惠泉（王凡西）翻譯的《文學與革
命》（信達出版社，一九七一年），前有譯者的《小序》，提到魯迅
這篇演講其中論點「幾乎全部與托氏在《文學與革命》中所闡明者相吻
合。」我想頗有誇大之嫌。

西；如果先掛起一個題目，做起文章來，那又何異於八股，在
文學中並無價值，更說不到能否感動人了。為革命起見，要有
「革命人」，「革命文學」倒無須急急，革命人做出東西來，
才是革命文學。❺❺

而托洛茨基則說：

我們馬克斯主義者對於藝術底社會的功利性，與客觀的社會的
依賴性的觀念，當翻譯成政治文字的時候，一點也不是要以訓
諭和命令管轄藝術之意。說我們僅把說著勞動者的藝術，看為
新的和革命的藝術，是不真確的，說我們要索詩人們應該無可
避免地描寫工廠的煙突，或反對資本的起事，是胡說！自然新
藝術不能不把無產階級底鬥爭放在牠底注意底中心。但是新藝
術的犁，不是限制在有數的長條中的。反之，牠必須在所有方
向犁整個的田地。屬於很少範圍的個人的抒情詩，有絕對的權
利在新藝術之中存在。❺❻

又說：

藝術必須開闢自己的道路，並且用自己的方法。馬克斯的方法
是不和藝術的方法相同的。⋯⋯藝術領域不是要黨去命令的領
域。❺❼

---

❺❺ 《全集》卷三，頁四一八。
❺❻ 《文學與革命》，頁二二五。
❺❼ 同上注，頁二八八。

而托洛茨基在本書的〈引言〉則說：

> 假如勝利的俄國無產階級不曾創立自己的軍隊，勞動者底國家
> 許早就死了，那我們現在不會想著經濟問題，更不會想著知識
> 和文化問題了。
>
> ……
>
> 革命推翻了資產階級，並且這種決定的事實突入到文學中。**⑱**

兩人的論調，若就上述的文字比較，自然不盡相似，但是他們都傾向
於先有革命後有革命文學，而且都強調文學的領域是不受命令的。魯
迅更進一步懷疑當時中國的所謂革命文學是否眞的具有促進革命和完
成革命的力量。魯迅恐怕是礙於形勢，不便正面說當時還談不上「革
命時代的文學」，不過文中已隱約露出他的微詞，說「中國革命對於
社會沒有多大的改變，……廣東仍然是十年前底廣東。」**⑲** 至於工會
的參加遊行，「也不過是奉旨革命」**⑳**，而不是因受壓逼而反抗。中
國社會既然沒有改變，也就是沒有革命，遑論革命文學！**㉑** 魯迅大抵

---

⑱ 同上注，頁一、三。

⑲ 《全集》卷三，頁四二一。

⑳ 同上注。

㉑ 魯迅在一九二七年十月離開廣州，到了上海。同年十二月二十四日寫成
《文藝和革命》一文，（見《而已集》）說得更明白了：
> 喜歡維持文藝的人們，每在革命的地方，便愛說「文藝是革命的先驅」。
> 我覺得這很可疑。或者外國是如此的罷；中國自有其特別國情，應該在例外。
> （《全集》卷三，頁五五九）
其中「文藝是革命的先驅」一語，大概是針對郭沫若而發，郭沫若在《
革命與文學》（一九二六年四月十三日寫於廣州，發表於同年五月十六
日的《創造月刊》第一卷第三期，比魯迅的《革命時代的文學》先一年
寫成。）一文中說：
> 文學是永遠革命的，眞正的文學是只有革命文學的一種。所以眞正的文學永遠
> 是革命的前驅，而革命的時期中總會有一個文學的黃金時代出現。（《「革命
（文轉下頁）

以爲只有蘇俄的革命才配稱得上革命，在中國卻沒有。魯迅把大革命和文學的相互關係分爲三個時期。一爲大革命之前，文學每帶有反抗、憤怒之音。二爲大革命的時代，因爲忙於革命，文學便只好暫時沉寂。三爲大革命成功之後，出現兩種文學：對舊制度挽歌，對新制度謳歌。魯迅以爲當時中國並沒有這兩種文學，在蘇俄卻已產生了。❷魯迅又說：

> 他們〔按：指蘇俄〕的舊文學家逃亡國外，所作的文學，多是吊亡挽舊的哀詞；新文學則正在努力向前走，偉大的作品雖然還沒有，但是新作品已不少，他們已經離開怒吼時期而過渡到謳歌的時期了。讚美建設是革命進行以後的影響，再往後去的情形怎樣，現在不得而知，但推想起來，大約是平民文學罷，因爲平民的世界，是革命的結果。
>
> 現在中國自然沒有平民文學，世界上也還沒有平民文學，……現在的文學家都是讀書人，如果工人農民不解放，工人農民的思想，仍是讀書人的思想，必待工人農民得到眞正的解放，然後才有眞正的平民文學。有些人說：「中國已有平民文學」，其實這是不對的。❸

（文接上頁）

文學」論爭資料選編》，北京：人民文學出版社，一九八一年，頁六）

魯迅不但懷疑當時的所謂革命文學，而且在分析革命與文學的關係時說：

> 到了大革命的時代，文學沒有了，沒有聲音了，因爲大家受革命潮流的鼓蕩，大家由呼喊而轉入着行動，大家忙着革命，沒有閒空談文學了。（《革命時代的文學》，《全集》卷三，頁四一九）

處處顯得與郭沫若唱反調。

❷ 參《全集》卷三，頁四一九～四二一。

❸ 《全集》卷三，頁四二一～四二二。

魯迅這番話，是在國民黨「清黨」前說的，當時的國民黨仍在標榜「聯俄、容共、扶助農工」。而引文提到的「平民文學」，我們很容易看出那是「無產階級文學」的化名。魯迅說世界上也還沒有平民文學，顯然是不把蘇俄那些謳歌革命、讚美建設的作品當作是「平民文學」，雖然有不少是出自無產階級出身的作家之手。在這問題上魯迅部分承襲了托洛茨基的觀點。托洛茨基是不承認有「無產階級藝術」存在的可能的，《文學與革命》第六章〈無產階級的文化與無產階級的藝術〉有詳細的論述，其中說：

> 人不能將文化底概念化為個人日常生活底小改變，並且不能憑各個發明家或詩人底無產階級的通行證，去決定一種階級文化底成功。文化是知識與能力底有機的總和，牠表現全社會底，或至少牠底統治階級底特性。牠擁抱並透入人類工作底各方面，而且把牠們聯合成一種系統。個人的收穫超越這個水平線，並且漸漸提高牠。
>
> 這樣有機的相互關係，在我們現日的無產階級的詩歌與勞動階級底全體文化工作之間存在嗎？完全顯然的是不存在。各個勞動者或勞動者羣體，在開展與資產的知識階級所創造的藝術接觸，並且目前以十分折衷的態度在運用牠底技術。但是是為著要表現他們自己的內在的無產階級的世界嗎？事實是，遠不如此。無產階級詩人底作品缺少一種有機的性質，這個只有藉著藝術與一般文化發展之間的深微的相互動作才能發生。我們有天才的與能才的無產階級者底文學作品，但這不是無產階級的文學。不過，牠們可以證明為牠底源原之一就是了。[64]

---

[64] 《文學與革命》，頁二六四～二六五。

而在第八章〈革命的社會主義藝術〉中又說:

> 還沒有革命的藝術。有此種藝術底元素,有暗示,有對牠的嘗
> 試,而且最重要的,是有革命的人,他在照自己的樣子造成新
> 世代,而且逐漸更需要這種藝術。這種藝術要清楚地顯出自身
> 得多長時期呢?這連猜想也是難的,因為這歷程是不明確的,
> 不可估計的,……
> 不可免地反映革命的社會系統中的一切矛盾的那種革命的藝
> 術,不應當和社會主義的藝術相混,對於後者,連基礎還沒有
> 打哩。反之,人不應忘記,社會主義的藝術,是將要從這種過
> 渡時代底藝術中產生的。❻❺

魯迅說「世界上也還沒有平民文學」,於此我們可以獲得註腳。此
外,魯迅又說:

> 自然也有人以為文學於革命是有偉力的, 但我個人總覺得懷
> 疑,文學總是一種餘裕的產物,可以表示一民族的文化,倒是
> 眞的。❻❻

而托洛茨基則說:

> 文化靠經濟底汁液而生活, 並且物質的富餘是必需的, 要這

---

❻❺ 同上注,頁三○二~三○三。
❻❻ 《全集》卷三,頁四二三。

樣，文化才可以生長，發展，而且變為精緻。……藝術需要舒服，甚至需要豐富。❻❼

兩者也有相通的地方，雖然文學要有餘裕一類的觀念，夏目漱石早已說過了。❻❽

　　現在回過來說托洛茨基否定無產階級的文化有存在可能的論點。《文學與革命》第六章有如下的話：

　　無產階級將來有足夠的時間創造一種「無產階級的」文化嗎？和奴隸主有者，封建的地主，與資產階級底統治制度相反，無產階級把牠底專政看為一種短促的過渡時期。我們願意放棄那關於過渡到社會主義的太樂觀的意見時，我們指出普及世界的社會革命時期，將不止延續幾月或幾年，而是幾十年——幾十年，卻不是幾世紀，而且一定不是千萬年。無產階級能在這時候創造一種新文化嗎？懷疑這個是合理的，因為社會革命的年

---

❻❼　《文學與革命》，頁二。

❻❽　一九二七年出版的《現代日本小說集》，除收魯迅所譯小說十一篇外，並有《關於作者的說明》六則。在介紹夏目漱石時，特別指出他的主張是所謂「低徊趣味」，又稱「有餘裕的文學」。（《魯迅譯文集》卷一，頁五七一）不過在〈革命時代的文學〉一文中，魯迅絕對沒有強調低徊趣味，只是說大革命到來時，大家忙於革命，無暇再講文學。與托洛茨基說在革命的過渡期無產階級因忙於政治的鬥爭，不能建設本階級的文學，實有共通之處。而在一九二七年末寫的〈在鐘樓上——夜記之二〉則說：「有人說，文化之興，須有餘裕。」（《全集》卷四，頁三五）那顯然是指托洛茨基而非夏目漱石了。雖然同一文章接著自比閒人，那只是針對成仿吾的批評（見所作〈完成我們的文學革命〉，一九二七年一月十六日《洪水》半月刊第三卷第二五期，現收《「革命文學」論爭資料選編》，頁二〇。）而發，決非在提倡夏目漱石的「低徊趣味」。

代要成為凶猛的階級鬥爭的年代，在這裏破壞要比新建設佔的地位多。無論怎樣，無產階級自身底精力，將要多半費在征服權力，保持並且加強權力，及將牠用之於生存和更進的鬥爭底最迫切的需要上。當這革命的時期，無產階級無論怎樣要達到牠底最高的緊張，及其階級性之最充分的顯露，並且有計畫的，文化的改造底可能性，將要被限制在這樣窄狹的範圍中。反之，當新統治制度要逐漸更沒有政治與軍事的意外，環境要變得更宜於新文化底創造時，無產階級便要逐漸更消鎔在社會主義的社會中，並使自身脫離階級的特性，而且因此不再成為無產階級了。換句話說，在專政時期，是談不到一種新文化底創造的，即在廣大的歷史的尺度上的建設的。當歷史中無雙的專政鐵拳成為不必需時要開始的文化改造，將要沒有階級性。這似乎要引向一種結論： 沒有無產階級的文化，將來也決不會有；並且實在沒有惋惜這個的理由。無產階級獲得權力，為要永遠取消階級的文化，並且為人的文化開闢道路。**⑲**
· · · ·

托洛茨基因為相信無產階級專政很快便會過渡到社會主義的社會，其間不過幾十年光景，由於「階級鬥爭」激烈，無產階級不可能在這過渡時期建立本階級的文化。到了社會主義時期，無產階級要使自身脫離階級的特性，不再成為無產階級了。那時締造的文化，將會是超階級的「人的文化」。在魯迅的所有文章裏，我們看不見有接受無產階級文學不可能存在的傾向。**⑳**到一九二八年翻譯《蘇俄的文藝政策》

---

⑲　《文學與革命》，頁二四五～二四六。

⑳　在《革命時代的文學》裏，魯迅是把讀書人的思想和得到真正解放的工人、農民的思想對立起來的。所以表達得到真正解放的工人、農民的思
（文轉下頁）

時，魯迅的意見是以爲托洛茨基這樣的「豫想」是「太過於理想底的」了。❼ 而且說無產階級文學是否成立的問題，「幾乎是並非提出而是襲來，不在將來而在當面。」❼ 應該理解爲魯迅認識到蘇聯已有切實的無產階級文學了。

經過一年多的時間，魯迅由不認爲十月革命後蘇聯那些「謳歌革命」的作品是「平民文學」到認同蘇聯已有「無產階級文學」，那轉變的原因，自然是由於翻譯《文藝政策》，由此而了解到「那巴斯圖」派以外的一些反對托洛茨基的意見（如盧那卡爾斯基，如布哈林），因而修正了對無產階級文學是否存在這問題的看法。

五

從一九二八年開始在《奔流》上譯載《蘇俄的文藝政策》，至一九三〇年出版成書（書名只作《文藝政策》），這期間魯迅基本上仍是佩服托洛茨基的。一九二八年與「革命文學家」論戰的時候，魯迅曾經兩次引用托洛茨基的話，其一見於〈我的態度氣量和年紀〉：

> 托羅兹基雖然已經「沒落」，但他曾說，不含利害關係的文

（文接上頁）

想的文學，即「平民文學」，是不可能超階級的。也就是說，魯迅的所謂「平民文學」，不可能是指托洛茨基所說的在將來社會主義社會裏「超階級」的人的文學或文化。到了一九二八年，魯迅轉而傾向接受當時蘇聯已有「無產階級文學」（即「平民文學」）而又同時接受托洛茨基所說的「不含利害關係的文章，當在將來另一制度的社會裏。」（見〈我的態度氣量和年紀〉，《全集》卷四，頁一一二）。

❼ 同❸。
❼ 同❸。

章，當在將來另一制度的社會裏。我以為他這話卻還是對的。
73

其二見於〈文學的階級性〉：

> 來信的「吃飯睡覺」的比喻，雖然不過是講笑話，但脫羅茲基
> 曾以對於「死之恐怖」為古今人所共同，來說明文學中有不帶
> 階級性的分子，那方法其實是差不多的。**74**

一九八一年版十六卷本《魯迅全集》的有關注釋，以為上列兩段魯迅
引述托洛茨基的話，都見於《文學與革命》第八章〈革命的與社會主
義的藝術〉，不過第二篇的並不正確。其實關於「死之恐怖」一段文
字，並不見於該書第八章，而是見於魯迅當時正在翻譯的《蘇俄的文
藝政策》中托洛茨基的發言。**75** 魯迅在〈《奔流》編校後記〉中盛
讚托洛茨基博學雄辯，於上述兩文則視之為唯物史觀文藝批評家來徵
引，毫不因為政治的「沒落」而削減其權威性。**76** 魯迅由於原有的日
譯本《文學與革命》留在北京沒有帶出，這年二月便在上海的內山書
店另購一本；**77** 而韋、李二人合譯的中譯本也在這年春天由未名社出
版了。

此外魯迅在一九二九年又翻譯了日本片上伸（一八八四～一九二
八）作的《現代新興文學諸問題》，同年四月由大江書鋪出版，前此

---

73 《全集》卷四，頁一一二。
74 《全集》卷四，頁一二七。
75 《魯迅譯文集》卷六，頁三六九～三七〇。
76 按托洛茨基於一九二七年十一月被驅逐出黨，一九二八年一月被流放到
土耳其。
77 參《魯迅日記》一九二八年二月二十三日所記。

未另發表。片上伸這篇論文原作於一九二六年，其中第二至第四節主要是介紹托洛茨基否定無產階級文學文化的成立的論點和反對一方瑪易斯基（按：即 Maisky〔一八八四~？〕，曾任駐日蘇聯大使館參贊）的意見。作者以爲在參加蘇俄無產階級文學論爭的人當中，托洛茨基的主張在日本是「被看作屬於右傾派的」，❼❽ 文中對托洛茨基則仍表示相當的敬意：

> 否定無產階級文化的成立的托羅玆基之論的第二的要點，是說，無產階級作爲一個階級而存在的過渡期，旣然比較底短了，加以在這短期之間，又必須爲激烈的階級鬥爭而戰鬥，這時候，較之新的建設，是不得不多做舊時代的破壞的，所以也就到底不暇造就自己的階級的文化了。這說法，是頗爲得當的。❼❾

但作者本人則以爲這過渡期文化也就是革命文化，就這種文化建設者所屬的階級來說，也就是無產階級文化。至於關係到這次文學論爭的另一重要問題，就是如何對待「革命同路人」的問題，這篇論文則沒有討論。

這裏要附帶說明一下《蘇俄的文藝政策》的〈附錄〉。根據《奔流》的〈編校後記〉，魯迅最初的構想，〈附錄〉原定四篇，其中兩篇是盧那卡爾斯基的〈蘇維埃國家與藝術〉和〈關於科學底文藝批評之任務的提要〉，一篇是 Maisky 的〈文化、文學和黨〉。❽❿ 盧那卡

---

❼❽　《魯迅譯文集》卷五，頁三六四。
❼❾　同上注，頁三七○。
❽❿　〈《奔流》編校後記〉（十二），《全集》卷七，頁一九三。

爾斯基的兩篇已收入一九二九年十月出版的《文藝與批評》中，**⑧** 而 Maisky 一文則始終沒有譯出。到一九三〇年《文藝政策》出書時，〈附錄〉卻變成只有馮雪峯譯岡澤秀虎（一九〇二～一九三七）的一篇〈以理論爲中心的俄國無產階級文學發達史〉了。盧那卡爾斯基的〈蘇維埃國家與藝術〉一文作於一九一九年末。魯迅的翻譯曾在《奔流》上作爲「《文藝政策》——附錄（一）」刊載。**⑧** 通過本文，我們知道當時盧那卡爾斯基是擁護 Prolecult 的。文中沒有提到托洛茨基的名字，但在批評那些反對者中可能有托洛茨基的影子。**⑧** 至於〈關於科學底文藝批評之任務的提要〉（按：收在《文藝與批評》中的題目，「科學底文藝批評」已改爲「馬克斯主義文藝批評」）一文則原作於一九二八年，魯迅以爲收在《文藝與批評》的六篇論文中「最要緊」的是這一篇，「凡要略知新的批評者，都非細看不可。」**⑧** 那內容，不外援引蒲力汗諾夫的理論，將文學批評視爲文學的社會學，並且提出批評家不但要做作家的教師，還要做讀者的教師。和本文要討論的主題不相涉，故不在這裏討論。至於 Maisky 那篇〈文化、文學和黨〉（O Kulture, Literature i Komunisticheskoi partii），原作於一九二四年，**⑧** 魯迅雖然沒有譯出，但魯迅當時所譯的另一篇文章，即片上伸的〈現代新興文學諸問題〉，則有大量援引，那是對

⑧　現收《魯迅譯文集》卷六，而〈關於科學底文藝批評之任務的提要〉一文的題目則改爲〈關於馬克斯主義文藝批評之任務的提要〉。

⑧　載一九二九年五月二十日及十二月二十日《奔流》第二卷第一、第五期。

⑧　按當時列寧對無產階級文化問題所持的態度其實和托洛茨基相接近。並不如盧那卡爾斯基般支持 Proletkult。詳見Herman Ermolaev, *Soviet Literary Theories 1917～1934: The Genesis of Socialist Realism* (Berkeley: University of California Press, 1963), pp. 9～19.

⑧　《文藝與批評·譯者附記》，《魯迅譯文集》卷六，頁三〇七。

⑧　參考 Marián Gálik, *The Genesis of Modern Chinese Literary Criticism (1917～1930)*, p. 272.

托洛茨基無產階級文化否定論的反駁。**⑯** 不過我們若看以書的形式出現的《文藝政策》，那唯一的〈附錄〉——岡澤秀虎的〈以理論為中心的俄國無產階級文學發達史〉——是沒有提及 Maisky 那樣強而有力的反駁的。這篇〈附錄〉有一段很值得注意的話：

> 呼應著「十月」一派底攻擊，為了同路人而力說著他們底偉大的社會的意義者，是托羅兹基和瓦浪斯基。尤其作為《赤色新地》底編輯者直接看見了「十月」一派底煩厭的瓦浪斯基，是立在「十月」底陣前大大地奮戰著的。這兩派底論戰是蘇聯文藝批評史上最可注意的東西，在這裏提出了許多重要的文藝問題。做同路人擁護底理論之根柢者，是托羅兹基底無產階級文化否定論。然而他們總之是無產階級所產生的文學（他們稱這種為革命文學）底熱心的同情者。只是不做象「立在前哨」〔按：即「那巴斯圖」，「十月」一派於一九二三年開始發行的機關雜誌〕一派那樣極端的支持罷了。公平地看來，他們底理論呈示著比「立在前哨」一派底理論更深刻得多的文藝本身（文藝底特殊性）底理解。**⑰**

---

⑯ 片上伸沒有提到瑪易斯基（Maisky）那篇文章的名稱，但用注說明那篇文章發表在一九二四年第三號的《星》雜誌上。（見《魯迅譯文集》卷五，頁三六六）以是知即為《文化、文學和黨》一文。又 P. S. Kogan（1872～1932）的 *Proletarskaia Literatura*（一九二六年出版，沈端先中譯本題作《新興文學論》，一九二九年十一月南強書局出版）最後一章對 Maisky 此文的徵引尤詳，（見沈譯本頁三二六～三四〇）可參看。查《魯迅日記》一九二八年所附書帳，知在五月一日自內山書店購入「プロレタリセ文學論一本」，疑即 P. S. Kogan 此書的日譯本。（據沈譯本的〈譯者贅語〉，知所據以翻譯的日文本原名《普洛列塔利亞文學論》。）

⑰ 《魯迅譯文集》卷六，頁四六一～四六二。

文中推崇托洛茨基之意是明白不過的。雖然作者使用了無產階級文學
這名目。

　　馮雪峯這篇翻譯在未收入一九三〇年六月由水沫書店出版的《文
藝政策》作〈附錄〉前，原在同年四月十日上海神州國光社出版的《
文藝講座》第一冊上登載。在中國，那時無產階級文學又叫做「新興
文學」。一九三〇年三月出版的第二卷第三期《大眾文藝》（陶晶孫
主編），是「新興文學專號」，載有祝秀俠（一九〇六～？）〈新興
文學批評觀的一斑〉一文，其中談到托洛茨基（文中作托洛斯基），
卻把托洛茨基稱爲「同路人」，❽並說「托洛茨基的文學見解，是和
黨的一貫文藝政策分歧的。」❾文中除了批評托洛茨基根本否定無產
階級文學這名詞的存在外，又把托洛茨基對「同路人」的批評當作托
洛茨基自己的主張。這篇謬誤百出的文章，自然不能引起新文學史家
的興趣。倒是一九三三年祝秀俠以首甲的筆名，與方萌等人發表〈對
魯迅先生的《辱罵和恐嚇決不是戰鬥》有言〉一文，成了研究魯迅與
左聯中人關係惡化這段公案中值得注意的文獻。❿那表面的原因，是
由於芸生發表〈漢奸的供狀〉一詩，「辱罵」和「恐嚇」被視爲「托
派」的胡秋原（一九一〇～）而起的，下文還要再談。這裏要指出的
是，在一九二八年中國關於革命文藝的論戰裏，胡秋原曾以冰禪爲筆
名發表過一篇《革命文學問題》，文中大引托洛茨基，論點和魯迅相
當接近。李何林在編《中國文藝論戰》時是將冰禪和魯迅一樣歸到「
語絲派」中去的。⓫

---

❽　《大眾文藝》第二卷第三期，頁六一〇。（見《中國現代文學史資料》
　　日本：大安株式會社，一九六八年，卷五，頁二七八）。
❾　同上注。
❿　文見《魯迅研究學術論著資料匯編》卷一，頁七六七～七六九。原來發
　　表於一九三三年二月二日《現代文化》（月刊）第一卷第二期。
⓫　冰禪一文見《中國文藝論戰》，上海：北新書局，一九三〇年，頁四二
　　～六二。

從一九二八年到一九二九年這兩年的時間裏，魯迅翻譯了七篇蘇聯短篇小說，都是「同路人」的作品，此外又於一九二九年開始翻譯「同路人」雅各武萊夫 (A. Yakovlev, 1886～1953) 的中篇小說〈十月〉。魯迅翻譯蘇聯的無產者文學，要到一九三○年才開始，首先著手的便是法兌耶夫 (A. Fadeyev, 通譯法捷耶夫，一九○一～一九五六) 的長篇小說〈潰滅〉，之後又陸續翻譯了一些無產者作家和「同路人」的短篇小說，收入一九三三年一月出版的《豎琴》和同年三月出版的《一天的工作》裏。兩書均由魯迅編訂，同時也收錄了少量別人的翻譯。魯迅爲這兩輯翻譯寫的〈前記〉和〈後記〉，對研究魯迅對蘇聯的「同路人」和無產者的文學的評價極爲重要。也許是所選的作品每一作家以一篇爲限，所以魯迅前此翻譯的另外三篇「同路人」的作品沒有收入。❷

細讀《豎琴》、《一天的工作》兩書的〈前記〉和〈後記〉，不難發現魯迅對「同路人」的評價，除了明確指出「同路人」的名稱源自支持他們的托洛茨基外，並沒有再引用托洛茨基的一言半語。而魯迅所大量援引的，則是戈庚 (P. S. Kogan, 1872～1932，魯迅或譯作珂剛、珂干) 寫於一九二七年的文學論著《偉大的十年的文學》。十月革命後戈庚任莫斯科大學教授，著述豐富。若說由於戈庚的書是魯迅當時所見討論蘇聯文學最爲精細詳明的，接受權威的意見，大加徵引，自無不可。所可驚異的，是魯迅對所譯畢力涅克〈苦蓬〉這篇小說的寫作技巧的評價，在一九二九年時雖然以爲「非常卓拔」，❸

---

❷ 即後來收入《譯叢補》中淑雪兼珂的《貴家婦女》（一九二八年譯）、《波蘭姑娘》（一九二九年譯）和雅各武萊夫的《農夫》（一九二八年譯）。

❸ 見〈苦蓬譯者附記〉，本篇連同〈苦蓬〉的譯文最初發表於一九三○年二月十日《東方雜誌》半月刊第二七卷第三號，附記未有收入《一天的工作》，現收《全集》第一○卷《譯文序跋集》，頁三八○～三八一。

只是對敍述和議論上「常常令人覺得冷評氣息」❽表示不滿。到了一九三二年時，由於看見珂剛在《偉大的十年的文學》中說過畢力涅克的小說其實都是「小說的材料」這話，便以爲用於評〈苦蓬〉這一篇也「很恰當」，對過去自己認爲「非常卓拔」的技巧也淪爲在組織上「頗爲悅目」的「嵌鑲細工之觀」了。❾這種捨己從人的現象，在魯迅的文章裏是非常少有的。

查《魯迅日記》及所附「書帳」，並不見購入戈庚《偉大的十年的文學》一書的記載。❾魯迅第一次提到 Kogan 教授，是在一九二九年十一月二十日爲《奔流》第二卷第五期寫的〈編輯後記〉，因爲該期有一篇洛陽（即馮雪峯）翻譯，Kogan 作的論高爾基的短文。❾到一九三〇年八月魯迅爲所譯雅各武萊夫的中篇小說《十月》作〈後記〉，則引用了《偉大的十年的文學》中兩大段論「同路人」的文字，以爲「『同路人』文學的過去，以及現在全般的狀況，珂干（Kogan）都說得很簡括而明白了。」❾其中一段引文出現的情況如下：

> 俄國在戰時共產主義時代，因爲物質的缺乏和生活的艱難，在文藝也是受難的時代。待到一九二一年施行了新經濟政策，文藝界遂又活潑起來。這時成績最著的，是瓦浪斯基在雜誌《赤

---

❽ 同上注。

❾ 見《一天的工作‧後記》，《魯迅譯文集》卷八，頁二七六～二七七。

❾ 據本人推斷，魯迅於一九二八年五月一日已購進了 P. S. Kogan 另一本較早的著作的日譯本《プロレタリヤ文學論》，詳見本文注❽。

❾ 發表時的題目爲《瑪克辛‧戈理基論》，是根據日人秋田兩室著《年青的蘇俄》中所載重譯。與 Kogan《偉大的十年的文學》中論高爾基的內容不同。

❾ 《魯迅譯文集》卷七，頁一八五。

色新地》所擁護，而托羅茲基首先給以一個指明特色的名目的「同路人」。

「『同路人』們的出現的表面上的日子，也可以將『綏拉比翁的弟兄』於一九二一年二月一日同在『列寧格勒的藝術之家』裏的第一回會議，算進裏面去。（中略）。在本質上，這團體在直接底的意義上是並沒有表示任何的流派和傾向的。結合著『弟兄』們者，是關於自由的藝術的思想，無論是怎樣的東西，凡有計劃，他們都是反對者。倘要說他們也有了綱領，那麼，那就在一切綱領的否定。將這表現得最為清楚的，是淑雪兼珂（M. Zoshchenko）：『從黨員的見地來看，我是沒有主義的人。那就好。叫我自己來講自己，則──我既不是共產主義者，也不是社會革命黨員，又不是帝政主義者。我只是俄羅斯人。而且──政治底地，是不道德的人。在大體的規模上，布爾塞維克於我最相近。我也贊成和布爾塞維克們來施行布爾塞維主義。……我愛那農民的俄羅斯。』

「一切『弟兄』的綱領，那本質就是這樣的東西。他們用或種形式，表現對於革命的無政府底的，乃至巴爾底山（襲擊隊）底的要素（Moment）的同情，以及對於革命的組織底計劃底建設底的要素的那否定底的態度。」（P.S. Kogan：《偉大的十年的文學》第四章。）

《十月》的作者雅各武萊夫，便是這「綏拉比翁的弟兄」們中的一個。⑨⑨

若我們細看魯迅一九三二年寫的《豎琴·前記》，不難發現其中介紹「同

---

⑨⑨　同上注，頁一八〇～一八一。

路人」的文字，尤其是引用淑雪兼珂 (Mihail Zoshchenko, 1895～?)
的一段說話，是完全根據 P. S. Kogan 這書的。一九三一年十月，
魯迅又譯出該書第三章第十五及十六節，作爲董紹明、蔡詠裳合譯的
《士敏土》一書的〈代序〉。⑩ 至於中文的全譯本，一九三〇年九月
已由沈端先（即夏衍，一九〇〇～）譯出，題爲《偉大的十年間文
學》，上海南強書局出版。若拿沈譯對照魯迅摘譯的幾段文字，雖然
譯筆風格不同，文句意義則大致無別。戈庚（沈譯作柯根）此書凡四
章，⑩ 援引或介紹托洛茨基（沈譯作屈魯茲基）的意見則有四處：其
一是在第二章〈十月的前夜〉第十三節引用托洛茨基的《文學與革
命》作爲「關於未來主義之社會性的最正確的定義」。⑩ 其二是第三
章〈普羅列塔利亞文學〉第二節以肯定的態度引用賽爾蓋·英格洛夫
(S. Ingulov) 的論文〈損失〉去批評「鐵工場」（或譯作「鐵冶
廠」的詩人們不理解列寧的「新經濟政策」時，引文中又正面引用了
托洛茨基的話。⑩ 其三是論述一九二四年五月俄國共產黨中央委員會
出版部召開的特別會議（會議內容詳見魯迅譯《文藝政策》中〈關於

---

⑩ 董紹明、蔡詠裳合譯的《士敏土》原由啟智書局出版，魯迅的〈代序〉
則見於該書一九三二年七月新生命書局再版揷圖本卷首。

⑩ 據魯迅的〈《士敏土》代序〉，可知 Kogan 此書有黑田辰男和參山內
封介的兩種日譯本。沈端先雖亦據日文重譯，但未明言所據何本。沈譯
本的目次爲：
一、緒言
二、序論
三、「十月的前夜」
四、普列塔利亞文學
五、同路人文學
魯迅的〈《士敏土》代序〉文末注明從第三章中譯出，其實即沈譯本之
「四」，可知魯迅所據本不以緒言爲一章，而全書實得四章。本文所據
爲沈譯本，而章數則從魯迅。

⑩ 沈端先譯《偉大的十年間文學》，頁九六。

⑩ 同上注，頁一五五。

對文藝的黨的政策》那部分）時，引述了托洛茨基對普羅文學乃至普羅文學是否有存在這可能的意見，然後再引述布哈林的反駁。[104] 戈庚自然是同意後來在一九二五年七月決議的「文學藝術上黨的政策」，承認普羅文學（即無產階級文學）的存在的。其四是第四章《同路人文學》第十一節又用肯定的態度引用了托洛茨基對「未來主義」者的批評。[105] 戈庚原書出版於一九二七年，並未受同年十一月托洛茨基被驅逐出黨這事件影響而不在文學史上予以應有的位置。除了無產階級文學是否能够成立這問題，在其他文學問題上，尤其是對「同路人」的態度，可以說戈庚是同意托洛茨基和他的支持者瓦浪斯基的。[106]

　　魯迅在一九三〇年翻譯匈牙利人 Andor Cábor 的論文《無產階級革命文學論》，作者也不同意托洛茨基對無產階級文學的理解，不過文中卻沒有直接提到托洛茨基的名字。[107] 更值得注意的是魯迅一九三二年所翻譯上田進（一九〇七～一九四七）的〈蘇聯文學理論及文學批評的現狀〉，譯文以洛文的筆名發表於同年十一月出版的《文化月報》第一期。譯文後注明原作寫於一九三二年三月十九日，同年八月譯完。可說是魯迅當年所見同類論文中較新的一篇。文中說明一九三一年史太林發表〈關於布爾塞維主義的歷史的諸問題〉這封信之後在文學領域裏引起的反響，並且多次提到對托洛茨基主義的批判。上田進大量引用和轉述法捷耶夫的話，就蘇聯內所做的關於藝術問題的論爭所含的世界意義上，以爲「托羅茨基的藝術論，在實際上，是在布爾喬亞〔按：即資產階級〕之前，使普列太利亞德〔按：即無產階

[104]　同上注，頁一六二～一六四。
[105]　同上注，頁四三三。
[106]　據 Gleb Struve 的意見，Peter S. Kogan 對形式主義派採敵視態度，和托洛茨基肯定該派亦有一定價值不同。詳見 *Russian Literature under Lenin and Stalin 1917~1953*, p. 213.
[107]　參《魯迅譯文集》卷一〇，頁三四七。

級〕藝術底地解除武裝的。還有他的後繼者瓦浪斯基、波綸斯基等，也一樣的在布爾喬亞文學的面前降伏了。」 這是我們現在所知的魯迅唯一一篇涉及史太林指導黨對托洛茨基的藝術論鬥爭的翻譯。《豎琴》和《一天的工作》兩書的〈前記〉和〈後記〉都寫於同年九月，比譯出上田進這篇翻譯的時間稍遲。其中只提到托洛茨基支持「同路人」，卻沒有對他批判。自此之後，魯迅再沒有翻譯關於蘇聯文藝界現狀的論文。 到一九三六年魯迅寫〈答托洛斯基派的信〉之前為止，托洛茨基的名字並沒有在魯迅的文章裏再出現。

六

在結束本文之前，還要從另一個側面看看魯迅對托洛茨基的態度。

魯迅接觸蘇聯「同路人」的作品要比其他無產階級作家的作品早；對「同路人」的評價，開始時受托洛茨基《文學與革命》一書的影響也較大。魯迅佩服托洛茨基，不是因為他是一個「喑嗚叱咤的革命家和武人」，而是因為他是一個「深解文藝的批評者」。在感情上魯迅較接近「同路人」作家，而葉遂寧（Yesenin, 1895～1925）、梭波里（Soboly, 1888～1926）之死，對魯迅帶來很大的戟刺。他們曾經謳歌革命，最後卻自殺，因為「活不下去了」。 用魯迅的話說，

---

⑩ 《魯迅譯文集》卷一〇，頁四〇一。

⑩ 按一九三五年寫的〈不走正路的安得倫‧小引〉，曾翻譯了兩段介紹作者聶維洛夫（A. Neverov, 1886～1923）的文字。其中一段即譯自《偉大十年的文學》。

⑩ 見《革命文學》，《全集》卷三，頁五四四。

是「碰死在自己所謳歌希望的現實碑上」。⑪但這只足以證明革命正在前行。「同路人」對革命的看法容或與眞正的革命者不同，但他們的作品中有「眞誠」。他們之中，有部分沒落了，變成「反動」作家；但也有部分「受了現實的薰陶，了解了革命。」⑫終於與無產階級作家們「互相提攜，前進了。」⑬但中國的情況卻又有不同。魯迅以爲：自民元以來，文藝家沒有萎黃的，因爲社會上沒有出現崩天塌地的革命的大波。魯迅不相信有滿意於現狀的革命文學，一九二七年在廣東所見的「革命文學」，不過是「奉旨革命」。而革命文學家風起雲湧的所在，是沒革命的。至於後來因爲「革命的挫折」而在上海湧現的無產階級革命文學，魯迅以爲不過是文人的投機，預致「革命的敬禮」。⑭整個文藝運動「不過一種空喊，並無成績。」⑮一九二八年創造社和太陽社中人「圍剿」魯迅的時候，他們那種自以爲唯我獲得無產階級意識的氣燄，頗近似蘇聯眞是無產者出身的「那巴斯圖」派攻擊「同路人」時的專橫。魯迅正是這時開始翻譯《蘇俄的文藝政策》的，其中支持「同路人」的托洛茨基的發言最爲魯迅重視，然而托洛茨基已遭放逐了。

一九三○年魯迅寫的《文藝政策‧後記》中有這樣一段話：

> 從前年以來，對於我個人的攻擊是多極了，每一種刊物上，大抵總要看見「魯迅」的名字，而作者的口吻，則粗粗一看，大抵好像革命文學家。但我看了幾篇，竟逐漸覺得廢話太多了，

⑪　見〈文藝與政治的歧途〉，《全集》卷七，頁一一九。
⑫　見《一天的工作‧前記》，《魯迅譯文集》卷八，頁一三一。
⑬　同上注。
⑭　見〈「醉眼」中的朦朧〉，《全集》卷四，頁六一。
⑮　見魯迅一九三○年九月二十日致曹靖華信，《全集》卷十二，頁二三。

解剖刀既不中腠理，子彈所擊之處，也不是致命傷。……於是我想，可供參考的這樣的理論，是太少了，所以大家有些糊塗。對於敵人，解剖，咬嚼，現在是在所不免的，不過有一本解剖學，有一本烹飪法，依法辦理，則構造味道，總還可以較為清楚，有味。人往往以神話中的 Promethus 比革命者，以為竊火給人，雖遭天帝之虐待不悔，其博大堅忍正相同。但我從別國裏竊得火來，本意卻在煮自己的肉的，以為倘能味道較好，庶幾在咬嚼者那一面也得到較多的好處，我也較不枉費了身軀：出發點全是個人主義。並且還夾雜著小市民的奢華，以及慢慢地摸出解剖刀來，反而刺進解剖者的心臟裏去的「報復」。……然而，我也願意於社會上有些用處，看客所見的結果仍是火和光。這樣，首先開手的就是《文藝政策》，因為其中含有各派的議論。⑯

並不諱言自己個人主義的傾向。然而「左聯」成立了，魯迅和創造社、太陽社中人的對立暫時告一段落，轉而共同攜手為提倡無產階級革命文學而努力。⑰左聯成立以後，魯迅一直沒有加入共產黨，而在一九三四年發表的一篇〈答國際文學社問〉中，魯迅更明明白白的自我宣布：

先前，舊社會的腐敗，我是覺到了的，我希望著新的社會的起來，但不知道這「新的」該是甚麼；而且也不知道「新的」起

---

⑯ 《魯迅譯文集》卷六，頁四六八～四六九。
⑰ 其實魯迅自左聯成立之初已對其成員心存輕視，可參一九三〇年三月二十七日致章廷謙（川島）信。（《全集》卷一二，頁八）。

來以後，是否一定就好。待到十月革命後，我才知道這「新的」社會的創造者是無產階級，但因為資本主義各國的反宣傳，對於十月革命還有些冷淡，並且懷疑。現在蘇聯的存在和成功，使我確切的相信無階級社會一定要出現，不但完全掃除了懷疑，而且增加許多勇氣了。但在創作上，則因為我不在革命的旋渦中心，而且久不能到各處去考察，所以我大約仍然只能暴露舊社會的壞處。⓲

再綜合本文前面所論述的材料，大概我們最多只能說魯迅是一個革命的「同路人」吧！

　　一九三二年九月間寫的《豎琴》和《一天的工作》兩書的〈前記〉和〈後記〉，應當視為魯迅所認識的蘇聯「同路人」作品和無產者文學的一個總結。而支持「同路人」的托洛茨基的名字仍在《豎琴‧前記》中出現。同年八月，瞿秋白翻譯了別德納衣的一首詩，以向茄的筆名在九月號的《文學月報》第一卷第三期上發表。詩題為〈沒有工夫唾罵〉，而所「唾罵」的是托洛茨基。同年十月號的《文學月報》第四期上，則出現了芸生的一篇〈漢奸的供狀〉，是有意模倣〈沒有工夫唾罵〉來攻擊胡秋原的。其中竟出現「放屁，〔下接四字粗話，從略〕你祖宗托落茲基的話。／當心，你的腦袋一下就會變做剖開的西瓜！」的文句。⓳魯迅因而在十二月十日寫了一篇〈辱罵和恐嚇決不是戰鬥〉，（那時瞿秋白仍在魯迅家中避難）文章則見於第五、六期合刊的《文學月報》。我們當然不能因此而將魯迅和被指為托派分子的胡秋原扯上政治關係。但更值得留意的是，在寫了〈辱罵

_____

⓲　《全集》卷六，頁一八。
⓳　《中國現代文學史資料》卷二，頁二二八。

和恐嚇決不是戰鬥〉後三個月,魯迅寫的一篇〈我怎麼做起小說來〉提到當年在《新青年》投稿的情況:

> 這裏我必得記念陳獨秀先生 , 他是催促我做小說最著力的一個。⓬⓪

大家都知道,魯迅在一九二三年寫《吶喊·自序》時只提到金心異(即錢玄同)勸他投稿《新青年》,如今卻說要「記念」陳獨秀;而當時的陳獨秀已成了中國托派的領袖,被國民黨關在監獄裏。⓬① 三個月前寫〈辱罵和恐嚇決不是戰鬥〉之後四天寫成的《自選集·自序》,則只說在《新青年》上發表作品時爲了和「革命的前驅者」取同一的步調,於是「刪削些黑暗,裝點些歡容,使作品比較顯出若干亮色。」⓬② 並沒有提到陳獨秀的名字。我以爲其中的玄機,卻和祝秀俠化名首甲,與方萌、郭冰若、丘東平聯名,在一九三三年二月《現代文化》第一卷第二期發表〈對魯迅先生的〈辱罵和恐嚇決不是戰鬥〉有言〉一文有關。文中除了指責魯迅「帶上了極濃厚的右傾機會主義色彩」外,⓬③ 還有這樣的話:

> 芸生所「辱罵」的,是「佩服」斯太林,「同情」托洛次基,「非常尊敬」克魯泡特金,「即對於陳獨秀鄧演達也都覺得可惜」的馬克斯列寧主義者胡秋原,這有甚麼不可以?!⓬④

⓬⓪ 《全集》卷四,頁五一二。
⓬① 參考郅玉汝《陳獨秀年譜》,香港: 龍門書店,一九七四年,頁五二~五七。
⓬② 《全集》卷四,頁四五五~四五六。
⓬③ 《魯迅研究學術論著資料匯編》卷一,頁七六七~七六八。
⓬④ 同上注。

魯迅後來給蕭軍的信中說：「我先前也曾從公意做過文章，但同道中人，卻用假名夾雜著眞名，印出公開信來罵我。」⑫⑤指的便是這回事。這是魯迅與左聯關係惡化的表因之一。而本文要指出的，是魯迅藉〈我怎麼做起小說來〉一文而「記念」陳獨秀，其實也是對上述「公開信」的一種抗議：記念中國托派的首領又怎麼樣呢？陳獨秀究竟是「革命的前驅者」，於提倡新文學有歷史的功績。

魯迅說過：「中國一向就少有失敗的英雄……少有敢撫哭叛徒的吊客。」⑫⑥托洛茨基也是深解文藝的批評者，陳獨秀也是推動新文學運動的先驅，魯迅沒有因爲他們後來的政治遭遇而抹殺他們在文學史上應有的地位，又豈止是追求客觀、實事求是而已。本人以爲，在左聯中人肆意攻擊文壇上的所謂「托派」的時候，魯迅借記念陳獨秀的同時，也弔祭過托洛茨基了。

　　＊原載《香港中文大學中國文化研究所學報》第二十一卷，一九九〇年，頁二八五～三一一。

---

⑫⑤　《全集》卷一三，頁一一九。
⑫⑥　見〈這個與那個〉．《全集》卷三，頁一四二。

魯迅眼中的五四運動

一九二六年七月，魯迅爲《世界日報》副刊寫「馬上日記」，又爲《語絲》寫「馬上支日記」。魯迅本來是每天寫日記的，不過和上述那些公開發表的不同，他說：

> 我本來每天寫日記，是寫給自己看的；大約天地間寫著這樣日記的人們很不少。假使寫的人成了名人，死了之後便也會印出；看的人也格外有趣味，因爲他寫的時候不像做內感篇外冒篇似的須擺空架子，所以反而可以看出眞的面目來。我想，這是日記的正宗嫡派。
>
> 我的日記卻不是那樣。寫的是信札往來，錢銀收付，無所謂面目，更無所謂眞假。例如：二月二日晴，得Ａ信；Ｂ來。三月三日雨，收Ｃ校薪水Ｘ元，覆Ｄ信。一行滿了，然而還有事，因爲紙張也頗可惜，便將後來的事寫入前一天的空白中。總而言之：是不很可靠的。❶

---

❶ 見《華蓋集續編·馬上日記》的「豫序」。

然而魯迅畢竟成了名人，所以他寫給自己看的日記在死後也就給印了
出來。大抵每天所記都極簡略，內容也眞的以「信札往來，銀錢收
付」爲主，而且從來沒有寫上什麼國家大事。即如一九一九年五月四
日由北京學生所領導的愛國運動，再發展爲「六三」事件，魯迅在日
記裏便沒有作出絲毫反映，他在五月四日那天只是記下了這些事：

> 四日曇。星期休息。徐吉軒爲父設奠，上午赴弔，並賻三
> 元。下午孫福源君來。劉半農來，交與書籍二冊，是丸善寄來
> 者。❷

至於一九二六年的「三一八」慘案，段祺瑞政府使衛兵用步槍大刀虐
殺徒手請願的青年學生，魯迅感到異常悲憤，稱這天爲「民國以來最
黑暗的一天」，❸但日記中則無一語涉及。一九三二年的「一二八」
事變，日軍侵佔大上海，魯迅倉皇避居租界，而日記中也絕不提及日
軍侵略的暴行。這原是魯迅寫日記的體例問題，無足深異。不過就時
下所論，大都以爲「五四運動」對新文學的發展有莫大的關係，而魯
迅在新文學方面的卓越成就，則是不容否認的事實。我們都知道，在
「五四運動」發生的前一年，魯迅已開始他的寫作生命，在《新青
年》上發表小說和雜感了。若以「五四是新文化運動的發揚」，❹那
自然是值得紀念的，但魯迅既沒有將他所目睹的這場轟轟烈烈的行動
用作小說的材料，而在其所有公開發表的文字裏也找不到特意贊揚「
五四運動」的片段。這是什麼緣故呢？「五卅」慘案之後，魯迅曾經

---

❷　見人民文學出版社版《魯迅日記》三五四頁。
❸　見《華蓋集續編・無花的薔薇之二》。
❹　見《准風月談・多難之月》一文。

在一篇文章裏論及「文學家有什麼用」，他說：

> 因為滬案發生之後，沒有一個文學家出來「狂喊」，就有人發
> 了疑問了，曰：「文學家究竟有什麼用處？」
> 今敢謹敬答曰：「文學家除了謅幾句所謂詩文之外，實在毫無
> 用處。」
> 中國現下的所謂文學家又作別論；即使是真的文學大家，然而
> 卻不是「詩文大全」，每一個題目一定有一篇文章，每一回案
> 件一定有一通狂喊。他會在萬籟無聲時大呼，也會在金鼓喧闐
> 中沉默。

那麼，魯迅在「五四」到「六三」的「金鼓喧闐中」是否「沉默」了
呢？

一九一八年四月，魯迅寫成了他的第一篇白話小說〈狂人日
記〉，在同年五月號的《新青年》上發表；一九一九年「五四運動」
爆發之前，他又先後在三月和四月寫成了〈孔乙己〉和〈藥〉，此後
要到一九二〇年六月才寫成〈明天〉，七月寫成〈一件小事〉，十
月寫成〈頭髮的故事〉和〈風波〉；然後是一九二一年一月的〈故
鄉〉，到十二月又動手寫那篇著名的〈阿Q正傳〉；一九二二年六月
完成〈端午節〉和〈白光〉，十月完成〈兔和貓〉、〈鴨的喜劇〉和
〈社戲〉，這是如今收在《吶喊》中的十四篇短篇小說。（另〈不周
山〉一篇，一九二二年十一月作，原亦收入《吶喊》，後來由作者抽
出，改題「補天」，收到《故事新編》裏去了。）這樣不憚煩的列出
《吶喊》中各篇小說的寫作年月，目的在說明「五四運動」爆發後的
一年裏（一九一九年五月至明年五月）魯迅並沒有什麼「創作」，之

後才又恢復過來。其中只有〈風波〉和〈故鄉〉是發表在《新青年》上的，連同「五四」以前發表的三篇，先後凡五篇。

至於雜感方面，魯迅也是在一九一八年才開始爲《新青年》寫「隨感錄」，後來都收在《熱風》裏。《熱風》是魯迅第一本雜感結集，一九二五年出版。集中最後一篇〈望勿「糾正」〉，寫於一九二四年，此外一九二二年寫的有十一篇，一九二一年寫的有兩篇，其餘的便是在《新青年》上發表的「隨感錄」了，從初版以至復社版《魯迅全集》的《熱風》的目錄，都是歸入一九一八年下的。換言之，單看目錄，魯迅從一九一九年到一九二○年兩年之內，竟連一篇雜感也沒有。如此說來，「五四運動」居然令那位被大家尊爲新文化運動的先鋒的魯迅沉默了一年以上，個中原因不是值得耐人尋味麼？

二

《熱風》所收的全部雜感，從無片言隻語直接涉及「五四運動」，然而開首那篇〈題記〉（一九二五年十一月寫），倒是圍繞著這個題目來大做文章的，文中說：

現在有誰經過西長安街一帶的，總可以看見幾個衣履破碎的窮苦孩子叫賣報紙。記得三四年前，在他們身上偶然還剩有制服模樣的殘餘；再早，就更體面，簡直是童子軍的擬態。

那是中華民國八年，即西曆一九一九年，五月四日北京學生對于山東問題的示威運動以後，因為當時散傳單的是童子軍，不知怎的竟惹了投機家的注意，童子軍式的賣報孩子就出現了。

其年十二月，日本公使小幡酉吉抗議排日運動，情形和今年大致相同；只是我們的賣報孩子卻穿破了第一身新衣以後，便不再做，只見得年不如年地顯出窮苦。

我在《新青年》的「隨感錄」中做些短評，還在這前一年，因為所評的多是小問題，所以無可道，……記得當時的《新青年》是正在四面受敵之中，我所對付的不過一小部分；其他大事，則本誌具在，無須我多言。

五四運動之後，我沒有寫什麼文字，現在已經說不清是不做，還是散失消滅的了。但那時革新運動，表面上頗有些成功，于是主張革新的也就蓬蓬勃勃，而且有許多還就是在先譏笑、嘲罵《新青年》的人們，但他們卻是另起了一個冠冕堂皇的名目：新文化運動。這也就是後來又將這名目反套在《新青年》身上，而又加以嘲罵譏笑的，正如笑罵白話文的人，往往自稱得風氣之先，早經主張過白話文一樣。

……

自《新青年》出版以來，一切應之而嘲罵改革，後來又贊成改革，後來又嘲罵改革者，現在擬態的制服早已破碎，顯出自身的本相來了，真所謂「事實勝於雄辯」，又何待於紙筆喉舌的批評。所以我的應時的淺薄的文字，也應該置之不顧，一任其消滅的；但幾個朋友卻以為現狀和那時並沒有大兩樣，也還可以留存，給我編輯起來了。這正是我所悲哀的。

值得注意的是：魯迅將《新青年》和「五四運動」和新文化運動結合起來討論，其間貫串著這樣一個比喻——擬態的制服。據魯迅的意見，以爲主張革新的《新青年》，在「五四運動」之前，受到社會的

反對，處於四面受敵之中；「五四運動」之後，表面上的革新頗有些成功，竟引起投機家的注意，原先是嘲罵《新青年》的，也厚顏主張革新，並且美其名爲「新文化運動」，披起擬態的制服來了。但不幾年又再次轉向，重新嘲罵改革，擬態的制服也就全然破碎，而社會現狀則和先前並沒有大兩樣。也就是說：「五四」以來中國社會上的革新，只是一種短暫的擬態而已！

不過，魯迅在〈題記〉中說「五四運動」之後他沒有寫什麼文字，卻和事實不符，他確實寫了一點，而且保存在《熱風》裏。魯迅在《新青年》發表的「隨感錄」，一九一八年的只有三次，凡六篇；一九一九年則有十三次，凡二十一篇。在魯迅編《熱風》時都歸入一九一八年所作，從初版到復社版的《魯迅全集》都是如此，直到一九五七至五八年國內出版的《魯迅全集》注釋本才更正過來，將「隨感錄」三十九和以下各篇重新歸到一九一九年去。❺ 而「隨感錄」六十三〈與幼者〉的開頭說：「做了〈我們現在怎樣做父親〉的後兩日，在有島武郎著作集裏看到〈與幼者〉這一篇小說，覺得很有許多好的話。」很明顯地這篇隨感錄的寫作時間應該在寫成〈我們現在怎樣做父親〉之後——那是後來收在《墳》裏的一篇長文，末後署的寫作日期是一九一九年十月。儘管魯迅的「隨感錄」都沒有署寫作日期，但六十三到六十六這四篇必然是寫於一九一九年十月之內，則毫無疑問。我們只要翻閱一下《新青年》，便可知道「隨感錄」五十六至五十九這四篇同時發表於一九一九年五月出版的六卷五號，而六十一至六十六這六篇則同時發表於十一月一日出版的六卷六號（〈我們現在

---

❺ 一九七三年人民文學出版社據復社版《魯迅全集》用簡體字重行直排，說是對「原版編校中的個別訛誤作了校正。」獨於《熱風》目錄繫年的錯誤未從注釋本加以校正，實不可解。

怎樣做父親〉這篇長文也在同期刊出）， 此後魯迅便不再爲《新青
年》寫「隨感錄」了。也就是說， 「五四運動」之後魯迅只寫了六篇
隨感錄，而在那年的五月到九月底這段期間內則最多只寫了兩篇——
即六十一〈不滿〉和六十二〈恨恨而死〉， （不過這兩篇也可能是在
十月寫成的。）誠如魯迅所說， 他的文章是「擠」出來的，《新青
年》六卷五號出版之後， 便因「五四運動」的蔓延引致嚴重的脫期，
「擠」他寫文章的人不來，他便不做，於是在「五四運動」的「金鼓
喧闐中沉默」了。到了一九二〇年，魯迅更沉默得連一篇「隨感錄」
也沒有，雖然《新青年》還是如期按月出版著。

三

至此，我們可回過來討論那懸而未決的疑問，魯迅在編《熱風》
時，爲什麼會在目錄中犯了繫年上的錯誤？

我們可以假定： 魯迅編《熱風》時，根據的是剪存起來的文章，
❻雖然每篇「隨感錄」都沒有署上寫作日期，但當時要在北京找尋全
份的《新青年》來參證， 應該是毫無困難的。難道我們會認爲魯迅只
是隨便檢出剪存的文章，不看內容，便胡亂編次成冊麼？事實並不如
此，例證是「隨感錄」三十三提到關於吞食虎列拉（霍亂）菌的故
事，在編定熱風時發覺說錯了，於是在一九二五年九月二十四日寫了

---

❻ 魯迅在一九二六年寫的〈再來一次〉一文的開頭說：「去年編定熱風
　　時，還有紳士們所謂『存心忠厚』之意，很刪削了好幾篇。但有一篇，
　　卻原想編進去的， 因爲失掉了稿子， 便只好從缺。 現在居然尋出來
　　了；」可證。

一則補記附後。而最後一篇〈望勿「糾正」〉又因文中「汪原放君已經成了古人了」一語引起胡適的誤解,也在同日寫了一則補記。可見魯迅編定《熱風》的態度是極其認眞的。只要魯迅對每篇文章看過,便不難發現其中有些「隨感錄」必然不是在一九一八年寫的了。「隨感錄」四十六是這樣開始的:

> 民國八年正月間,我在朋友家裏見到上海一種什麼報的星期增刊諷刺畫,正是開宗明義第一回。

而「隨感錄」五十三又有如下的話:

> 二十世紀才是十九年初頭,好像還沒有新派興起。

只要注意到這些文句,則不用翻查《新青年》也可以斷定這些「隨感錄」是一九一九年寫的了。那麼我們可否假定「民國八年」這幾個字使魯迅產生錯覺,以為即是一九一八年,因而引致目錄中繫年的錯誤呢?然而這也是不能成立的,《熱風》的〈題記〉分明這樣寫著:

> 那是中華民國八年,即西曆一九一九年,五月四日北京學生對於山東問題的示威運動以後,……

這不由得不令細心閱讀《熱風》的人引起這種揣測:魯迅在〈題記〉中提醒我們民國八年「即」一九一九年! 當讀者發覺《熱風》載有這年寫的文章時,便會疑心目錄只是故意隱去一九一九年,而將那年的作品故意歸入上一年去吧了。據此再推尋下去,我們要問,魯迅為什

麼要故意這樣做呢?

「五四運動」之後，魯迅誠然沒有寫什麼文字，而僅有的幾篇，也還是攻擊時弊爲主，並不見得因了「五四運動」而引致若何本質的改變，因爲社會本身沒有改變，乃至一九二五年中國社會的狀況，魯迅覺得還是和他在《新青年》上寫「隨感錄」的時候沒有兩樣。如果一九一九年因爲有「五四運動」而變得對中國人特別有意義，魯迅之故意將這一年的作品編入一九一八年中去，不也就隱含了他對「五四運動」深微的看法麼?別人看到這個革新運動表面的成功，於是大加稱頌起來，其間竟夾有原是嘲罵革新的投機者，這是多麼滑稽的社會現象啊!魯迅沒有跟著大家嚷，沒有稱頌「五四運動」，反而借題發揮，強烈諷刺那些擬態者，正是《熱風‧題記》的主要作意。而且這篇〈題記〉也爲目錄中故意隱去一九一九年這點錯失提供了線索。不過，魯迅雖然並不認爲「五四運動」獲得眞正的成功，但他絕對不是站在反對方面，雖然他也絕不願意和別人一樣高估了這個運動的價值。魯迅有他的潔癖，他恥於和擬態者一同歌頌「新文化運動」，他故意要說自己在「五四運動」之後沒有寫什麼文字。

即使上文有關《熱風》目錄中繫年錯誤的推論，全屬臆測之辭，❼但魯迅本人沒有受到「五四運動」的鼓舞，則是不可懷疑的事實。單就《熱風》的〈題記〉來看，已可體味到魯迅對「五四運動」的態度，是如何的冷漠了。

---

❼　華蓋集的〈題記〉說:「在一年的盡頭的深夜中，整理了這一年所寫的雜感，竟比收在《熱風》裏的整四年中所寫的還要多。」這裏說的整四年指的是一九一八年、一九二一年、一九二二年和一九二四年，《熱風》的目錄只有這四年的作品。此文寫於一九二五年十二月三十一日，《熱風》的〈題記〉則在同年十一月三日寫成，時間相距還不到兩個月，魯迅在當時也許眞的以爲《熱風》沒有一九一九年的作品吧。

四

「五四運動」之後，中國社會究竟有些什麼表面上的革新呢？照胡適在一九二二年寫的〈五十年來中國之文學〉說：

> 巴黎和會的消息傳來，中國的外交完全失敗了。於是有「五四」的學生運動，有「六三」的事件，全國的大響應居然逼迫政府罷免了曹汝霖、陸宗輿、章宗祥三人。這時代，各地的學生團體忽然發生了無數小報紙，形式略仿《每週評論》，內容全用白話。此外又出了許多白話的新雜誌。有人估計，這一年（一九一九）之中，至少出了四百種白話報。內中如上海的《星期評論》，如《建設》，如《解放與改造》（現名《改造》），如《少年中國》，都有很好的貢獻。一年以後，日報也漸漸的改了樣子了。從前日報的附張往往記載戲子妓女的新聞，現在多改登白話的論文譯著小說新詩了。北京的《晨報副刊》，上海《民國日報》的「覺悟」，《時事新報》的「學燈」，在這三年之中，可算是三個最重要的白話文的機關。時勢所趨，就使那些政客軍人辦的報也不能不尋幾個學生來包辦一個白話的附張了。民國九年以後，國內幾個持重的大雜誌，如《東方雜誌》，《小說月報》……也都漸漸白話化了。
> 民國八年的學生運動與新文學運動雖是兩件事，但學生運動的影響使白話的傳播遍於全國，這是一大關係；況且「五四」運動以後，國內明白的人漸漸覺悟「思想革新」的重要，所以他

們對於新潮流，或採歡迎的態度，或採研究的態度，或採容忍的態度，漸漸的把從前那種仇視的態度減少了，文學革命的運動因此得自由發展，這也是一大關係。因此，民國八年以後，白話文的傳播眞有「一日千里」之勢。❽

胡適這番話，自然是局限於新文學方面說的。至於魯迅，則連這一點樂觀也沒有，因爲他所看到的是事實的另一面，不但在寫《熱風》的〈題記〉時是這樣，一年後寫〈寫在《墳》後面〉仍是這樣：

> 記得初提倡白話的時候，是得到各方面劇烈的攻擊的。後來白話漸漸通行了，勢不可遏，有些人便一轉而引爲自己之功，美其名曰「新文化運動」。又有些人便主張白話不妨作通俗之用；又有些人卻道白話要做得好，仍須看古書。前一類早已二次轉舵，又反過來嘲罵「新文化」了；後二類是不得已的調和派，只希圖多留幾天僵屍，到現在還不少，我曾在雜感上攻擊過的。

然而，民國八年後，白話文漸漸通行了，難道不也表示出「五四新文化運動」的一點成功麼？但魯迅卻自有他的看法，一九二七年二月十六日，魯迅在香港青年會演講，題目是「無聲的中國」，他說中國的文字太難了，一般人不懂得，而懂得的少數人又拿來當作寶貝，玩弄些之乎者也的把戲，「用的是難懂的古文，講的是陳舊的古意思，所有的聲音，都是過去的，都就是只等於零的。所以大家不能互相了

---

❽ 見遠東版《胡適文存》二五五～二五六頁。

解，正像一大盤散沙。」而嘗試恢復這多年無聲的中國的，胡適是第一人，而白話文學運動的成功，卻是藉了別的因素。魯迅說：

> 首先來嘗試這工作的是「五四運動」前一年，胡適之先生所提倡的「文學革命」。「革命」這兩個字，在這裏不知道可害怕，有些地方一聽到就害怕的。但這和文學兩字連起來的「革命」，卻沒有法國革命的「革命」那麼可怕，不過是革新，改換一個字，就很平和了，我們就稱為「文學革新」罷，中國文字上，這樣的花樣是很多的。那大意也並不可怕，不過說：我們不必再去費盡心機，學說古代的死人的話，要說現代的活人的話；不要將文章看作古董，要做容易懂得的白話的文章。然而，單是文學革新是不夠的，因為腐敗思想，能用古文做，也能用白話做。所以後來就有人提倡思想革新。思想革新的結果，是發生社會革新運動。這運動一發生，自然一面就發生反動，於是便釀成戰鬥……。
>
> 但是，在中國，剛剛提起文學革新，就有反動了。不過白話文卻漸漸風行起來，不大受阻礙。這是怎麼一回事呢？就因為當時又有錢玄同先生提倡廢止漢字，用羅馬字母來替代。這本來也不過是一種文字革新，很平常的，但被不喜歡改革的中國人聽見，就大不得了，於是便放過了比較的平和的文學革命，而竭力來罵錢玄同。白話乘了這一個機會，居然減去了許多敵人，反而沒有阻礙，能夠流行了。
>
> 中國人的性情是總喜歡調和，折中的，譬如你說，這屋子太暗，須在這裏開一個窗，大家一定不允許的。但如果你主張拆掉屋頂，他們就會來調和，願意開窗了。沒有更激烈的主

張，他們總連平和的改革也不肯行。那時白話文之得以通行，就因為有廢掉中國字而用羅馬字母的議論的緣故。

所以，照魯迅的看法，白話文之得以通行，並不是因為一般人願意接受這種革新，而是因為害怕更激烈的革新——廢除漢字——的緣故，❾一有機會，潛伏著的頑固勢力還是要冒出來對既經通行的白話文予以打擊的。至於和文學革新同時提出的思想革新，魯迅以為對社會沒有絲毫影響。收在《華蓋集》裏給《猛進周刊》編輯徐旭生的兩則通訊，很清楚地反映了魯迅這種悲觀的看法，一九二五年了，社會上反對改革的空氣還是和二十七年前「戊戌政變」時期沒有兩樣，報章上的論壇，盡是拿些「祖傳」、「老例」、「國粹」來堆在道路上，企圖將所有的人家完全活埋下去。因而令魯迅慨歎「大約國民如此，是決不會有好的政府的」，最後只得說：

> 我想，現在的辦法，首先還得用那幾年以前《新青年》上已經說過的「思想革命」。還是這一句話，雖然未免可悲，但我以為除此沒有別的法。而且還是準備「思想革命」的戰士，和目下的社會無關。待到戰士養成了，於是再決勝負。我這種迂遠而且渺茫的意見，自己也覺得是可嘆的，但我希望於猛進的，也終於還是「思想革命」。

這不是分明在說「五四」時期《新青年》所提倡的思想革命已然失敗

❾ 關於廢漢文的問題，可參《獨秀文存》卷三「通信」之〈四答錢玄同（中國今後之文字問題）〉。又《獨秀文存》卷一所收〈新青年罪案之答辯書〉一文說：「社會上最反對的，是錢玄同先生廢漢文的主張。」

了，所以亟須重新培養一批戰士與舊社會再決勝負麼？魯迅要《猛進周刊》提倡用那幾年以前《新青年》上已經說過的「思想革命」，作為改革中國社會的準備，那豈不是對《新青年》後來流爲一種有特別色彩的雜誌（乃至中國共產黨的機關刊物）不表贊成麼？

魯迅曾經說過，他開始做小說，是在一九一八年《新青年》上提倡「文學革命」的時候，但不是因爲對於「文學革命」有怎樣的熱情，「見過辛亥革命，見過二次革命，見過袁世凱稱帝，張勳復辟，看來看去，就看得懷疑起來，於是失望，頹唐得很了。」[10] 他之所以常常提筆，大半倒是爲了對於熱情者的同感，因爲魯迅仍未能忘懷早年在日本留學時從事文藝活動的失敗，「所以有時候仍不免吶喊幾聲，聊以慰藉那在寂寞裏奔馳的猛士，使他不憚於前驅。」[11] 但結果怎樣呢？《新青年》的團體散掉了，「有的高陞，有的退隱，有的前進，我（魯迅）又經歷了一回同一戰陣中的伙伴不久還是會這麼變化，並且落得一個『作家』的頭銜，依然在沙漠中走來走去。」[12] 這是魯迅開始從事新文藝寫作以來第一個大打擊，因而影響到他對「五四新文化運動」的看法。一九三五年，他在〈《中國新文學大系》小說二集序言〉中不勝感慨地說：

> 「五四」事件一起，這運動的大營的北京大學負了盛名，但同時也遭了艱險。終於，《新青年》的編輯中樞不得不復歸上海，《新潮》羣中的健將，則大抵遠遠的到歐美留學去了，《新潮》這雜誌，也以雖有大吹大擂的豫告，卻至今還未出版的「名著介

---

[10] 見《南腔北調集》：《自選集·自序》。
[11] 見《吶喊·自序》。
[12] 見《自選集·自序》。

紹」收場；留給國內的社員的，是一萬部《孑民先生言行錄》和七千部《點滴》。創作衰歇了，為人生的文學自然也衰歇了。

又說：

> 在北京這地方，――北京雖然是「五四運動」的策源地，但自從支持著《新青年》和《新潮》的人們，風流雲散以來，一九二〇至二二年這三年間，倒顯著寂寞荒涼的古戰場的情景。

這是魯迅所悲哀的！「五四運動」起碼沒有為策源地的北京的文壇帶來蓬勃的發展，相反的是如古戰場的寂寞荒涼。魯迅之沒有讚美「五四運動」，正如他沒有讚美辛亥革命，純然是他對自己親身經歷的事實感到悲觀所致。武昌起義後，接著是紹興光復，試看朝花夕拾裏的一篇〈范愛農〉，是怎樣追憶當時的情景吧：

> 我們（魯迅和范愛農）到街上去走一遍，滿眼是白旗。然而貌雖如此，內骨子是依舊的，因為還是幾個舊鄉紳所組織的軍政府，什麼鐵路股東是行政司長，錢店掌櫃是軍械司長……。這軍政府也到底不長久，幾個少年一嚷，王金發帶兵從杭州進來了，但即使不嚷或者也會來。他進來以後，也就被許多閒漢和新進的革命黨所包圍，大做王都督，在衙門裏的人物，穿布衣來的，不上十天也大概換上皮袍子了，天氣還並不冷。

這種換湯不換藥的革命，在魯迅寫〈阿Q正傳〉時已有所反映了，只是將實際的情形略加改動，變成未莊的知縣大老爺還是原官，不過改

稱了什麼，帶兵的還是先前的老把總。此外又補上一筆，革命後唯一令老百姓覺得可怕的，是有些不好的革命黨在動手剪辮子。而這「可怕的」正是魯迅所三番四次歌頌的，辛亥革命，畢竟把人們頭上的一條辮子革去了！至於「五四運動」，除了讓魯迅看透了擬態者醜陋的嘴臉，看透了社會仍然沒有眞正的革新外，還給他帶來更大的悲哀，那就是日後新青年的分裂，北京文壇的荒涼。簡直連革去一條辮子的歡欣也沒有！

五

「五四」事件的本質，原是一種學生愛國運動，魯迅在〈忽然想到〉之七裏曾經說：

> 我還記得第一次五四以後，軍警們很客氣地只用搶托，亂打那手無寸鐵的教員和學生，威武到很像一隊鐵騎在苗田上馳騁；學生們則驚叫奔避，正如遇見虎狼的羊羣。但是，當學生們成了大羣，襲擊他們的敵人時，不是遇見孩子也要推他摔幾個觔斗麼？在學校裏，不是還唾罵敵人的兒子，使他非逃回家去不可麼？這和古代暴君的滅族的意見，有什麼區分！

這無非在說明中國人多的是「凶獸樣的羊，羊樣的凶獸」——遇見比他更凶的凶獸時便現羊樣，遇見比他更弱的羊時便現凶獸樣。原是要藉此諷刺女師大校長楊蔭楡的。不幸「五四」時期從事愛國運動的學

生竟被拿來舉例了！ ⓭ 不過就學生運動本身來說，魯迅一直沒有作過正面的評論，只是在「五卅」慘案之後，魯迅與許廣平的私人通信中，曾經透露了一些悲觀的看法：

> 上海的風潮，也出於意料之外，可是今年的學生的動作，據我看來是比前幾回進步了。不過這些表示，真所謂「就是這麼一回事」。試想：北京全體（？）學生而不能去一「章士釗」，女師大大多數學生而不能去一楊蔭榆，何況英國和日本。但在學生一方面，也只能這麼做，唯一的希望，就是等候意外飛來的「公理」。現在「公理」也確有點飛來了，而且，說英國不對的，還有英國人。所以無論如何，我總覺得洋鬼子比中國人文明，貨只管排，而那品性卻很有可學的地方。這種敢於指摘自己國度的錯誤的，中國人就很少。⓮

在魯迅的眼中，學生運動不過表示「就是這麼一回事」。魯迅對黑暗的現狀是如何悲觀，對社會革新是如何感到渺茫，不是昭然若揭麼？然而魯迅說：「但人於現狀，總該有點不平，反抗，改良的意思。……即使明知道後來的命運未必會勝於過去。」學生運動也不過表示出一點反抗，而且也只能這麼做。不過魯迅同時說到就「五卅」慘案一

⓭ 〈忽然想到〉之七寫於一九二五年五月十日，魯迅批評「五四」時期示威的學生在學校裏唾罵敵人的兒子，使他非逃回家去不可，以為和古代暴君滅族的意見沒有兩樣。但在明年「三一八」慘案發生之後，魯迅立刻寫了〈無花的薔薇之二〉，持論卻大為不同，文中說：「中國要和愛國者的滅亡一同滅亡。屠殺者雖然因為積有金資，可以比較長久地養育子孫，然而必至的結果是一定要到的。『子孫繩繩』又何足喜呢？滅亡自然較遲，但他們要住最不適宜居住的不毛之地，要做最深的礦洞的礦工，要操最下賤的生業……。」則又主張向敵人的子孫報復了。

⓮ 見《兩地書》一九二五年六月十三日給許廣平的信。

事竟有英國人敢於指摘自己國度的錯誤，那品性很有可學的地方，這
使我想到「五四運動」之後魯迅所寫的那篇題為〈不滿〉的「隨感
錄」：

> 歐戰纔了的時候，中國很抱著許多希望，因此現在也發出許多
> 悲觀絕望的聲音，說「世界上沒有人道，」「人道這句話是騙
> 人的。」有幾位評論家，還引用了他們外國論者自己責備自己
> 的文字，來證明所謂文明人者，比野蠻尤其野蠻。
>
> 這誠然是痛快淋漓的話，但要問：照我們的意見，怎樣纔算有
> 人道呢？那答話，想來大約是「收回治外法權，收回租界，退
> 還庚子賠款……」現在都很渺茫，實在不合人道。
>
> 但又要問：我們中國的人道怎麼樣？那答話，想來只能「…
> …。」對於人道只能「……」的人的頭上，決不會掉下人道
> 來。因為人道是要各人竭力掙來，培植，保養的，不是別人布
> 施，捐助的。
>
> 其實近於真正的人道，說的人還不很多，並且說了還要犯罪。
> 若論皮毛，卻總算略有進步了。這回雖然是一場惡戰，也居然
> 沒有「食肉寢皮」，沒有「夷其社稷」，而且新興了十八個小
> 國。就是德國對待比國，都說殘暴絕倫，但看比國的公布，也
> 只是因徒不給飲食，村長挨了打罵，平民送上戰線之類。這些
> 事情，在我們中國自己對自己也常有，算得什麼希奇？
>
> 人類尚未長成，人道自然也尚未長成，但總在那裏發榮滋長。
> 我們如果問問良心，覺得一樣滋長，便什麼都不必憂愁；將來
> 總要走同一的路。看罷，他們是戰勝軍國主義的，他們的評論
> 家還是自己責備自己，有許多不滿。不滿是向上的車輪，能夠

載著不自滿的人類，向人道前進。

多有不自滿的人的種族，永遠前進，永遠有希望。

多有只知責人不知反省的人的種族，禍哉禍哉！

自然我們不應誤解本文的作意，以為中國人本來野蠻，不配講甚麼人道，所以不能向帝國主義者要求「收回治外法權，收回租界，退還庚子賠款……」，魯迅所強調的是「他們是戰勝軍國主義的，他們的評論家還是自己責備自己，有許多不滿」，而我們則是「多有只知責人不知反省的人的種族」，那只有「禍哉禍哉」了。在眾口指責列強蔑視中國的利益，不顧人道的時候，魯迅站出來叫我們首先要反省，要向「多有不自滿的人的種族」學習，從「五四」至於「五卅」，基本態度仍沒有改變。（《兩地書》是到後來纔公開發表的，「五卅」慘案之後，魯迅寫了〈忽然想到〉之十，發表於一九二五年六月十六日《民眾文藝周刊》上，說的仍是這個意思。）

六

上文已經說過，魯迅對「五四運動」採取一種近乎漠然的態度，他沒有高估這個革新運動的成績，但也沒有反對。一九二五年魯迅在〈我觀北大〉一文中說：

據近七八年的事實看來，第一，北大是常新的，改進的運動的先鋒，要使中國向著好的，往上的道路走。……教授和學生也都逐年地有些改換了，而那向上的精神是始終一貫，不見得弛

懈。

這是說一九一七年蔡元培任北京大學校長以來的情形。以北大為改進的運動的先鋒，自然包括由北大學生領導的「五四運動」在內了。不過這篇文章是為北大二十七周年紀念而寫的，所以免不了要帶一點善頌善禱的口吻。到一九三四年寫〈「京派」與「海派」〉時，情形便不同了：

> 北京學界，前此固亦有其光榮，這就是五四運動的策動。現在雖然還有歷史上的光輝，但當時的戰士，卻「功成，名遂，身退」者有之，「身隱」者有之，「身斃」者更有之，好好的一場惡鬥，幾乎令人有「若要官，殺人放火受招安」之感。

時間的流駛，早已使新文化運動的策源地失卻昔日的光采，成了在保存古物聲中一座殘存的文化古城了。魯迅尤致慨於北大的「墮落」，以為不但失去了「五四」的精神，而且走在時代的後面了。❶

至於「五四」以後新文學的發展，魯迅自有他的貢獻，他一直努力用白話寫作，甚至說要用「最黑，最黑，最黑的咒文，詛咒一切反對白話，妨害白話者。」❶ 但這並不等於說他對新文學的表現感到滿意，一九二五年一月，魯迅寫了一篇〈詩歌之敵〉，其中說：

---

❶ 魯迅在一九三三年十二月二十七日給臺靜農的信中說：「北大墮落至此，殊可歎息，若將標語各增一字，作『五四失精神』，『時代在前面』，則較切矣。」（見許廣平編《魯迅書簡》頁一二一）可知當時北大有「五四精神」、「時代前面」的一類標語，魯迅為之各增一字如上，而他本人亦曾經是北大的教員，所以深致惜悼。

❶ 見《朝花夕拾・二十四孝圖》。

說文學革命之後而文學已有轉機，我至今還未明白這話是否眞實。但戲曲尚未萌芽，詩歌卻已奄奄一息了，即有幾個人偶然呻吟，也如冬花在嚴風中顫抖。

到一九三三年寫〈由聾而啞〉一文時，魯迅首先引用勃蘭兌斯慨歎丹麥文學衰微的一段話：「文學的創作，幾乎完全死滅了，人間的或社會的無論怎樣的問題，都不能提起興趣，或則除在新聞和雜誌之外，絕不能惹起一點論爭。我們看不見強烈的獨創的創作。加以對於獲得外國的精神生活的事，現在幾乎絕對的不加顧及。於是精神上的『聾』，那結果，也招致了『啞』來。」（《十九世紀文學的主潮》第一卷自序）以爲這些話也可以移來批評中國的文藝界，並且說：

> 這現象，並不能全歸罪於壓迫者的壓迫，五四運動時代的啟蒙運動者和以後的反對者，都應該分負責任的，前者急於事功，竟沒有譯出什麼有價值的書籍來。

「五四」時代的啟蒙運動者急於事功，沒有切實從事紹介外國思想，翻譯世界名作，一般人缺乏了精神的食糧，至於〈狂人日記〉、〈藥〉等小說的出現，因爲「表現的深切和格式的特別」，當時頗激動部分青年讀者的心，在魯迅看來，這種激動卻是向來怠慢了紹介歐洲大陸文學的緣故，因爲那些表現手法早就在果戈理、尼采、安特來夫的作品裏運用了。❼然而怠慢紹介外國文學的現象持續下來，於是形成了中國新文學的萎靡不振，所以魯迅又說：

---

❼ 參〈《中國新文學大系》小說二集序〉第一節第二段。

因為多年買空賣空的結果，文界就荒涼了，文章形式雖然比較
的整齊起來，但戰鬥的精神卻較前有退無進。文人雖因捐班或
互捧，很快的成名，但為了出力的吹，殼子大了，裏面反顯得
更加空洞。於是誤認這空虛為寂寞，像煞有介事的說給讀者
們；其甚者還至於擺出他心中的腐爛來，算是一種內面的寶
貝。散文，在文苑中算是成功的，但試看今年的選本，便是前
三名，也即令人有「貂不足，狗尾續」之感。用秕穀來養青
年，是決不會壯大的，將來的成就，且要更渺小，那模樣，可
看尼采所描寫的「末人」。

魯迅是看重翻譯的，即以「五四運動」之後的一年內，魯迅絕少寫
作，顯得沉默了，但他還翻譯了武者小路實篤的《一個青年的夢》，
按月登在《新青年》上。魯迅畢生致力翻譯工作，死前還力疾翻譯果
戈理的巨著《死魂靈》。若就全部翻譯的字數論，還在那十六冊雜文
集之上。不過就中國整個翻譯界來看，魯迅還是認為太荒蕪了，這種
怠慢翻譯的風氣，自「五四」以來一直如此，因為缺少世界文學的精
神食糧，中國的文藝界也就一直顯得幼稚、貧乏、空洞。

　儘管魯迅對「五四」以來新文學的成績表示不滿，在短篇小說創
作上，魯迅總算貢獻了那兩冊不朽的《吶喊》和《彷徨》，這在當時
就已給他帶來了世界的聲譽。然而魯迅並不以此自滿，並且拒絕了
諾貝爾獎金的提名。他在一九二七年九月二十五日寫給臺靜農的信中
說：「諾貝爾賞金，梁啟超自然不配，我也不配，要拿這錢，還欠努
力。世界上比我好的作家何限，他們得不到。你看我譯的那本《小約
翰》，我那裏做得出來，然而這作者就沒有得到。」[18]中國當時的文學

───────────

[18] 《魯迅書簡》頁一〇二。

作品實在不足和別國大作家的作品比肩，而中國的文藝界自「五四」
以來一直沒有甚麼大進步，甚且日益顯得荒涼，這是魯迅所悲哀的。
一九三三年三月二日，魯迅在日記中寫下這些文字：

> 山縣氏索小說並題詩，於夜寫二冊贈之。《吶喊》云：弄文罹
> 文網，抗世違世情。積毀可銷骨，空留紙上聲。《彷徨》云：
> 寂寞新文苑，平安舊戰場。兩間餘一卒，荷戟尚彷徨。

我們只要細細玩味這兩篇幽憤、蒼涼的題詩，則魯迅對「五四」以來
中國文藝界的狀況，對自己從事文藝工作以來的遭遇，總不會說成是
充滿「革命的樂觀主義」吧！

七

　　寫完以上的文字之後，發覺還有一段很重要的材料沒有用上，那
是魯迅寫給宋崇義的一封信，曾在《文化雜誌》第一卷第三號（一
九四一年十月十五日）上發表，後來收入人民文學出版社版的注釋本
《魯迅全集》第九卷的「書信」內。寫信的日期是一九二〇年五月四
日，恰巧是「五四運動」的一周年紀念！信中的意見，正好作為本文
的尾聲：

> 比年以來，國內不靖，影響及於學界，紛擾已經一年。（按：
> 五四運動帶來了一年的紛擾！）世之守舊者，以為此事實為亂
> 源，而維新者則又贊揚甚至。全國學生，或被稱為禍萌，或被

譽為志士；然由僕觀之，則於中國實無何種影響，僅是一時之現象而已；謂之志士固過譽，謂之禍萌是甚冤也。

…………

近來所謂新思潮者，在外國已是普遍之理，一入中國，便大嚇人；提倡者思想不徹底，言行不一致，故每每發生流弊，而新思潮之本身，固不任其咎也。

要之，中國一切舊物，無論如何，定必崩潰，倘能採用新說，助其變遷，則改革較有秩序，其禍必不如天然崩潰之烈。而社會守舊，新黨又行不顧言，一盤散沙，無法黏連，將來除無可收拾外，殆無他道也。

…………

要而言之，舊狀無以維持，殆無可疑；而其轉變也，既非官吏所希望之現狀，亦非新學家所鼓吹之新式；但有一塌糊塗而已。

最後魯迅在信中說：「僕以為一無根柢學問，愛國之類，俱是空談；現在要圖，實只在熬苦求學，惜此又非今之學者所樂聞也。」魯迅既已斷定「五四運動」不過是一時的現象，對於中國實無影響，輿論的褒貶，兩皆無當，又不想公開發表勸人努力做學問，不要空談愛國的一類意見，（以「非今之學者所樂聞」？）所以只好「沉默」了。

一九七四年八月初稿

＊原載《聯合書院學報》第十二、十三期合刊，一九七五年，頁八一～九三。

滄海叢刊書目（一）

國學類

中國學術思想史論叢㈠～㈧	錢　穆	著
現代中國學術論衡	錢　穆	著
兩漢經學今古文平議	錢　穆	著
宋代理學三書隨劄	錢　穆	著
論語體認	姚式川	著
西漢經學源流	王葆玹	著
文字聲韻論叢	陳新雄	著
楚辭綜論	徐志嘯	著

哲學類

國父道德言論類輯	陳立夫	著
文化哲學講錄㈠～㈥	鄔昆如	著
哲學與思想	王曉波	著
內心悅樂之源泉	吳經熊	著
知識、理性與生命	孫寶琛	著
語言哲學	劉福增	著
哲學演講錄	吳　怡	著
後設倫理學之基本問題	黃慧英	著
日本近代哲學思想史	江日新	譯
比較哲學與文化㈠㈡	吳　森	著
從西方哲學到禪佛教——哲學與宗教一集	傅偉勳	著
批判的繼承與創造的發展——哲學與宗教二集	傅偉勳	著
「文化中國」與中國文化——哲學與宗教三集	傅偉勳	著
從創造的詮釋學到大乘佛學——哲學與宗教四集	傅偉勳	著
中國哲學與懷德海	東海大學哲學研究所主編	
人生十論	錢　穆	著
湖上閒思錄	錢　穆	著
晚學盲言(上)(下)	錢　穆	著
愛的哲學	蘇昌美	著
是與非	張身華	譯

— 2 —

佛學思想新論　　　　　　　　　　　　　　　楊惠南　著
現代佛學原理　　　　　　　　　　　　　　　鄭金德　著
絕對與圓融——佛教思想論集　　　　　　　　霍韜晦　著
佛學研究指南　　　　　　　　　　　　　　　關世謙　譯
當代學人談佛教　　　　　　　　　　　　　　楊惠南　編
從傳統到現代——佛教倫理與現代社會　　　　傅偉勳　主編
簡明佛學概論　　　　　　　　　　　　　　　于凌波　著
修多羅頌歌　　　　　　　　　　　　　　　　陳慧劍　譯註
佛教思想發展史論　　　　　　　　　　　　　楊惠南　著
佛家哲理通析　　　　　　　　　　　　　　　陳沛然　著
禪話　　　　　　　　　　　　　　　　　　　周中一　著
唯識三論今詮　　　　　　　　　　　　　　　于凌波　著

自然科學類

異時空裡的知識追逐
　——科學史與科學哲學論文集　　　　　　　傅大為　著

應用科學類

壽而康講座　　　　　　　　　　　　　　　　胡佩鏘　著

社會科學類

中國古代游藝史
　——樂舞百戲與社會生活之研究　　　　　　李建民　著
憲法論集　　　　　　　　　　　　　　　　　林紀東　著
憲法論叢　　　　　　　　　　　　　　　　　鄭彥棻　著
國家論　　　　　　　　　　　　　　　　　　薩孟武　譯
中國歷代政治得失　　　　　　　　　　　　　錢　穆　著
先秦政治思想史　　　　　　梁啟超原著、賈馥茗　標點
當代中國與民主　　　　　　　　　　　　　　周陽山　著
釣魚政治學　　　　　　　　　　　　　　　　鄭赤琰　著
政治與文化　　　　　　　　　　　　　　　　吳俊才　著
世界局勢與中國文化　　　　　　　　　　　　錢　穆　著
海峽兩岸社會之比較　　　　　　　　　　　　蔡文輝　著
印度文化十八篇　　　　　　　　　　　　　　糜文開　著
美國的公民教育　　　　　　　　　　　　　　陳光輝　譯
美國社會與美國華僑　　　　　　　　　　　　蔡文光　著
宗教與社會　　　　　　　　　　　　　　　　宋光宇　著

増訂弘一大師新譜　　　　　林子青　編著
精忠岳飛傳　　　　　　　　李安　著
張公難先之生平　　　　　　李飛鵬　著
唐玄奘三藏傳史彙編　　　　釋光中　著
一顆永不殞落的巨星　　　　釋光中　著
新亞遺鐸　　　　　　　　　錢穆　著
困勉強狷八十年　　　　　　陶百川　著
困強回憶又十年　　　　　　陶百川　著
我的創造‧倡建與服務　　　陳立夫　著
我生之旅　　　　　　　　　方治　著

語文類

文學與音律　　　　　　　　謝雲飛　著
中國文字學　　　　　　　　潘重規　著
中國聲韻學　　　潘重規、陳紹棠　著
詩經研讀指導　　　　　　　裴普賢　著
莊子及其文學　　　　　　　黃錦鋐　著
離騷九歌九章淺釋　　　　　繆天華　著
陶淵明評論　　　　　　　　李辰冬　著
鍾嶸詩歌美學　　　　　　　羅立乾　著
杜甫作品繫年　　　　　　　李辰冬　編
唐宋詩詞選——詩選之部　　巴壺天　編
唐宋詩詞選——詞選之部　　巴壺天　編
清眞詞研究　　　　　　　　王支洪　著
苕華詞與人間詞話述評　　　王宗樂　著
元曲六大家　　　應裕康、王忠林　著
四說論叢　　　　　　　　　羅盤　著
漢賦史論　　　　　　　　　簡宗梧　著
紅樓夢的文學價值　　　　　羅德湛　著
紅樓夢與中華文化　　　　　周汝昌　著
紅樓夢研究　　　　　　　　王關仕　著
中國文學論叢　　　　　　　錢穆　著
牛李黨爭與唐代文學　　　　傅錫壬　著
迦陵談詩二集　　　　　　　葉嘉瑩　著
翻譯散論　　　　　　　　　張振玉　著
西洋兒童文學史　　　　　　葉詠琍　著

滄海美術叢書